AF363277

Le Secret de L'Ancien Vœu

Tome I : L'Omphalos

Le Secret de L'Ancien Vœu

Tome I : L'Omphalos

Écrit par Evy Reeves

Illustré par Hélène Lenoble

PROLOGUE

Ses petits pieds nus avançaient lentement tandis qu'il regardait autour de lui, sa cape glissant silencieusement à la suite de ses talons. Elle semblait flotter sur le sol de marbre froid et ne se soulevait que pour délicatement épouser la forme des obstacles sur son chemin. Il les enjambait sans dire un mot. Il ne comprenait pas. Pourquoi étaient-ils tous là ? Que faisaient-ils par terre ?

— Général ! tonna-t-il soudain.

L'écho de sa voix d'enfant résonna contre les hauts plafonds blancs de la grande salle, et un bruit métallique lui parvint aussitôt depuis le couloir principal : un homme en armure se dirigeait vers lui, le dos droit et la tête haute. Il s'arrêta à bonne distance et s'inclina :

— Votre Sainteté.

— Que se passe-t-il ? s'exclama l'enfant en faisant un grand geste circulaire. Que font-ils ?

Les sourcils se soulevèrent légèrement sur le visage autrement impassible du Général, comme s'il hésitait. L'enfant vacilla alors, son pied glissant légèrement sur quelque chose de chaud. En baissant la tête, il vit qu'il avait marché dans un liquide rouge qui grimpait désormais sur le tissu de sa cape, formant une tache qui grossissait à vue d'œil.

—Votre Sainteté, je vais demander à vous escorter ailleurs, dit le Général. Vous ne devriez pas…

— *Que font-ils ? Dites-moi ce qu'ils font ! Dites-moi immédiatement ce qu'il se passe !* hurla soudainement l'enfant, les yeux exorbités.

Comment osait-il lui désobéir ? Comment osait-il lui faire répéter ? N'avait-il pas vu la grandeur de ses pouvoirs ? Le Général ne sembla pas ébranlé, mais il se redressa légèrement avant de dire :

— Ils sont tous morts, Votre Sainteté.

— Morts ?

L'enfant réfléchit un instant. Morts… Quelle étrange idée.

— Je ne comprends pas.

Il regarda les innombrables corps qui jonchaient le sol autour de lui. Quand allaient-ils se réveiller ? De plus, leur sang salissait sa belle cape et sa salle blanche habituellement immaculée. Il sentait une rage sourde monter en lui. Il aimait le blanc. Mais aujourd'hui, tout était rouge. Pourquoi restaient-ils immobiles ?

— Qu'on m'amène Adrasté, ordonna-t-il. Où est-elle ? Je ne la vois pas.

Le Général parut à nouveau hésiter.

— Adrasté Malaen est… elle est partie, Votre Sainteté. Disparue. C'est elle, la responsable.

L'enfant resta muet un moment. Ce qu'il venait d'entendre n'avait aucun sens. Derrière le Général, il vit des serviteurs se presser de part et d'autre des cadavres, les soulevant précautionneusement pour les emmener il ne savait où. Certains lui jetaient des regards révérents, d'autres s'inclinaient dans sa direction, mais tous évitaient de l'approcher.

— Adrasté a disparu ? murmura-t-il d'une voix blanche en marchant parmi les corps, le regard vide. Elle n'est… plus là ?

Le Général se tint immobile, le regard fixé sur un point lointain pendant que l'enfant arpentait la salle. Adrasté, partie ? Non. Bien sûr que non. Le Général se trompait. Il ne pouvait s'agir que de cela.

— En êtes-vous certain ?

Le Général acquiesça. Une sensation étrange parcourut les entrailles de l'enfant, telle un serpent aux écailles coupantes et chauffées à blanc.

— Dites-moi qui est encore là.

— Votre Sainteté… Elle les a tous tués. Je suis désolé, il n'y a plus personne.

Un hurlement glaçant, terrifiant, s'éleva alors. Il fendit les murs de la salle, les remparts du Grand Palais, et résonna tel un appel par-delà les frontières du pays d'Omphal.

PARTIE I

CHAPITRE I
La Petite Oie

Elle sut avant d'ouvrir les yeux qu'elle était seule. Les paupières encore fermées, elle sentait sous elle un matelas dur et inégal. Toujours immobile, elle tendit l'oreille et, sortant du brouillard dans lequel un sommeil profond l'avait plongée, elle perçut des éclats de voix étouffés. L'air était poussiéreux, humide, pénétrant, et elle frissonnait. À cette pensée, elle se rendit compte qu'elle n'avait pas de couverture. Elle avait dû dormir d'une traite.

Au prix d'un effort considérable, elle décolla ses paupières et cligna plusieurs fois des yeux pour chasser le voile blanc qui lui obstruait la vue. Elle vit d'abord un plafond en bois traversé par des poutres parallèles jonchées de toiles d'araignées. Une fenêtre lui faisait face, éclairant la pièce d'un soleil timide. Au-dehors, elle pouvait apercevoir quelques toits de chaume. Où était-elle ? Quelle heure était-il ? Prenant une profonde inspiration, elle se redressa et regarda autour d'elle, désormais totalement éveillée. La pièce dans laquelle elle se trouvait semblait faite pour accueillir du monde – un autre lit vide se trouvait à l'opposé du sien – mais comment était-elle arrivée là ? Sa tête la lança alors douloureusement et elle eut la désagréable impression d'avoir fait une suite de cauchemars. Impossible, cependant, de se rappeler de quoi il s'agissait. Des cris, une peur panique, une envie de fuir, de se cacher… Mais rien de plus.

Elle pivota, posa ses pieds contre le parquet usé et plaqua les paumes froides de ses mains contre ses paupières. Elle resta immobile quelques secondes, explorant sa mémoire. Rien ne vint. Avec une panique grandissante qu'elle tentait de contenir, elle réalisait qu'elle ne parvenait même pas à formuler son propre nom. Elle rouvrit les yeux et inspira de nouveau profondément en passant la main dans ses cheveux bruns retenus par une queue de cheval. Elle avait cette frustrante certitude d'avoir son nom sur le bout de la langue, de pouvoir le reconnaître si on l'appelait, mais c'était tout. Un espace vide dans son cerveau. Elle tenta de définir les limites de son trou noir mental en se posant quelques questions élémentaires. D'où venait-elle ? Elle n'en savait rien. Pourquoi était-elle ici ? Elle n'avait pas plus d'informations à ce sujet. Avait-elle des ennuis ? Probablement… Quand avait-elle mangé pour la dernière fois ? Comme en réponse, son estomac émit un gargouillement sonore.

« Voilà au moins une certitude » lui chuchota intérieurement une voix sarcastique.

Elle songea sombrement que les voix qu'elle entendait au-dehors auraient peut-être des choses à lui apprendre en plus de pouvoir lui fournir un repas, et se leva. Des courbatures lui scièrent les muscles et elle lâcha un « ouille » de surprise lorsque ses cuisses se crispèrent sous son poids. Elle s'appuya près d'un long miroir aux bords noircis posé contre le mur près de la fenêtre. Son reflet lui renvoyait une expression hébétée, mais elle ne semblait avoir aucune blessure sous ses vêtements, par ailleurs immaculés.

« C'est déjà ça », pensa-t-elle.

Au moins, elle n'aurait pas à déambuler en demandant qu'on soigne des blessures dont elle était incapable de justifier la cause. Perplexe, elle se redressa et se retourna, prête à quitter la pièce. Personne n'était venu la voir depuis son réveil ; elle était sûrement arrivée ici seule. Elle remarqua une masse de tissu derrière son lit. C'était un épais manteau d'hiver, trop grand pour elle, sous lequel elle vit une paire de bottes marron. Les avait-elle enlevées avant de s'endormir ? Mais lorsqu'elle voulut les enfiler, elle sentit quelque chose à l'intérieur et y plongea la main. C'était un minuscule bout de parchemin. Elle le déplia, et lut :

« L'Éveil se fait au contact de l'Ennemi »

Après avoir fixé le mot quelques secondes, elle finit par le retourner comme si elle espérait trouver un post-scriptum au verso, mais il n'y avait rien d'autre. C'était donc tout ? Ce mot lui était-il seulement destiné ? Intriguée mais déçue, elle fourra le parchemin dans la poche du manteau, où elle sentit quelques pièces tinter. Était-elle censée attendre quelqu'un ? Ce grand manteau appartenait certainement à un homme. Elle balaya la pièce du regard, hésitante, et entendit à nouveau des éclats de voix au-dehors. Oui, elle comprendrait sûrement mieux comment elle était arrivée ici en quittant la chambre. Le propriétaire du manteau l'attendait peut-être même déjà. Elle enfila le manteau et ouvrit la porte.

L'extérieur présentait un couloir tapissé d'une moquette propre et pourpre qui étouffait les bruits de ses pas. Des bougies étaient allumées sur des commodes de bois lourd appuyées contre un mur de pierre bordé de portes.

— Jaime, reviens ici tout de suite, tu dois faire ta sieste ! Attention aux escaliers !

À sa gauche, elle vit une petite fille détaler dans le couloir en riant allègrement, sa mère sur ses talons. Elle décida d'emprunter les escaliers vers les voix qu'elle entendait provenir de la pièce du bas.

— Ah, Maddie, tu n'as pas perdu la main à ce que je vois ! Toujours parfaite cette bière, tonna une voix forte et grave.

— Merci, Boltz, répondit une voix de femme, plus douce que la première. En même temps, c'est sûr qu'après toutes ces chopes…

— Oh, tu me connais, je soutiens les commerces locaux, les tavernes, les auberges… Aucun mal à ça, si ?

— Non, mais tu pourrais attendre une heure plus décente. Avec tout ce qui vient de se passer, tu ne voudrais pas te retrouver saoul face à la Némésis…

— La Némésis… Ha ! s'exclama la voix masculine. Qu'elle vienne, cette traîtresse… Je la croiserais bien !

Elle descendit quelques-unes des marches qui la séparaient du rez-de-chaussée et vit qu'elle se trouvait dans une auberge. La tenancière, une petite femme replète aux grands yeux joviaux, débarrassait le comptoir des chopes vides devant un homme assis, la tête recouverte par une capuche.

— Évidemment, fais le malin… Un saoulard dans ton genre, face à Adrasté Malaen… J'aimerais t'y voir. Moi, j'aimerais qu'elle reste loin d'ici… On dit qu'elle a tué tous les membres de l'Ancien Vœu ! Tous les Malaen, morts !

— Presque tous, oui… C'est un démon, marmonna le dénommé Boltz d'un ton qui sonnait mi-effrayé, mifasciné. Elle voulait renverser le système. Sans l'Ancien Vœu à la tête du Royaume, elle est la seule à savoir où se trouve la pierre de l'Omphalos…

— Encore faudrait-il qu'elle arrive à lui mettre la main dessus ! Mais quand même, la plus jeune des Malaen… Un tel talent de gâché !

— Oui… Enfin, les Malaen… ils n'étaient pas irréprochables, leur secte a quand même volé…

— Boltz ! Pas dans mon auberge !

Il y eut un moment de silence marqué par quelques « clong » secs de couverts de bois entrechoqués et de chopes que l'on remplissait. Elle descendit quelques marches, l'oreille toujours tendue. La voix de Boltz s'éleva à nouveau, éteinte et hésitante :

— Mais pourquoi s'être enfuie ? Elle aurait pu rester et gouverner…

— Ah ! La chambre cinq est réveillée !

Maddie venait de remarquer sa présence.

— Viens là, viens t'asseoir, jeune fille ! Tu as beaucoup dormi, tu dois être affamée, non ? C'est quoi, ton petit nom ?

— Jaime, répondit-elle sans réfléchir.

Elle se hissa sur une chaise haute sous le regard curieux de Maddie et Boltz, puis regarda autour d'elle. Quelques personnes occupaient les tables éparses de l'auberge, discutant allègrement ou mangeant silencieusement pour les solitaires. Elle ne reconnut personne.

— Tiens, Jimmy, mange, tu es bien pâle. Je suis Maddison, mais tu peux m'appeler Maddie !

— Merci ! répondit-elle en découvrant son assiette pleine de purée de patates et de ragoût. Et c'est Jaime, pas Jimmy, ajouta-t-elle en détachant chaque syllabe. Djé-i-mi.

Elle plongea sur l'assiette et sentit des cloques lui recouvrir la langue à la première bouchée de purée chaude.

— Bah alors, tu n'aimes pas la cuisine de Maddie ? demanda Boltz en voyant ses yeux se remplir de larmes.

— Si si, assura Jaime, c'est juste un peu chaud… Excusez-moi, mais… Vous parliez de l'Ancien Vœu… Il est arrivé quelque chose ?

Elle n'avait aucune idée de ce qu'était cet « Ancien Vœu » mais espérait que sa question serait assez vague pour en apprendre plus.

— Oh, oui ! s'exclama Maddie. On vient d'apprendre que la nuit dernière, tous les Malaen ont été tués… par Adrasté Malaen ! Personne ne sait où elle se trouve, ajouta-t-elle avec un frisson. Qui va gouverner le pays, maintenant que les Malaen sont morts ? Comment allons-nous faire sans les piliers de l'Ancien Vœu ?

Elle jeta un coup d'œil vers la lourde porte d'entrée, comme si elle s'attendait à voir Adrasté Malaen s'y engouffrer. Jaime feignit d'être scandalisée et inquiète, calquant son expression sur celle de Maddie.

— Les femmes enceintes ne pourront plus se précipiter au Grand Palais pour leur demander de donner des pouvoirs à leurs enfants à naître, grogna Boltz. Tu imagines, le Royaume d'Omphal sans Bénis ?

Jaime ne put s'empêcher de noter un léger frémissement de ses joues, comme s'il souriait sous sa barbe.

— Est-ce si grave ? demanda Jaime.

— *Certains*, commença Maddie en jetant un regard désapprobateur vers Boltz, diraient que non. Vous êtes trop jeunes pour le comprendre mais le Royaume d'Omphal doit sa prospérité à cette particularité. Les Malaen transmettent les pouvoirs de l'Omphalos aux nouveau-nés et leur permettent de rendre nos terres fertiles, de vivre plus longtemps et de développer des dons très utiles !

— Trop jeune ? se rengorgea Boltz. Je n'ai pas encore trente ans mais je comprends fichtrement bien. Ce qui me gêne, ce ne sont pas les pouvoirs des nouveau-nés. Ce que tu oublies, c'est qu'à partir du moment où ils sont Bénis, l'Ancien Vœu peut les rappeler n'importe quand pour les servir.

— Eh bien ? C'est un honneur !

Boltz haussa les épaules en émettant un grommellement étrange qui n'engageait en rien. Jaime réalisa qu'au fil de la conversation, elle avait dévoré les trois quarts de son repas à une vitesse embarrassante. Boltz, qui l'avait également remarqué, ricana sous sa capuche. Ses traits étaient à peine visibles derrière sa barbe hirsute, mais ses grands yeux bleus rieurs et juvéniles affichaient à eux seuls son amusement.

— Doucement, tu as tout ton temps ! dit Maddie d'un ton maternel. Boltz, laisse-la tranquille, tu veux ?

Elle soupira en lançant un regard circulaire vers son auberge et reprit :

— En tout cas, depuis cette nouvelle, j'ai du mal à me sentir rassurée… Ce doit être un sacré chambardement à la Capitale !

Boltz renifla, but longuement le reste de sa chope, puis la reposa lourdement sur la table.

— Sais pas, dit-il enfin. Je pense qu'ils essaient de préserver les apparences, qu'ils vont déjà panser leurs plaies au Grand Palais, discrètement… Enterrer leurs morts… Cérémonies, tout ça… Pas joli, ce massacre…

Il eut un haut-le-coeur et regarda sa chope vide avec un air de reproche, comme si elle venait de l'offenser gravement.

— Jaime, tu as dû rencontrer mon mari si tu es arrivée hier soir, dit précipitamment Maddie avec un sourire qui tentait manifestement d'alléger l'atmosphère devenue morose. Cette auberge est à nous : l'auberge de La Petite Oie ! Qu'est-ce que tu viens faire ici, dis ?

Jaime hésita un instant. Était-il sage de lui dire qu'elle n'avait plus aucun souvenir des circonstances dans lesquelles elle était arrivée là ?

— Et d'ailleurs, continua Maddie sans attendre sa réponse, sais-tu si la personne qui t'accompagnait voudra manger ? Je peux lui préparer une assiette…

— La personne qui m'accompagnait ? s'étrangla Jaime, toussant ses légumes sous le coup de la surprise.

Elle n'était donc pas venue seule… Cette personne était-elle encore à l'auberge ? Elle se retourna si brusquement qu'elle sentit son cou craquer et dévisagea un à un les clients attablés, mais aucun d'eux ne lui accorda la moindre attention.

— Euh, oui… me suis-je trompée ? s'étonna Maddie. Le registre de mon mari indique bien deux personnes pour la chambre cinq.

— Votre mari a-t-il noté des noms ? demanda Jaime.

Elle espérait que sa question n'éveillerait pas trop de soupçons.

— Non, aucun, simplement qu'il y avait deux personnes. Mais dis-moi…

Elle lança un regard perçant à Jaime, les yeux plissés.

— Tu ne sais plus avec qui tu étais hier soir ? Tu fais ça souvent ? C'est une auberge familiale ici, tu sais, si tu crois que…

— Non non ! s'empressa de protester Jaime. Bien sûr que non, simplement, je…

Mais à ce moment-là, Boltz perdit l'équilibre et s'effondra au sol dans un fracas de verre brisé. Il avait renversé les bières de la table derrière lui dans sa chute et les bouteilles répandaient leur contenu partout sur le sol. Sous les exclamations scandalisées de Maddie, marmonnant, pestant et s'excusant tout à la fois, Boltz tenta de se relever mais glissa sur le sol trempé et s'étala à nouveau de tout son long. La capuche qui recouvrait jusque-là son visage se rabattit, dévoilant de longs cheveux lisses zébrés d'une unique cicatrice blanche qui partait de la tempe gauche et s'estompait au niveau de sa nuque. Ses impressionnants yeux bleus, qui semblaient comme parsemés de paillettes d'or, étaient étonnamment expressifs et contrastaient avec le reste de son apparence bourrue, mais semblaient actuellement incapables de faire le point. Maddie se mit à éponger la bière autour de lui avec des exclamations exaspérées, tandis que les clients éclataient de rire ou levaient les yeux au ciel d'un air amusé. Jaime se baissa et tendit le bras à Boltz pour l'aider à se relever.

— Merci, grommela-t-il.

— Aïe ! s'écria Jaime en retirant vigoureusement son bras, sur lequel la main de Boltz venait de se fermer.

Maddie et lui la regardèrent d'un air surpris, sans comprendre.

— Bah alors, j'ai serré trop fort ? railla Boltz. Excuse-moi, je ne maîtrise pas ma force…

— Non… Désolée, je ne sais pas ce qui… ça m'a brûlée !

Elle releva sa manche au niveau de l'avant-bras. À peine avait-elle eu le temps de distinguer une rougeur et une marque noire qu'elle entendit de nouveau un bruit de verre brisé. Cette fois-ci, il s'agissait de Maddie. Elle venait de lâcher les bouteilles qu'elle avait ramassées suite à la chute de Boltz et son expression auparavant bienveillante avait fait place à une franche terreur. Jaime se retourna, mais elle ne vit rien dans l'auberge qui puisse expliquer la soudaine expression de peur sur le visage de la sympathique tenancière. Elle regarda Boltz, puis à nouveau Maddie, qui balbutia :

— Cette… cette marque !

Elle jeta un regard à son bras et une pensée la frappa alors : cette terreur, manifestement, c'était *elle*, Jaime, qui la lui inspirait. Plusieurs visages s'étaient à présent tournés vers eux, attirés par le bruit. Boltz n'avait plus du tout l'air saoul : son regard s'était durci, et il regardait désormais Jaime d'un air interdit, presque menaçant.

— Que… qu'est-ce qu'elle a, cette marque ? balbutia-t-elle, sans comprendre.

Une vague de froid l'envahit lorsqu'elle regarda autour d'elle. Semblant avoir tous vu la même chose que Maddie et Boltz, tous les visages de l'auberge la regardaient à présent comme s'ils se préparaient à l'attaquer. Les rares clients qui ne la regardaient pas paraissaient au contraire éviter de lever la tête, comme si elle était porteuse d'une maladie hautement contagieuse et qu'il était obscène de la dévisager. C'était un silence de mort qui régnait à présent. Jaime se tint immobile, ne sachant que faire, et ce fut Boltz qui parla le premier, très bas, mais d'un ton suffisamment assuré pour qu'elle seule l'entende :

— Va-t'en… Maintenant. Tu dois partir.

— Mais je…

Pourquoi la traitaient-ils tout à coup comme une bête dangereuse ? Mais en parcourant la pièce du regard, elle eut le sentiment que quoi qu'elle dise, elle risquait bien pire que des regards hostiles. Boltz, si taquin et sympathique quelques instants auparavant, fixait désormais sur elle un regard bleu terrifiant qui ne laissait place à aucune discussion.

— Tu dois partir, répéta-t-il d'une voix grave en se plaçant à quelques centimètres de son oreille. Tout de suite. Sinon, je ne donne pas cher de ta peau.

Immédiatement, Jaime sut qu'il avait raison. En jetant un rapide coup d'œil vers les clients de l'auberge, elle vit sur plusieurs visages une expression hostile qui ne présageait rien de bon. Refoulant ses protestations, elle prit le manteau d'hiver trouvé derrière sa tête de lit et glissa lentement de sa chaise haute dans un bruit de raclement qui résonna dans le silence lourd de l'auberge. Elle sentit le regard de Maddie, Boltz, et de toutes les personnes attablées la suivre sur son chemin vers la porte d'entrée, qu'elle ouvrit dans un grincement solitaire.

CHAPITRE II
Maux de tête

Il commençait à avoir mal au crâne. Marchant entre des maisons aux toits de chaume d'où s'élevaient paresseusement des volutes de fumée odorantes, il songea qu'il serait bientôt l'heure de dîner pour toutes ces familles. Les rues de pierre et de terre se vidaient alors que les derniers fermiers enfermaient leurs vaches et leurs poules. Le village s'enfonçait dans le calme qui caractérisait les soirées d'automne. Tant mieux. Il préférait ne pas se faire remarquer, et le bruit de toute l'activité habituelle des habitants aurait aggravé ses maux de tête. Un petit garçon qui sautillait derrière sa mère en lui tenant la main lui jeta un regard curieux, mais fut entraîné par le rythme de la marche et ne se retourna pas. Alors qu'il arrivait au bout d'un champ et quittait les rues habitées, un chien de berger se précipita vers lui en aboyant. Comme c'était bruyant. Il continua de marcher sans prêter attention à l'animal, mais ce dernier continuait de japper derrière lui. Il n'aimait pas le bruit. Cela accentuait toujours le palpitement contre sa tempe. Le chien continuait d'aboyer de plus belle. Il ne tentait pas de l'approcher, mais ses yeux étaient écarquillés et ses babines retroussées dévoilaient des crocs prêts à se planter dans sa chair. L'homme s'arrêta et pivota, faisant face au molosse qui se tenait toujours à la lisière du champ, comme s'il s'y sentait en sécurité.

— Tu ne veux pas arrêter un peu ? J'ai le crâne qui cogne.

Pour toute réponse, il eut une autre salve d'aboiements aux accents aigus et stridents. Les animaux ne l'avaient jamais aimé. Il porta une main à sa tempe. Il avait réussi, voilà que son mal de tête empirait.

— Arrête, tu veux ?

Les aboiements continuaient, incessants, assourdissants. Ils allaient finir par attirer les curieux. Il leva alors la main vers le chien, qui, comme s'il n'attendait que ce signal, bondit vers lui et planta ses crocs dans sa paume ouverte. L'homme n'émit pas le moindre cri. Il tomba sous le poids du molosse, la main en sang. Le chien visait à présent sa jugulaire et il agit donc en un instant. Il plaqua sa main valide contre la tempe du chien, qui émit aussitôt un hurlement véritablement glaçant et bondit hors de sa portée. Il tituba d'abord, comme désorienté, toujours en émettant des jappements aigus, secouant sa tête et bavant. Il souffrait. Il souffrait beaucoup. Tant pis pour lui. Puis, comme assommé par une main invisible, le chien s'effondra au sol et cessa de bouger.

L'homme se releva et s'approcha du cadavre désormais silencieux.

— Je t'avais demandé d'arrêter.

Il leva les yeux et regarda autour de lui : manifestement, personne n'avait vu ce qui s'était passé. Sa main était recouverte de sang mais il vit que ses plaies s'étaient bien refermées d'elles-mêmes. Quelques gouttes écarlates étaient tombées sur son long manteau. Que c'était agaçant. Mais au moins, son mal de tête avait disparu.

Se détournant du cadavre de l'animal, il reprit sa route en direction du champ voisin, derrière lequel il pouvait désormais apercevoir une petite chaumière à l'aspect délabré et aux murs envahis par les ronces et le lierre. Lorsqu'il se trouva devant la porte, il hésita un instant, puis entra prudemment. L'intérieur était sombre et gardait les vestiges d'un foyer autrefois présent : des casseroles rouillées jonchaient le sol et une table encore à moitié dressée était recouverte d'un épais tapis de poussière grisâtre. Tout en se dirigeant vers une porte au fond de la pièce, il fit attention à bien enjamber l'embrasure de l'entrée : il savait que le plancher était branlant à cet endroit. Il entendit un faible gémissement. Très bien, il était donc encore là. À l'intérieur de la pièce se trouvait un homme au crâne dégarni, sale et malodorant. Il leva la tête en le voyant entrer et se traîna vers lui.

— S'il vous plaît… S'il vous plaît !

L'homme ne répondit pas.

— Ma femme… Elle… elle doit être morte d'inquiétude, laissez-moi simplement la prévenir… Que comptez-vous me faire ?

— Ce n'est pas après vous que j'en ai, Venig, répondit-il alors.

Venig ouvrit de grands yeux.

— Vous… vous allez me laisser partir ?

— Pas tout de suite, non. Mais je suis obligé de rester avec vous encore quelques heures, alors je vais vous raconter une histoire.

Les traits de Venig se tendirent sous l'effet de la surprise et de l'incompréhension.

— Une histoire ? Mais… Et après vous me…

— Non, je ne vous laisserai pas partir. Vous devez savoir… Cette histoire est également la vôtre, et vous avez le droit de savoir pourquoi vous êtes ici.

Il marqua une pause, mais son prisonnier resta silencieux.

— Adrasté Malaen a massacré les membres de l'Ancien Vœu, dit-il brusquement.

Il y eut un bref moment de stupeur durant lequel Venig ne répondit rien, les yeux grands ouverts, encaissant la nouvelle.

— Adrasté… Mais… Quand ? Aujourd'hui ?

— Cette nuit. Elle a disparu et on ne la retrouve pas.

— Mais pourquoi aurait-elle… Sa propre famille ?

— C'est la question que nous nous posons tous.

Les yeux de Venig s'écarquillèrent.

— C'est terrible…

— C'est très précisément pour ce genre de remarques que je dois vous parler, l'interrompit l'homme au manteau.

Ses traits s'étaient durcis et son ton laissait désormais percer une colère contenue. Il baissa les yeux vers le crâne dégarni de Venig et le regarda se recroqueviller comme s'il essayait de disparaître dans le sol.

— La mort d'un Malaen n'est jamais terrible, gronda-t-il, le regard sombre.

Venig, tremblant, sembla préférer garder le silence là aussi.

— Avez-vous présenté votre enfant à l'Ancien Vœu ? demanda soudain l'homme au manteau.

— Non, répondit aussitôt Venig, ma femme et moi n'avons pas d'enfants.

— L'auriez-vous fait si vous en aviez eu ? insista l'homme.

— Je…

Venig hésita, et son silence fut suffisamment éloquent. L'homme se détourna de lui, alla chercher une chaise poussiéreuse dans la cuisine, et revint s'asseoir. Son visage affichait toujours une expression dure et indéchiffrable. Il réfléchit un moment comme pour rassembler ses pensées, puis finit par dire :

— Les habitants de ce village sont tous des ignorants. Vous le savez, non ?

Venig resta silencieux.

— Tous des ignorants, reprit l'homme avec un regard menaçant. Ils pensent que l'Ancien Vœu veille sur le Royaume. J'ai des choses à vous dire, mais avant… que pensez-vous vraiment d'eux ?

Venig hésita.

— De… De l'Ancien Vœu ? Ils… Je leur suis reconnaissant, bien sûr… mais…

— Reconnaissant ? l'interrompit l'homme d'un ton impératif. Pourquoi donc ?

— Ils sont la source de nos richesses ! reprit Venig sur un ton d'évidence. Ils partagent la magie de l'Omphalos avec le peuple…

— Et savez-vous quel genre de magie l'Ancien Vœu implante dans les nouveau-nés ?

— Euh… un de mes cousins possède le don de culture et a rendu nos terres familiales bien plus fertiles… Dans un village voisin, on raconte que certains Bénis ont pu guérir des personnes de maladies mortelles. Les bénédictions sont souvent très utiles au village des Bénis !

— Utile, oui… Savez-vous à quel prix un enfant est béni par l'Ancien Vœu ? Votre cousin doit être âgé, mais avez-vous déjà vu, durant la dernière vingtaine d'années, un réel pouvoir chez un Béni ? Un pouvoir réellement salvateur, bon par nature, sans anomalie ?

Venig ouvrit la bouche, puis la referma, d'un air à la fois effrayé et confus. Son regard se perdit alors dans l'obscurité de la pièce. La maison ne possédait ni bougie ni aucune source de lumière, et la nuit était désormais tombée. Lentement, l'homme vit Venig ouvrir la bouche.

— Ma femme et moi ne connaissons pas beaucoup de...

— Ne mentez pas, Venig, dit l'homme d'un ton sec. Vous possédez une auberge. Vous parlez à des fanatiques à longueur de journée. Des parents se vantant d'avoir proposé leur futur nouveau-né à l'Ancien Vœu, des mères en larmes après un refus... Ce Royaume n'est qu'un ramassis de fanatiques et vous les servez tous dans votre auberge !

Sa voix s'était transformée en grondement faisant penser à un rugissement animal, menaçant, grave et terrifiant. Venig avait sursauté à la fin de la phrase et tentait de disparaître un peu plus dans le bois moisi du plancher. L'homme le regarda se tortiller tel un animal grotesque. Un fanatique. Un simple fanatique, aussi aveugle et dévoué que les autres. Il avait pourtant espéré que celui-ci en saurait plus... Qu'il serait un peu plus conscient. Mais plus il l'interrogeait, plus il semblait évident que l'homme face à lui n'était pas plus lucide qu'un vulgaire paysan. Se serait-il trompé ?

— Mais je... si vous vouliez bien m'expliquer... je ne sais pas ce que... que font-ils de mal ? balbutia Venig d'un ton effrayé et suppliant.

— Répondez à ma première question, reprit l'homme. Savez-vous à quel prix un enfant est béni par l'Ancien Vœu ?

Venig hésita, et resta silencieux quelques secondes puis il dit :

— Un jour, ma femme m'a parlé d'un Béni. On lui a rapporté cette histoire dans notre auberge. Nous ne savions pas ce qui lui était arrivé, mais il n'avait simplement pas d'yeux… À la place, c'était… vide. Ses parents appelaient cela le prix de la bénédiction. Mais beaucoup d'enfants présentent des anomalies, ajouta-t-il précipitamment, comme s'il craignait d'être rabroué. L'Ancien Vœu n'y est pour rien !

— Personne ici n'ira vous dénoncer pour vos propos, Venig. Ces anomalies sont bien le fruit de la bénédiction. Elles apparaissent de plus en plus depuis quelques années. Savez-vous pourquoi ?

Venig secoua la tête, les lèvres serrées comme s'il n'osait plus laisser sortir aucune parole qui puisse offenser l'Ancien Vœu. L'homme regarda par l'unique fenêtre près de la porte d'entrée. Encore quelques heures… Il n'aimait pas se retrouver ainsi obligé d'occuper le temps avec ce petit homme, mais il n'avait pas le choix.

— Je vous avais dit, reprit l'homme, que je comptais vous raconter une histoire. Cette histoire, c'est celle de l'Ancien Vœu et de l'Omphalos. Savez-vous comment cette petite secte insignifiante aux pratiques plus qu'inquiétantes a fini par se hisser à la tête d'un Royaume aussi grand que celui d'Omphal ?

— Bien sûr, tout le monde sait que l'Ancien Vœu possédait l'Omphalos, répondit Venig, visiblement soulagé de pouvoir énoncer un fait positif au sujet de l'Ancien Vœu. C'est grâce à ses pouvoirs qu'ils ont pu créer la magie de notre Royaume et des nouveau-nés !

— Bien évidemment, l'histoire est écrite par les vainqueurs, murmura l'homme. Ce que vous dites est vrai… mais savez-vous comment l'Ancien Vœu en est *venu* à posséder l'Omphalos ?

— Je…

Venig hésita, puis reprit :

— J'ai entendu des choses… des récits, des mensonges évidents pour affaiblir la légitimité de…

— Qu'avez-vous entendu ? coupa l'homme.

Il vit Venig se redresser légèrement et regarder derrière lui, puis autour de lui, dans la pièce vide, comme s'il craignait que quelqu'un d'autre y soit dissimulé.

— J'ai entendu certaines personnes affirmer que les Delpheris auraient un jour tenté de récupérer l'Omphalos, car elle était leur création, leur propriété. Calomnies ! Et je peux vous dire que ces profanes ont été exclus de mon auberge…

Il semblait avoir oublié sa peur un instant et paraissait plus offensé par les propos qu'il venait de relater qu'effrayé par la présence imposante de l'homme qui se tenait face à lui, assis sur une chaise, le regard lourd. Il se ressaisit en croisant ses yeux sombres, et se recroquevilla à nouveau.

— Enfin… ce ne sont que des ragots… des histoires que l'on raconte. Mais l'Omphalos a disparu, sûrement volée par un Delpheris, justement ! Mais a-t-on jamais vu un Delpheris faire autant de bien que l'Ancien Vœu pour notre Royaume ? Non, ils ne faisaient que manipuler les esprits avec leurs dons !

L'homme l'observa sans rien dire, le regard insondable. Venig se mit à se tortiller dans le silence qui s'épaississait à mesure que l'homme fixait sur lui ses yeux sombres.

— A… Allez-vous me dire pourquoi je suis ici ?

— Je n'ai pas fini, répondit simplement l'homme.

— Mais vous ne parliez plus…

— Je ne parlais plus car vos propos m'agacent et me donnent mal au crâne. Et si j'ai mal au crâne, je devrai vous tuer. Alors taisez-vous si vous ne souhaitez pas mourir ce soir, Venig.

Venig baissa les yeux et passa une main tremblante sur son propre crâne dégarni. Après quelques secondes, l'homme reprit d'un ton égal :

— Les anomalies ne sont pas un hasard. Vous vous laissez berner par une entité factice alors même que son pouvoir s'effrite sous vos yeux, dévoilant son imposture.

Venig le fixait du regard sans rien dire, l'air paralysé par la peur ou l'indignation face à ce qu'il entendait, il ne savait pas vraiment.

— L'Ancien Vœu s'est emparé du pouvoir de l'Omphalos, continua-t-il, mais ce pouvoir est faible et vicié entre leurs mains. Ils ne peuvent pas *réellement* transmettre les pouvoirs de la pierre, contrairement aux Delpheris. Mais en les massacrant, les Malaen se sont bien assurés de ne jamais restituer l'Omphalos.

— Les Delpheris ne sont pas morts, laissa échapper Venig, oubliant qu'il était dans son intérêt de se taire. Il… il en reste. On dit qu'ils… qu'ils ont juste fui, loin du Royaume.

Pour la première fois depuis le début de leur conversation, l'homme sembla légèrement décontenancé. Il ne dit rien, mais Venig, qui avait saisi son changement d'expression, reprit :

— Oui… enfin… nous entendons des choses, dans notre auberge…

— L'Ancien Vœu n'aurait jamais laissé un Delpheris en vie, répondit l'homme d'un ton sombre.

— Je… je suis sûr que vous avez des raisons de le croire, risqua Venig, mais le Royaume est témoin de tous les bienfaits de l'Ancien Vœu, ce ne sont pas des assassins…

— Les bienfaits ? répéta l'homme. Je peux vous en dire long sur les bienfaits du règne de l'Ancien Vœu. Cela fait maintenant vingt ans que j'ai pu les voir de mes propres yeux, depuis l'enceinte même du Grand Palais.

Venig ouvrit de grands yeux.

— Alors vous…

— Oui. Je suis moi-même un enfant Béni.

Un silence de plomb accueillit sa déclaration. Il fixa Venig du regard. Celui-ci le regardait avec une expression hébétée, comme s'il n'était pas sûr d'avoir bien compris ou entendu.

— Vous voulez dire que… que vous avez un pouvoir ? Mais alors, pourquoi ces propos ?

— Vous n'avez toujours pas compris ? Leur pouvoir faiblit. À cause du vice causé par l'utilisation d'un pouvoir qu'ils ont volé, tous les pouvoirs des enfants Bénis ces dernières années sont… étranges. Sombres. Des anomalies, des tares.

Venig se tenait toujours contre le mur, et l'homme pouvait voir ses yeux fatigués luisant comme deux petits scarabées dans la semi-obscurité.

— Cette anomalie… c'est un signal. Il est là, depuis un peu plus de deux décennies. Leur massacre par la jeune Malaen en est également un. D'ailleurs, elle subira le même sort que tous les autres.

Venig cligna des yeux sans comprendre. L'homme se leva alors de sa chaise. Il retira son manteau et le laissa tomber par terre. Venig se fit encore plus petit, si c'était possible, intimidé par la posture imposante de l'homme désormais debout. Il le regarda, une goutte de transpiration traçant un chemin propre sur son front sale et noirci, puis bégaya :

— Vous… vous souhaitez venger l'Ancien Vœu ?

— Absolument pas.

Il défit les boutons de sa chemise et l'ouvrit, révélant un fin tissu autrefois blanc mais grisé par les années et l'usure.

— Mais… Qui êtes-vous ? demanda Venig avec une pointe de panique dans la voix. Vous… vous êtes un Delpheris, c'est ça ?

— Les Delpheris sont tous morts, je vous l'ai dit, répéta l'homme. Et qui je suis n'a aucune importance, Venig. Je représente tous les méfaits de l'Ancien Vœu. Et il faut que vous sachiez tous…

Il découvrit alors son torse massif et le dévoila à Venig, qui peignit une expression d'horreur pétrifiée sur son visage.

— Par les dragons d'Ilderad… laissa-t-il échapper. Comment…

— L'Ancien Vœu… Il faut que vous sachiez, Venig. Il faut que vous *sachiez*…

CHAPITRE III
Les deux agents

À deux champs de la maison abandonnée, Jaime – elle avait décidé de garder ce prénom tant qu'elle n'aurait pas retrouvé le sien – tentait tant bien que mal de se réchauffer près du feu. Après sa mésaventure à l'auberge de La Petite Oie, elle avait erré quelques temps entre les chaumières et les rares maisons de pierre plus cossues, sans rien reconnaître des alentours. Un panneau au bout d'un chemin marquant l'entrée du village indiquait « Gandir ». Le nom de ce village n'évoquait rien dans son esprit. C'était une petite bourgade bordée au nord d'une forêt dense, et Jaime avait rapidement pu en explorer la majeure partie. Elle avait fini par revenir vers la Grand Place, où se trouvait l'auberge de La Petite Oie, mais était restée à bonne distance pour éviter de se faire repérer. Au centre de la Place se dressait une belle statue de pierre représentant une femme enceinte brandissant une roue de charrette au-dessus de sa tête. Ce devait être un monument dédié à la vénération de l'Ancien Vœu car Jaime aperçut, déambulant autour, deux hommes parés de robes blanches apostrophant quelques villageois pour vanter les mérites de la secte royale.

— Leur pouvoir n'est pas mort ! s'écriaient-ils. La roue n'est pas brisée ! Enfantez, faites bénir vos enfants !

Elle repensa à la marque sur son bras, qu'elle avait pu observer plus en détail une fois à l'abri des regards. C'était un tatouage. Une simple roue de charrette, semblable à celle que tenait la femme de pierre, mais moins ajourée : un cercle et quatre barres se croisant en son centre. Cette marque était donc liée à l'Ancien Vœu… C'était en la voyant que Maddie et Boltz l'avaient expulsée de l'auberge. Mais pourquoi ?

Sur toute la place se pressaient commerçants, bouchers et pêcheurs venus de loin pour vendre le cru de leurs activités. Elle avait soigneusement dévisagé quelques fermiers et paysans qui s'activaient çà et là dans l'espoir d'en reconnaître quelques-uns. Elle avait attendu de voir un visage s'éclairer, se fendre d'un sourire en la voyant. Mais personne n'avait souri en croisant son regard. Personne n'avait crié son vrai nom avec soulagement. Elle n'avait eu que des regards indifférents. Une inconnue pour tous, manifestement. « Ça vaut toujours mieux que les regards haineux à l'auberge… » pensa-t-elle, résignée. « Au moins, ici, on me laisse tranquille ». Après plusieurs heures de marche, ne sachant où aller et voyant la nuit tomber, elle s'était donc installée dans une autre auberge affublée de l'enseigne « À la Bougie Chaude » qu'elle avait choisie pour sa faible fréquentation ce soir-là. Elle prenait d'ailleurs bien soin de ne pas dévoiler son avant-bras, cette fois. Elle avait dîné, demandé une chambre et s'était installée près du feu en attendant qu'on la lui prépare, remerciant mentalement l'inconnu qui avait laissé assez de pièces dans le manteau d'hiver pour survivre quelques jours. Cet inconnu dont elle savait qu'il était venu à l'auberge de La Petite Oie avec elle mais semblait à présent introuvable. Était-il parti de son plein gré ?

L'automne commençait à se faire pénétrant, et les nuits étaient de plus en plus froides : le feu crépitant à côté duquel elle s'était installée était bienvenu. Elle songea qu'une fois sa chambre prête, elle resterait tout de même au chaud dans la pièce principale pour écouter les bribes de conversations. Elle espérait ainsi en apprendre un peu plus sur… tout. Tout ce qu'elle pourrait. Une chose qu'elle avait constatée aujourd'hui : même après avoir beaucoup marché durant les dernières heures, elle n'avait ressenti que peu de fatigue ou faiblesse durant la journée. Cependant, maintenant qu'elle était confortablement installée dans le fauteuil moelleux… Malgré la somnolence qui commençait à la gagner, elle tendit l'oreille et se laissa aller en arrière, s'enfonçant dans le canapé.

Deux hommes assis derrière elle discutaient à voix basse, comme s'ils ne voulaient pas être entendus. Leur tournant le dos, elle entendait faiblement leurs voix s'élever au-dessus du crépitement du feu.

— … toujours en fuite, oui. Personne ne l'a vue depuis hier soir, dit le premier d'une voix grave. Ma main au feu qu'on va finir par devoir s'en charger…

— Nous ? Tu ne penses pas qu'ils ont déployé des Bénis de l'Armée pour la retrouver ? demanda le second d'une voix absente et distraite, comme s'il regardait autour de lui en même temps qu'il discutait. Ça ne fait pas *vraiment* partie de nos missions, ça…

— Oui, les Bénis de l'Armée sont sûrement déjà à sa recherche, mais ça n'a pas l'air de fonctionner…

— Ah, si seulement je pouvais aussi avoir un pouvoir qui me donne un avantage au combat… Tout serait bien plus simple !

L'autre homme ricana.

— Tu te moques de moi, Aidan, lança l'autre d'un ton faussement offensé.

— Non, répondit Aidan d'un ton égal. Mais l'Ancien Vœu ne s'intéresse pas à deux agents comme nous, Lars. Mets-toi ça dans la tête.

— On fait bien leur sale besogne, répliqua Lars d'une voix qui donnait toujours l'impression de n'être qu'à moitié intéressé par la conversation. Et personne ne sait vraiment comment ils choisissent leurs Bénis, alors pourquoi pas moi…

— Je préfère être fonctionnaire, trancha Aidan. Je ne me plains pas, ma condition de mortel ordinaire me convient parfaitement.

Jaime entendit Lars bailler et s'étirer, et se redressa légèrement sur son fauteuil. La conversation fut interrompue par un silence ponctué de bruits de déglutition de bières et de chopes que l'on reposait sur le bois de la table. Ces hommes travaillaient donc pour l'Ancien Vœu. Que faisaient-ils ici, s'ils n'étaient pas à la recherche d'Adrasté Malaen ? Elle avait gardé dans un coin de son esprit cette information : une fugitive dangereuse s'était enfuie du palais de l'Ancien Vœu après les avoir presque tous décimés. Personne ne savait qui elle avait épargné, ni pourquoi. Ce qui était certain, c'était que Jaime ne tenait pas à se retrouver face à elle par hasard. Elle regarda le dos de sa main rougir à la chaleur du feu tandis que Lars reprenait :

— En tout cas, je n'ai pas l'impression qu'on la trouvera dans ce village. Nous pourrons explorer une zone plus large demain.

— Tu penses qu'Adrasté viendrait faire du tourisme à Gandir ? railla Aidan – mais Jaime ne percevait pas de sourire dans sa voix.

— Ça ne te va pas de faire des blagues, Aidan… Je ne parlais pas d'Adrasté, mais de la Profane. Tu as déjà oublié notre mission ?

— Bien sûr que non… Et d'ailleurs, j'ai entendu dire qu'elle avait été vue à La Petite Oie. Pendant que tu te prélassais ici, je collectais des informations…

— La Petite Oie ? Et ces crétins n'ont pas eu le réflexe de nous avertir ? s'exclama Lars un peu plus fort qu'avant.

— Ils l'ont simplement chassée de l'auberge, expliqua Aidan. La tenancière, Maddie, ne cessait de répéter qu'elle ne se mêlait pas des histoires de politique et voulait éviter les ennuis.

Jaime sursauta. La Petite Oie… Maddie… Chassée de l'auberge… Parlaient-ils d'elle ?

— Tsss… C'est malin. Elle doit être loin d'ici maintenant qu'elle se sait repérée… marmonna Lars. J'irai à La Petite Oie tout à l'heure, on verra ce qu'on peut apprendre de plus.

Ils se turent à nouveau. Jaime respirait un peu plus vite. Pourquoi ces hommes l'avaient-ils qualifiée de profane ? Elle fouilla à nouveau ses souvenirs, mais ne parvint pas à se rappeler ce qui pouvait justifier qu'ils l'appellent ainsi. Quoi qu'il en soit, son instinct lui disait de ne pas se faire remarquer par ces deux hommes qui, manifestement, la cherchaient, *elle*. Elle sentit un mélange de frustration, de colère et de confusion lui nouer l'estomac. Elle était recherchée par l'Ancien Vœu… Il devait y avoir une erreur quelque part. Cet endroit lui semblait soudainement bien trop fréquenté. Elle se sentait désormais très alerte et exposée, au coin de ce feu près duquel elle s'était presque assoupie il y a quelques minutes encore. Tout en tirant sur la manche de son manteau pour cacher sa marque, elle resta plongée dans ses inquiétudes jusqu'à ce que la tenancière de La Bougie Chaude revienne vers elle :

— Troisième chambre à droite au bout du couloir, rez-de-chaussée ! Tu n'auras aucun bruit cette nuit, nous n'avons pas beaucoup de clients…

— Je vous remercie, répondit Jaime d'un air absent.

La tenancière était manifestement d'humeur à discuter, mais Jaime n'ajouta rien. La dernière conversation à laquelle elle avait pris part lui laissait encore un goût amer. Elle se rendit cependant compte de son impolitesse et sourit timidement à la tenancière, qui parut satisfaite et lui rendit son sourire d'un air bienveillant.

— Si tu as besoin de quoi que ce soit, je serai dans les cuisines !

— Merci beaucoup.

Elle la vit à peine s'éloigner d'un air affairé, et songea qu'elle serait probablement plus en sécurité dans sa chambre. Son imagination commençait également à lui jouer des tours : elle se sentait observée par Lars et Aidan depuis que la tenancière lui avait parlé – sa voix haute avait dû attirer leur attention. Elle ne put s'empêcher de leur jeter un regard furtif ; ils étaient chacun plongés dans ce qui semblait être de profondes réflexions dont les réponses se trouvaient au fond de leurs chopes. Aucun d'eux ne manifestait d'intérêt pour elle. Le plus petit, Lars, avait des cheveux blonds de paille tombant sur son visage fin assorti d'un nez crochu. Ses sourcils noirs extraordinairement épais contrastaient avec ses cheveux clairs. L'autre, comme par un fait exprès, était grand, massif, avec de courts cheveux noirs coupés en brosse. Ils faisaient l'effet d'un duo comique, mais de ce que Jaime avait entendu, c'étaient des hommes dangereux, employés par l'Ancien Vœu, entraînés à attraper des fugitifs profanes et…

Et quoi ?

Que faisaient-ils de ces fugitifs par la suite ?

Avec un frisson, elle décida qu'elle préférait ne pas le savoir. Elle quitta son fauteuil et se dirigea vers les chambres du rez-de-chaussée. Arrivée au bout du couloir, elle vit à sa gauche une porte qui donnait sur un lit étriqué mais d'apparence confortable. En y entrant, elle réalisa pleinement sa fatigue, qui n'était pas que physique : elle avait passé la journée à tenter de se remémorer qui elle était et d'où elle venait. Cette gymnastique mentale lui faisait l'effet d'un élastique qu'on aurait trop tendu. Elle referma la porte et se dirigea vers l'unique fenêtre d'où passait un doux halo lunaire, projetant un rectangle de lumière sur le plancher. D'un geste mécanique, elle retira le mot qu'elle avait trouvé un peu plus tôt dans ses bottes et le leva près de la fenêtre.

« L'Éveil se fait au contact de l'Ennemi »

Elle ne comprenait toujours pas ce que signifiait ce message. Qui était l'ennemi ? Pour l'instant, elle ne voyait qu'elle-même. Si elle était vraiment profane, manifestement elle avait fait *quelque chose* pour engendrer la colère de l'Ancien Vœu… Mais quoi ?

— Rhaaa ! laissa-t-elle échapper en s'allongeant brusquement sur le lit.

Frustration, colère, incompréhension, et surtout sentiment d'impuissance se succédaient et se mélangeaient en elle sans qu'elle parvienne à en comprendre la cause. Mais elle était trop fatiguée pour que ses pensées divergent plus, et elle se laissa glisser dans un sommeil profond et tourmenté.

Ce fut comme si tout l'avait attendue avant de commencer. Elle était plongée dans le noir, mais pouvait entendre des cris au loin. Des enfants qui appelaient à l'aide, des hurlements de détresse. Elle aurait voulu bouger, se retourner, mais impossible. Tout son corps était paralysé. Elle ouvrit la bouche et tenta de crier « Où êtes-vous ? » mais son cri mourut avant de sortir. Les hurlements se faisaient plus denses, plus déchirants. Dans une gerbe d'explosions, des flammes apparurent soudain devant elle, crevant l'obscurité, contenant en leur sein une étrange sphère d'un blanc laiteux. Toujours assourdie par les cris de désespoir environnants, Jaime tenta de lever la main, et à sa grande surprise, elle y parvint. Elle savait que les flammes ne la brûleraient pas. Elle continua d'avancer vers elles, sa main tendue léchée par leur chaleur. Elle tenta de refermer sa main sur la sphère, mais c'était comme si une barrière invisible l'en empêchait. Elle vit à ce moment-là que sa main n'était pas la seule à se tenir au-dessus de la sphère. Une autre femme se tenait debout face à Jaime, dans l'exacte même position. Son regard était dur, déterminé, presque sauvage, comme meurtri par des blessures invisibles. Sa peau cuivrée et ses longs cheveux bouclés semblaient à eux seuls illuminer l'obscurité qui les entourait, presque autant que les flammes. En baissant les yeux, Jaime vit qu'elle dégageait elle aussi un halo de lumière. Elle tenta à nouveau de refermer sa main sur la sphère, et l'autre fit exactement le même mouvement. Elles se regardèrent pendant plusieurs secondes, perplexes. Allaient-elles devoir se la disputer ? Et d'ailleurs, Jaime voulait-elle vraiment cette sphère enflammée ? Elle ne l'avait jamais vue auparavant et ne savait même pas ce que c'était… Non. Finalement, non. Elle n'en voulait plus. Elle abaissa sa main. L'autre femme l'imita, une fois encore. Un miroir… Elles agissaient en symétrie parfaite. Jaime voulut lui demander « Qui es-tu ? », mais sa voix fut noyée dans les cris, qui venaient de reprendre de plus belle. Elle entendait également des bruits sourds, comme des coups sur des portes.

— N'avez-vous pas la clé de vos propres chambres ? s'écria une voix d'homme où perçait la colère.

Jaime rouvrit les yeux en sursautant, brutalement tirée du sommeil. Elle venait de faire un rêve tellement déroutant… Mais les coups et les cris d'hommes qu'elle entendait désormais venaient du couloir et étaient bien réels.

— Les chambres ferment de l'intérieur pour donner un peu d'intimité aux clients, répondit la tenancière d'un ton agacé. Que faites-vous ?!

— Je viole leur intimité, répondit une voix grave.

Jaime entendit quelque chose racler sur le plancher à l'extérieur de sa chambre, comme si quelqu'un tirait une chaise. « Les agents… » pensa-t-elle aussitôt, paniquée. Elle se releva d'un bond et regarda la porte de sa chambre en sentant une sueur froide lui parcourir le corps. Ainsi, ils l'avaient remarquée… Ils l'avaient démasquée. Et ils s'apprêtaient à défoncer sa porte. Elle regarda autour d'elle : il n'y avait rien qu'elle puisse utiliser pour se défendre. Elle se rappela le corps massif d'Aidan : même si elle se jetait sur lui de toutes ses forces, elle n'était même pas sûre que cela le fasse tituber. De plus, ils étaient deux. Elle entendit à nouveau des coups, mais quelque chose clochait. Ce n'était pas à sa porte qu'ils frappaient. Que faisaient-ils donc ? Elle entendit un autre coup, puis un « BANG » indiquant qu'une porte venait de s'ouvrir à la volée.

— C'est malin ! Vous comptez réparer tout ça ? s'écria la voix aiguë de l'aubergiste.

— Nos patrons vous rembourseront, dit Lars d'une voix où perçait l'ironie.

— Où est-elle ?

— Comment ça ?

— C'est une blague ? Le lit est vide ! La Profane n'est pas là, s'écria la voix lourde d'Aidan.

— Je ne…

L'aubergiste semblait confuse. Jaime écoutait, incapable de faire un geste. Ils avaient manifestement pensé qu'elle se trouvait dans la chambre d'en face, mais à présent ils voyaient bien que celle-ci n'était pas occupée.

— Qu'est-ce que tu nous caches, l'aubergiste ? Tu veux faire fermer ton établissement pour collaboration avec une Profane, c'est ça ? gronda la voix d'Aidan d'un ton menaçant.

— Mais pas du tout ! s'indigna l'aubergiste. Vous êtes venus me voir au beau milieu de la nuit en me demandant où se trouvait la cliente assise près du feu, je vous ai donné la chambre exacte, je vous le jure !

— Manifestement vous vous êtes trompée, railla Lars.

— Non, non, vraiment, je ne comprends pas, répondit l'aubergiste, dont la voix tremblait de plus en plus. Au rez-de-chaussée, il y a trois chambres à droite, trois chambres à gauche, et…

Jaime ne l'écouta plus. Elle se rappelait soudain un détail : la tenancière lui avait indiqué de prendre la troisième chambre à droite au fond du couloir… Sans réfléchir, elle avait pris la troisième chambre de gauche. Son étourderie venait de lui sauver momentanément la vie, mais elle ne voyait néanmoins pas plus comment se sortir de là. Si elle restait ici sans faire de bruit, ils la penseraient peut-être partie… Peut-être ne penseraient-ils pas à vérifier les autres chambres… Elle regarda autour d'elle et ne vit rien d'autre que le plancher éclairé par la lumière de la lune qui perçait par la fenêtre. La fenêtre… Vite ! Elle se précipita, déverrouilla le loquet aussi vite qu'elle put et ouvrit les battants. Grossière erreur : le loquet émit un claquement assourdissant dans la nuit, et les battants grincèrent horriblement. Elle entendit les voix s'élever à nouveau.

— Elle est en face ! s'écria la voix de Lars de l'autre côté de la porte.

— Pousse-toi de là, répondit Aidan.

Jaime se hissa à la fenêtre et regarda par-dessus : elle n'était que légèrement surélevée et pourrait aisément sauter. Mais alors qu'elle s'apprêtait à bondir... *« Mon manteau ! »*.

Avec horreur, elle réalisa qu'elle ne l'avait pas pris. C'était la seule chose qui pourrait lui permettre d'avoir des réponses. Tout son argent se trouvait également dans ce manteau. Après une fraction de seconde d'hésitation, elle reposa son pied au sol et se précipita sur le lit, agrippant le manteau au moment exact où la porte sortait de ses gonds avec un grand « BANG ». À l'entrée de la chambre se tenaient Lars, ses épais sourcils relevés en une expression satisfaite, Aidan, une chaise entre les mains, et la tenancière de l'auberge, qui paraissait terrifiée. Jaime s'immobilisa, les mains fermement agrippées à son manteau.

— J'espère que nous ne t'avons pas réveillée ? demanda Lars d'un ton jovial. Mais nous avons de la route à faire alors assez joué à cache-cache...

— Que me voulez-vous ? demanda Jaime.

— Nous voulons t'emmener là où vont tous les Profanes... Tu connais la loi...

— Je ne suis pas une Profane ! protesta Jaime en voyant Lars avancer vers elle. Je n'ai rien fait !

Elle ne savait pas bien pourquoi elle disait tout cela : elle n'avait aucune preuve de ce qu'elle avait fait ou non.

— Ne mens pas, répondit Lars, nous savons que tu as la marque. C'est bien pour ça qu'on vous l'appose : de cette façon, vous ne pouvez pas vous cacher !

Avant que Jaime puisse réagir, Lars bondit. D'un mouvement vif, bien trop vif pour elle, il se rua sur elle et s'empara de son bras. Elle sentit sa main se refermer avec une force surprenante pour un homme aussi menu et chétif. D'un geste instinctif, elle agrippa le bras de Lars de toutes ses forces en s'écriant :

— Non ! Lâchez-moi !

À sa grande surprise, Lars lui obéit. Elle sentit l'étau autour de son bras se desserrer brusquement et fonça à nouveau vers la fenêtre sans regarder derrière elle. Avec une agilité qui la surprit elle-même, elle s'élança, mit un pied sur la cloison, et se projeta en avant. Derrière elle, elle entendait les cris de rage de Lars et Aidan.

— Qu'est-ce que tu as fait, abruti ? Pourquoi tu l'as lâchée ?

— Elle m'a brûlée, par l'Enfer des Delpheris ! Son bras, c'était comme attraper un tisonnier !

— Qu'est-ce que tu racontes ?

Une fois au sol, Jaime se redressa et s'élança sur le sol boueux sans chercher à comprendre ce qu'elle entendait. Elle courut aussi vite qu'elle le put, et découvrit qu'elle pouvait être très rapide. Elle sentait l'air froid de la nuit pénétrer ses poumons surpris par l'effort soudain, mais cela était bienvenu : l'adrénaline qui parcourait son corps l'aidait à courir plus vite.

— Je te dis que quelque chose m'a brûlé, regarde ma main !

— On verra après, vite, il faut la retrouver !

Elle les entendit se précipiter dehors et crier dans la nuit. Elle s'éloigna de l'auberge autant qu'elle le pouvait, sans se retourner, se perdant entre les maisons sombres dans les rues désertes, glissant de temps à autre sur les pavés humides. Cela lui sembla durer des heures. Lorsque les battements de son cœur se firent moins soutenus et qu'elle n'entendit plus les cris lointains des deux agents, elle jugea qu'elle pouvait cesser de courir à pleine vitesse et ralentit. Elle ne cessait cependant de regarder derrière elle, désormais. Peu à peu, voyant que personne ne la suivait, son rythme cardiaque revint à la normale et elle put s'accorder un moment de réflexion, cachée derrière une charrette.

Jaime avait pu explorer le village dans la journée et avait repéré quelques endroits où elle pourrait se cacher en cas de besoin. Hors de question de retourner dans une auberge. Ce serait sûrement là qu'ils iraient en premier. Elle ne pouvait risquer de rester dans la rue, où elle était bien trop à découvert, sans compter qu'il faisait extrêmement froid. Elle décida de se diriger vers la lisière de la forêt, où elle avait repéré une grande ferme et une écurie. Cela serait mieux que rester dehors. Elle espérait simplement qu'Aidan et Lars ne la retrouveraient pas là-dedans. Elle devrait également s'assurer de partir avant le réveil du fermier. Elle était fugitive, c'était maintenant évident. Si elle n'en avait pas été certaine auparavant, elle savait désormais qu'elle était recherchée par les autorités en tant que Profane. Mais l'était-elle vraiment ? Qu'avait-elle fait ?

Elle arriva devant la ferme et ne tarda pas à trouver l'écurie, qui était fermée par une lourde barre de métal posée sur deux crochets, chacun sur un battant de porte. Au prix d'un effort physique considérable et d'un mal de dos qui lui arracha un juron, elle parvint à déloger la barre, qu'elle laissa tomber au sol aussi silencieusement que possible. Elle ouvrit précautionneusement les deux battants et une fois dans l'écurie, elle entendit quelques chevaux bouger paresseusement. Elle se tint debout quelques instants sur le sol recouvert de terre et se laissa envahir par l'odeur rassurante de la paille et du foin. Cette sensation la réconforta et elle parvint à respirer un peu plus calmement. Elle trouva dans un coin une couverture qui devait servir à tenir les chevaux au chaud en hiver, et songea que ce serait mieux que de dormir à même la paille. Elle s'allongea mais ses yeux restèrent grands ouverts. L'adrénaline n'avait pas encore quitté son corps et l'épuisement n'aidait en rien. De temps à autre, un bruit causé par un des chevaux la faisait sursauter.

« Ce n'est pas eux », se disait-elle à chaque fois, « ce n'est pas eux, ils ne te retrouveront pas ici… »

Au bout d'un certain temps – elle n'aurait pu dire si c'étaient quelques instants ou plusieurs heures – elle finit par sombrer dans un sommeil sans rêve. Lorsqu'elle se réveilla, il lui sembla qu'elle avait dormi quelques minutes à peine. La pièce baignait à présent dans une douce lumière dorée : il devait faire jour. Son corps endolori la lançait, et elle essaya de bouger mais se sentait trop raide. Elle réalisa à ce moment que ses pieds et ses mains étaient liés entre eux par une corde solidement attachée. Elle se retourna dans un mouvement de panique et vit, debout à côté d'elle, un homme à la barbe hirsute et au regard bleu et or qu'elle reconnut aussitôt. C'était Boltz, le client de La Petite Oie qui discutait avec Maddie. Lorsqu'il vit qu'elle était réveillée, il éclata d'un rire franc.

— J'ai du mal à comprendre comment ils ont pu te laisser filer, dit-il d'un ton amusé, tu me parais bien peu combative, si tu veux mon avis !

CHAPITRE IV
Profane

— Ben alors, tu as perdu ta langue ? Tu étais pourtant bien bavarde chez Maddie.

Jaime regardait Boltz sans bouger, pétrifiée. Qu'elle était bête… Elle ne s'était pas réveillée à temps. Et manifestement, Boltz avait également pu la ligoter dans son sommeil sans qu'elle ne s'aperçoive de quoi que ce soit.

— Tu pionces dans mon écurie à l'œil jusqu'à midi, tu pourrais au moins être polie et répondre quand on te parle, insista Boltz. Tu as causé un de ces grabuges… Depuis ce matin, ça ne parle que de toi au village ! Tu vas me dire ce que tu fais ici avant que je te livre aux agents ?

Jaime parvint à articuler d'une voix tremblante :

— Je… je me cachais. Je comptais quitter le village ce matin, je ne voulais pas causer d'ennuis.

— Tu ne m'en causeras pas plus, répondit Boltz d'un air assuré. Ils étaient déjà bien remontés qu'on ne t'ait pas dénoncée directement, la vieille Maddie et moi. Ils nous ont même menacés… ajouta-t-il d'un ton amer.

— Menacé de quoi ? demanda Jaime.

— Pas tes affaires, rétorqua Boltz. Mais tu ne peux pas rester ici. Je t'ai laissée partir une fois quand j'ai vu cette horrible marque sur ton bras, mais là…

— Pourquoi tout le monde en veut à cette marque, à la fin ? Pourquoi tout le monde me cherche ?

Elle n'en pouvait plus d'être la seule à ignorer la signification de cette roue de charrette sur son bras. Elle devait savoir. Mais sa question sembla surprendre légèrement Boltz, dont les grands yeux bleus s'arrondirent l'espace d'un instant. Puis il se reprit.

— Allez, arrête. Gagner du temps ne servira à rien. Lève-toi, qu'on aille retrouver les deux agents. Incapables de faire leur travail correctement, ceux-là.

Jaime sentit une pointe d'agacement dans sa voix. Il n'aimait manifestement pas beaucoup Lars et Aidan. Elle crut y voir une chance et risqua :

— C'est vrai qu'ils ne sont pas très fins. Je dormais aussi hier quand ils sont venus me capturer. Mais ils faisaient un tel boucan que j'ai réussi à m'enfuir.

Boltz ricana et lui tendit un bras pour l'aider à se mettre debout. Une fois sur ses jambes, Jaime se força à respirer profondément et reprit d'un ton qu'elle voulait calme et posé :

— Je suis désolée de vous avoir attiré des ennuis. Je ne… la marque… je ne savais pas que je l'avais, je dis la vérité.

— Tu veux dire que tu étais inconsciente lorsqu'on te l'a tatouée ? demanda Boltz avec une pointe d'ironie.

— Non, je veux dire que je ne me rappelle pas le moment où j'ai été marquée. Tiens, regarde.

Elle tendit ses mains ligotées vers Boltz, qui la regarda d'un air interdit pendant une seconde, puis entreprit de relever sa manche droite. Il découvrit la roue de charrette d'un noir de jais et observa la peau tout autour, encore rougeâtre.

— Il a l'air récent, c'est vrai, remarqua Boltz d'un air interdit, comment peux-tu ne pas t'en souvenir ?

— Je ne me souviens de rien, soupira Jaime.

Tout lui avouer était sa seule chance. Il allait la livrer aux agents de toute façon, alors autant tenter de lui expliquer qu'elle ne savait même pas pourquoi elle était recherchée. Elle lui raconta tout : de son réveil à La Petite Oie à sa fuite en pleine nuit. Au fil de son récit, elle voyait son regard s'adoucir légèrement, sans pour autant lui devenir sympathique. Lorsqu'elle eut terminé, elle le regarda avec appréhension. Sans s'en rendre compte, en l'écoutant, il s'était assis sur une motte de paille et regardait le manteau de Jaime. Tout en le pointant du doigt, il marmonna :

— Et tu dis que ça, c'est tout ce que tu as trouvé dans ta chambre ? Rien d'autre ?

— À part mes bottes et ce manteau, rien d'autre, répéta Jaime. Il y avait un peu d'argent, et… et c'est tout.

Elle s'était rendu compte à mi-chemin qu'elle préférait garder l'existence du message énigmatique pour elle, tant qu'elle n'était pas sûre que Boltz la croyait.

— Hmm… C'est peut-être ton pouvoir qui a causé ta perte de mémoire, tu y as pensé ? Ça va peut-être revenir, j'ai souvent vu des anomalies de dons ces dernières années.

— Mon pouvoir ? Je n'ai aucun pouvoir, répondit Jaime sans comprendre.

— Bien sûr que si, rétorqua Boltz d'un ton agacé. Je pensais que tu allais tout me dire, mais si tu te fiches de moi, je vais…

— Je n'essaie pas de te mentir, coupa précipitamment Jaime. Je t'ai dit que je n'avais plus de mémoire !

Boltz s'immobilisa la bouche ouverte, lui lança un regard noir sceptique, puis lâcha une exclamation exaspérée.

— Très bien. Je joue le jeu. Tu as bien évidemment un pouvoir et je vais te dire pourquoi. D'abord, tu m'as dit que Lars t'avait lâchée parce que ton bras l'avait brûlé. Premier indice. Mon bras à moi ne provoque pas de brûlures aux personnes qui l'agrippent.

— Oui… C'est vrai que je ne sais pas ce qui s'est passé à ce moment, admit Jaime.

— Ensuite, tu as la marque des Profanes. Ce sont les Bénis qui refusent de rejoindre l'Ancien Vœu lorsqu'ils sont rappelés, ou qui s'enfuient pendant leur service au Grand Palais. Voilà ton deuxième indice.

— Rappelés ? Par qui ? demanda Jaime, la voix tremblant d'impatience.

Elle sentait bien que Boltz ne savait toujours pas s'il devait la croire, car il marquait toujours un temps de pause en la regardant d'un air soupçonneux avant de répondre à ses questions. Il finit par dire :

— Par l'Ancien Vœu directement. Lorsqu'un parent obtient la bénédiction pour son nouveau-né, il sait que son enfant peut être appelé à servir l'Ancien Vœu un jour… d'une façon ou d'une autre, ajouta-t-il d'une voix plus grave.

Elle vit son regard se fixer sur un point qu'elle ne voyait pas, une expression étrange sur le visage.

— Tu veux dire, dit-elle lentement, que je suis une Bénie, et que j'ai refusé de travailler pour l'Ancien Vœu ?

— Exactement. Tu as dû t'enfuir après qu'ils t'aient attrapée et tatouée.

— Eh bien ça ne m'aide pas à comprendre, je ne savais pas moi-même que j'avais un pouvoir jusqu'à maintenant !

— J'ai l'air d'un devin ? répondit Boltz d'un air irrité. Je n'en sais pas plus que toi.

Il la jaugea du regard un moment, pendant que Jaime elle-même mesurait l'impact de ce qu'elle avait manifestement fait. Ainsi, elle avait un pouvoir, et l'Ancien Vœu l'avait rappelée. Mais elle avait refusé, ou s'était enfuie après avoir accepté… Cette marque semblait le confirmer. Instinctivement, elle saisissait la gravité de son acte. Mais quel était son pouvoir et pourquoi avait-elle refusé d'être rappelée ?

— Tu es vraiment une boîte vide, ma parole, tu n'as plus aucun souvenir ? Tu ne mens pas ?

Jaime releva la tête. Boltz la regardait à présent avec une expression de franche incrédulité.

— Non… répondit-elle en secouant tristement la tête. C'est le trou noir.

— Eh ben… dit-il lentement. J'avais vu des anomalies avant mais ça, c'est une première.

— Dis… risqua Jaime. Pourquoi tu ne m'as pas dénoncée hier ? Tu m'as prévenue, tu m'as dit de partir…

Boltz la dévisagea comme s'il décidait s'il devait ou non lui répondre franchement. Puis il se releva et épousseta l'arrière de son pantalon.

— À quoi ça m'aurait servi ? En ce qui me concerne, l'Ancien Vœu peut bien régler ses problèmes tout seul. Ils n'ont pas besoin de notre aide.

— Tu ne… tu ne soutiens pas l'Ancien Vœu ? demanda Jaime avec précaution.

— Je n'ai jamais dit ça ! s'empressa d'ajouter Boltz en levant un doigt vers elle. Simplement, je me mêle de ce qui me regarde.

Il se dirigea vers les chevaux, tournant le dos à Jaime. Elle n'était pas convaincue par son explication. Elle envisagea de s'enfuir, mais quelque chose lui disait que Boltz avait changé d'avis. Son attitude envers elle s'était détendue et il ne la traitait plus comme une prisonnière. De plus, elle avait les mains et les pieds solidement liés… Boltz commençait à remplir les seaux d'avoine et de foin, la tête résolument penchée. Jaime le regarda s'affairer de cheval en cheval. Certains tapaient impatiemment de leurs sabots sur la porte de leur stalle. D'autres sortaient curieusement la tête et l'observaient, secouant la tête pour attirer son attention s'il passait près d'eux. Même s'il lui était difficile de décrypter l'attitude de Boltz, Jaime sentait qu'il répugnait à faciliter la tâche à Lars et Aidan. Il ne semblait pas être un fervent admirateur de l'Ancien Vœu. Quant à elle… Elle ne savait que penser. Son absence de mémoire l'empêchait de se faire sa propre opinion sur tout ce qui l'entourait, sur les pratiques de l'Ancien Vœu ; elle savait, cependant, qu'elle n'avait aucune envie de se faire capturer.

Bang !

— Aïe !

Perdue dans ses pensées, elle en avait oublié les liens qui resserraient ses pieds et ses mains, et elle avait essayé d'avancer vers Boltz, mais avait trébuché et s'était écrasée au sol. Elle releva la tête, penaude, la joue droite pleine de paille. Boltz, que le bruit de la chute de Jaime avait légèrement fait sursauter, se retourna, la vit par terre et revint vers elle en sortant un couteau de sa poche.

— Excuse-moi, j'avais oublié.

À sa grande surprise, Jaime vit qu'il tranchait les cordes autour de ses poignets et ses chevilles. Elle n'osa rien dire qui puisse le faire changer d'avis et le regarda faire silencieusement.

— Tu sais, j'ai pas mal de travail, finit-il par dire en lui dégageant les poignets. Si tu arrivais à t'enfuir pendant que j'ai le dos tourné avec les chevaux, ce ne serait pas ma faute. Je ne te verrais pas… Je mettrais probablement plusieurs minutes à me rendre compte de ton absence et tu serais déjà loin dans la forêt.

Jaime cligna des yeux. Les mains désormais libres, elle les passa sur son visage et ses vêtements pour chasser les brins de paille qui s'y étaient accrochés.

— Merci, souffla-t-elle. Et si je peux faire quoi que ce soit pour te remercier…

— Aide-moi simplement à accrocher ces mangeoires pour les chevaux. Ensuite, je vais aller chez Maddie, et j'aimerais que tu sois partie quand je serai revenu. Je ne tiens pas à être mêlé à tes histoires.

— Tu vas à La Petite Oie ?

Elle souleva un seau rempli d'avoine et tituba jusqu'à la porte de la stalle la plus proche.

— Oui… dit Boltz, lui-même portant deux seaux vers des stalles plus éloignées. Je vais boire un coup pour oublier cette foutue matinée.

Jaime hésita un instant, puis risqua :

— Est-ce que tu… tu pourrais demander au mari de Maddie qui était avec moi à mon arrivée ?

Boltz éclata de rire en remplissant un dernier seau de foin d'un grand geste.

— Tu n'écoutes pas ce qu'on te dit, on dirait. Je ne tiens pas à être mêlé à ça !

— S'il te plaît, insista Jaime. Juste cette question ! Ce manteau… il appartient bien à quelqu'un et je pense qu'on me l'a laissé pour une raison. Si j'ai un nom, une description, n'importe quelle piste, je pourrai partir d'ici et le retrouver ! Je te laisserai tranquille, je te le promets.

Boltz continua sa besogne sans rien dire et Jaime sentit monter en elle une bouffée d'espoir. Elle posa la seconde portion d'avoine et de foin qu'elle venait de soulever et le regarda avec de grands yeux.

— Je parle au mari de Maddie, je te ramène les informations, et tu décampes d'ici. C'est bien ça ?

— Oui.

Boltz se mettrait en danger pour l'aider et l'idée ne lui plaisait pas plus que de se faire elle-même capturer, mais elle devait trouver cet inconnu.

— Écoute, dit-il lentement, même si au fond je pense que tu devrais être libre de parcourir le monde à ta guise, ça ne m'enchante pas de dissimuler une Profane. Je ne veux pas d'ennuis. Et je ne sais pas quel est ton pouvoir… mais tu n'as pas l'air dangereuse. Si ton seul crime est d'avoir refusé de rejoindre l'Ancien Vœu, eh bien… Je pense que tu as bien fait.

Jaime sentit une bouffée de gratitude l'envahir et s'avança vers Boltz.

— Alors tu vas…

— Ne bouge pas d'ici, l'interrompit-il. Ne te fais pas remarquer, ne fais rien qui puisse m'attirer des ennuis. Quand je reviendrai, tu t'en iras retrouver ton inconnu au manteau.

Boltz acheva d'accrocher les deux mangeoires qu'il avait en main, tapota l'échine du cheval le plus proche d'un air absent, et se dirigea vers l'entrée de l'écurie. Il s'apprêtait à refermer la grande porte en bois mais hésita puis se retourna.

— Au fait, tu t'appelles comment ?

— Jaime.

Boltz esquissa un franc sourire pour la première fois depuis leur rencontre.

— Très bien, Jaime. À dans une ou deux heures.

Il referma les battants de porte dans un grincement sonore, et elle l'entendit s'éloigner en pestant contre lui-même.

CHAPITRE V
Boltz

Que faisait-il ? Était-il tombé sur la tête ?

Boltz marchait d'un pas rapide en passant sa main dans sa barbe d'un geste frénétique. Il marmonnait tout en se dirigeant vers La Petite Oie, en espérant que Maddie y serait déjà.

Pourquoi avait-il accepté d'aider cette fille ? Elle n'allait lui apporter que des problèmes. Enfant, il avait souvent remarqué qu'il obtenait plus d'attention de la part de ses parents lorsqu'il s'attirait des ennuis. Un jour d'été, alors qu'il avait huit ans, il était monté sur un cheval de l'étable et avait ouvert sa stalle sans permission. Le cheval, saisissant cette liberté inattendue, en avait profité pour déguerpir au galop. Personne ne savait comment, mais Boltz avait réalisé la prouesse de rester sur son dos plusieurs kilomètres durant, accroché à son échine, tirant sur les crins, hurlant et pleurant. Ce n'était que lorsque le cheval s'était arrêté devant un étang pour se désaltérer qu'un paysan du village voisin était parvenu à lui passer des rênes et à faire descendre un Boltz tremblant et sanglotant. Ses parents étaient furieux, mais étrangement, il avait senti que ce jour-là avait été *son* jour. Il avait été au centre de l'attention, l'espace de quelques heures. Mais quelques années plus tard, il avait compris : l'attention attirait les ennuis, et les ennuis attiraient la mort. Et il n'avait aucune envie de mourir. Était-ce cela d'être remarquable ? Se faire appeler par l'Ancien Vœu, et ne plus pouvoir rentrer chez soi ? Il n'aimait pas l'idée d'appartenir à qui que ce soit. Depuis lors, Boltz n'avait plus essayé de faire de vagues. « Ne te fais pas remarquer, et tu n'auras pas d'ennuis ». Alors que ses parents ainsi que tout son village ne tarissaient pas d'éloges à l'égard de la secte, Boltz sentait une étrange animosité grandir en lui chaque fois qu'il en entendait parler. On leur attribuait la prospérité du Royaume : grâce au pouvoir de l'Omphalos, ils étaient capables de faire des miracles. Un enfant du village avec qui Boltz jouait souvent était né avec un don de guérison. Il arrivait à soigner les personnes atteintes de maladies autrement mortelles. Mais il avait également fini par disparaître et Boltz ne l'avait jamais revu.

Lorsqu'il s'était mis à fréquenter les tavernes et les auberges, il avait commencé à entendre des conversations… Des bribes clandestines, des chuchotements. Certains affirmaient que les Malaen de l'Ancien Vœu ne seraient pas les propriétaires légitimes de l'Omphalos. D'autres parlaient tout bas d'un conflit avec la lignée des Delpheris. Au fil des années et de ses visites fréquentes dans les auberges, une chose était devenue claire dans son esprit : la secte était entourée de mystères. Et tout comme il n'avait pu s'empêcher de dévorer tous les livres qu'il avait pu trouver au sujet du conflit entre l'Ancien Vœu et les Delpheris, là encore, il se sentait intrigué par le mystère de cette fille, Jaime. Mais il allait se débarrasser d'elle avant qu'elle ne lui cause plus de soucis. Qui avait bien pu laisser une amnésique seule dans une auberge ?

Boltz traversa le village en se dirigeant vers la Grand Place et en saluant de temps à autre quelques personnes qui le reconnaissaient. Lorsqu'il arriva à l'auberge, il vit Maddie, appuyée contre le comptoir face à deux hommes. Son visage rondelet d'ordinaire si jovial et bienveillant était tendu en une expression d'inquiétude et d'appréhension. Elle croisa brièvement son regard au moment où il entra et reporta immédiatement son attention sur les deux hommes.

— Je vous dis que nous sommes une auberge familiale, ici, pas une planque à Profanes. Maintenant, si vous le permettez, j'ai du travail.

Boltz s'avança vers eux et reconnut les deux hommes : c'étaient Lars et Aidan, les agents de l'Ancien Vœu.

— Étant donné l'accueil amical que vous lui avez manifesté, disait Lars d'un ton lourd de sous-entendus, vous comprenez qu'on ait envie de vérifier si elle n'est pas revenue cette nuit pour vous demander de la cacher. Vos clients ne sont pas toujours fréquentables…

Il avait jeté un coup d'œil vers Boltz.

— L'accueil *amical* ? s'insurgea Maddie. Par Omphal… Je l'ai expulsée dès que j'ai vu cette horrible marque !

Elle semblait perdre ses moyens et Boltz voyait le rouge lui monter aux joues. Manifestement, elle sentait qu'elle avait des ennuis. Elle se tourna nerveusement vers lui, et l'interpela.

— Tenez, un client régulier ! Il était là quand je l'ai jetée dehors, voyez vous-mêmes !

Les deux hommes se retournèrent vers Boltz et le dévisagèrent d'un air mauvais.

— Je t'ai déjà vu, toi, lança Lars, tu es le maréchal ferrant qui vit près de la forêt, c'est ça ?

— Bien renseignés, comme d'habitude… fit Boltz avec un sourire. Bonjour à vous aussi.

— Dis-nous ce que tu as vu hier, coupa Aidan d'un ton brut, faisant mine de ne pas l'avoir entendu.

— La même chose qu'elle, répondit Boltz en haussant les épaules et en rejoignant Maddie derrière le comptoir. Cette fille est descendue, elle voulait simplement manger. On a vu sa marque, et elle a été chassée d'ici. Maddie s'en est assurée, elle n'hébergerait jamais une Profane, croyez-moi.

— Vous auriez dû nous prévenir immédiatement, il a fallu que quelqu'un d'autre le fasse… Vous ne l'avez pas revue depuis ? insista Lars.

— Si c'est le cas, j'ai dû oublier, ricana Boltz, j'ai un peu poussé hier, la bière de Maddie est tellement bonne…

Quelqu'un leur avait donc dit que Jaime était passée ici… Il triturait sa barbe en même temps qu'il réfléchissait, mais il s'arrêta en voyant que Maddie l'observait. Elle reprit néanmoins la parole à ce moment-là :

— Nous voulons juste être tranquilles. Nous ne nous mêlons pas des histoires de politique, elle ne sera donc jamais la bienvenue ici ! D'ailleurs, elle n'a jamais réglé sa note pour la chambre et le repas, ni elle, ni…

Elle s'interrompit. Boltz venait de lui écraser le pied derrière le comptoir. Il savait qu'elle s'apprêtait à parler de la personne qui accompagnait Jaime.

— … ni toi ! s'exclama Maddie en pointant un doigt menaçant vers Boltz. Tu étais trop saoul et tu n'avais plus d'argent, j'espère que c'est pour ça que tu es ici !

— Ah oui… oui bien sûr ! dit Boltz en feignant d'être gêné. Je comptais payer, évidemment !

— Certainement, mais mon mari et moi n'allons plus te servir si ça se termine toujours de cette façon ! ajouta-t-elle en brandissant un torchon difforme à quelques centimètres du nez de Boltz. Si nous étions si souples avec tout le monde nous ne…

— Ça suffit, interrompit Aidan.

Maddie et Boltz tournèrent la tête vers les deux agents, qui les regardaient d'un air agacé, les bras croisés.

— Excusez-moi, mais je n'aime pas les mauvais payeurs, leur dit Maddie d'un ton sec qui parvenait à masquer sa nervosité. Nous sommes une auberge sérieuse et fa…

— Familiale, oui, on a compris, fit Lars en levant les yeux au ciel. Bon, allons-nous-en. Et si vous la voyez…

— On vous sonnera, oui, nous aussi on a compris, fit Boltz d'un ton sec. Allez, au revoir !

Il les regarda partir en leur jetant un regard venimeux qu'ils lui rendirent avec les intérêts. Il réalisa que son index courait encore dans sa barbe et l'abaissa. Lorsqu'ils furent seuls dans l'auberge, Maddie se retourna vers lui en s'apprêtant à dire quelque chose, mais il lui écrasa à nouveau le pied en écarquillant les yeux puis en faisant un geste de la tête vers la fenêtre. Lars et Aidan pouvaient très bien être restés juste derrière, espérant surprendre leur conversation. Mais, après quelques secondes, ils entendirent leurs voix s'élever plus loin sur la Grand Place, parmi toutes celles qui animaient les rues dynamiques du village. Maddie le fusilla alors du regard, les joues toujours rosées, les yeux grands ouverts et les sourcils froncés, et lança :

— *Alors ?*

Boltz la regarda sans comprendre.

— Alors quoi ?

— Alors ? Qu'est-ce que tu as encore fait ?

— Que… balbutia-t-il, confus. Comment tu sais…

— Je ne sais rien du tout ! s'emporta Maddie en faisant de grands gestes des bras, son horrible torchon dansant de manière grotesque dans sa main. Il faut que tout le monde arrête de penser que je sais des choses, je ne sais *rien* ! Je ne sais pas où est cette Profane, je ne sais pas non plus où est mon mari, qui devrait être réveillé depuis une heure et qui va m'entendre ! En revanche toi, tu tripotes la broussaille qui te sert de barbe depuis tout à l'heure, et je te connais assez pour savoir ce que ça veut dire ! Qu'est-ce que tu *sais* que tu ne leur as pas dit ?

Boltz regarda les joues pleines de Maddie s'empourprer encore plus sous le coup de la colère. Elle le connaissait très bien, c'était vrai. Peut-être mieux que sa propre mère ne l'avait jamais connu. Elle l'avait certainement rabroué autant de fois qu'il fallait pour qu'il la considère même comme telle. C'était pourquoi l'idée de la mettre en danger en lui racontant ce qui s'était passé ce matin le répugnait. Cependant, il allait devoir s'y résoudre, car il avait besoin d'elle. Il se promit d'être prudent et prit une profonde inspiration :

— Écoute… J'ai besoin de savoir… cette fille qu'ils recherchent, la Profane… As-tu demandé à ton mari qui était l'autre personne arrivée ici avec elle ?

Maddie parut prise de court par sa question.

— Euh… non, pas encore, pourquoi ? Tu la connaissais, c'est ça ? s'exclama-t-elle soudain.

— Non, non ! s'empressa de dire Boltz. Je ne l'avais jamais vue avant hier soir, mais *parle moins fort !*

Il jeta un œil vers la fenêtre, alarmé, mais personne ne s'y trouvait.

— Je n'ai pas tout compris mais… cette fille… je sais où elle se trouve, je l'ai vue… *Attends, laisse-moi parler !* ajouta-t-il en la voyant s'affoler. J'ai pu discuter avec elle…

Il lui relata sa conversation avec Jaime, sa perte de mémoire, et sa volonté de retrouver la seule personne qui pourrait les aider à tirer cette situation au clair : le mystérieux inconnu qui l'avait accompagnée à l'auberge mais était introuvable depuis lors. Il voyait l'expression de Maddie changer au fil de son récit : d'abord alarmée, elle prit par la suite un air incrédule. Quand il eut achevé ses explications, il crut déceler de l'exaspération dans ses grands yeux désapprobateurs. Elle le regarda sans rien dire un moment, tordant machinalement son chiffon entre ses mains.

— C'est une *Profane*… souffla-t-elle enfin. Une hors-la-loi, une ingrate qui n'a pas voulu servir…

— Est-ce vraiment un crime si atroce de ne pas vouloir servir l'Ancien Vœu ? marmonna Boltz d'un ton sombre.

Elle le dévisagea un moment silencieusement. Ils savaient qu'ils pensaient tous deux la même chose.

— Je sais ce que tu penses d'eux… Mais tu ne la connais pas ! Elle n'est pas…

— Justement, je ne la connais pas ! s'exclama Boltz. Je ne sais pas ce qu'elle a fait, je ne veux pas jouer leur jeu ! Si je la livre… C'est comme si je le livrais, *lui* !

Maddie avait les lèvres serrées. Elle le dévisageait avec l'expression d'une mère préoccupée. Boltz la regarda un long moment avec un air de défi.

— Elle n'est pas ton frère… dit-elle enfin d'une voix basse, presque suppliante.

— Heureusement, répliqua Boltz d'un ton décidé. Contrairement à lui, elle a encore une chance. Ce n'est pas moi qui vais l'en priver. Maddie…

Il se tut un instant. Il comprenait mal ce qui se passait. Il avait d'abord refusé d'aider la Profane. Puis il avait compté faire le strict minimum, simplement pour se débarrasser d'elle. Mais plus il en parlait, plus il sentait grandir en lui une envie de réellement l'aider. Quel abruti. Voyant que Maddie ne disait rien, il reprit :

— Avec ou sans toi, je vais tenter de retrouver la personne qui était avec elle, d'accord ? L'Ancien Vœu… Je ne leur fais pas confiance. Et la Némésis… Adrasté Malaen… Elle savait des choses, elle était un des piliers de l'Ancien Vœu. Et elle a agi. Nous ne savons pas ce que… qu'est-ce que tu fais ?

Après l'avoir écouté sans rien dire, Maddie s'était brusquement activée autour du comptoir. Elle jeta son chiffon au sol d'un geste brusque et se déplaça entre les tables pour l'heure inoccupées de l'auberge. Elle ouvrit la porte d'entrée d'un geste brusque et il crut un instant qu'elle allait rappeler Lars et Aidan, mais il la vit apostropher une petite fille qui jouait près de l'auberge et lui dire quelque chose. La fillette acquiesça, s'éloigna en courant et Maddie referma la porte. Boltz n'osa pas lui demander ce qui venait de se passer, mais elle revint vers le comptoir d'un pas échauffé et lui lança :

— On va retrouver ton inconnu. J'ai envoyé la petite du voisin réveiller mon feignant de mari et lui dire de venir ici pour qu'il te renseigne. Tu vas *vraiment* nous attirer des ennuis à tous, Boltz.

CHAPITRE VI
L'armée de la vengeance

L'homme ronflait bruyamment. Son torse, sur lequel reposait sa tête baissée, se soulevait lentement, suivant sa respiration. Il avait remis ses affaires et son long manteau, mais n'avait pas quitté la maison abandonnée dans laquelle il gardait son prisonnier. Venig, lui, dormait également, mais d'un sommeil agité. Il ne cessait de se retourner sur le plancher poussiéreux et émettait par moments de petits cris brefs et contenus, comme s'il était en plein cauchemar. Après quelques minutes, ses yeux s'ouvrirent, mais il resta immobile. Ses yeux passèrent de l'homme qui dormait sur la chaise en face de lui au bol de soupe qui avait été son dîner de la veille. Il n'avait plus la notion du temps et se sentait malade. Depuis combien de temps était-il dans cette masure ? Les rares fenêtres de la bâtisse étaient si poussiéreuses que la lumière peinait à percer.

Venig n'était pas ligoté mais ne pouvait pas s'enfuir, même s'il le souhaitait. Il ne savait pas qui était cet individu, ni ce qu'il lui voulait. Cet homme s'était introduit chez lui pendant qu'il dormait et l'avait forcé à le suivre. Il ne savait pas bien comment, mais il lui avait suffi de lui dire de venir avec lui, et Venig s'était exécuté. Toutes les particules de son corps avaient tenté de s'échapper, mais il n'avait pas pu faire autrement que d'obéir. Rapidement, il avait compris que ce Béni pouvait manifestement contrôler les esprits. Il l'avait conduit jusqu'à cette maison, qui se trouvait à quelques lieues de son village. Personne ne songerait à venir le chercher ici, songea-t-il avec amertume. Il pensa à sa femme et se demanda si elle le cherchait en ce moment-même. Sa femme si forte, si dévouée, si intelligente… Elle devait être morte d'inquiétude. Mais ce qui continuait de lui occuper l'esprit, c'était l'horreur de ce qu'il avait vu sur le torse de l'homme. L'Ancien Vœu lui aurait-il vraiment fait une chose aussi atroce ? L'homme émit un ronflement plus sonore que les autres et fit sursauter Venig, le tirant de ses pensées. Il le regarda avec appréhension. Sortant de sa torpeur, l'homme cligna un instant des yeux comme pour se rappeler où il était, puis posa son regard sombre sur lui.

***

Il s'était réveillé d'un coup. Cela ressemblait presque à un appel, comme si quelqu'un avait crié son nom au loin. Assez dormi. C'était le moment. L'homme posa ses yeux sur Venig, allongé face à lui.

— Vous êtes déjà réveillé. Parfait.

L'homme se leva, s'étira pour soulager ses membres ankylosés par sa position inconfortable et marmonna :

— Comment vous sentez-vous ?

Venig parut surpris par sa question, comme s'il ne s'attendait pas à une telle sollicitude.

— Euh… j'ai connu mieux, risqua-t-il avec l'ombre d'un sourire fatigué, les yeux baissés vers le sol. Si je pouvais seulement…

— Je ne peux pas vous laisser rentrer tout de suite, l'interrompit l'homme. Il y a des choses que nous devons faire, vous et moi. Si je suis auprès de vous depuis hier, c'est pour une raison bien précise.

Venig le regarda sans rien dire, attendant la suite. Il n'avait manifestement même plus la force de se redresser.

— Vous n'allez pas tarder à vous sentir fiévreux, peut-être même nauséeux, reprit l'homme. Vous aurez très mal à la tête. Je serai là pour vous aider.

— A… attendez un peu, balbutia Venig, une expression inquiète sur son visage sale. Fiévreux et nauséeux ? M'avez-vous empoisonné dans mon sommeil ?

— Absolument pas… Cependant, j'ai effectivement fait quelque chose hier, chez vous. Avant de vous réveiller et de vous demander de venir avec moi.

Il vit Venig regarder son propre corps et le parcourir de ses mains, comme s'il s'attendait à y découvrir quelque chose qu'il n'avait pas remarqué auparavant.

— Que m'avez-vous fait ? dit-il enfin, lorsqu'il n'eut rien trouvé d'inhabituel.

— Vous allez le comprendre dans quelques instants. Je suis resté auprès de vous pour être là lorsque ça arriverait.

— Lorsque *quoi* arriverait ? répéta Venig d'une voix un peu plus aiguë que d'habitude.

— Il faut que vous sachiez, commença l'homme en ignorant la question de Venig, que je ne vous ai pas choisi par hasard. La réputation de votre auberge… Vous sembliez moins obtus que les autres. Je suis finalement un peu déçu. Mais je pense que nous pouvons tout de même faire quelque chose…

Il se mit à faire les cent pas dans la pièce, réfléchissant, pesant le poids de sa décision. Se serait-il trompé de personne ? Pourtant, ses informations étaient claires… Il s'arrêta soudain.

— Vous ne savez vraiment pas ce qui se passe dans votre auberge ?

— Mon auberge ? dit Venig sans comprendre.

— Oui. Votre clientèle, les murmures, les conversations qui s'y tiennent… Vous ne saviez vraiment pas ?

— Mais de quoi parlez-vous ? soupira Venig. Je n'espionne pas mes clients, je les accueille pour les chambres et remplis les registres, c'est tout. Ma femme y est bien plus présente que moi.

— Votre femme pourrait sûrement vous dire, dans ce cas, que votre auberge se trouve être le repaire privilégié de quelques opposants discrets de l'Ancien Vœu, déclara l'homme. Beaucoup de vos habitués parlent souvent de l'histoire que je vous ai racontée hier. Ils murmurent les méfaits de cette horrible secte, ils parlent des anomalies de plus en plus nombreuses, du vol de l'Omphalos, de la persécution des Delpheris… Les personnes qui étudient l'histoire *savent*… Je pensais que vous étiez au courant… Que vous aviez un rôle à jouer…

Venig leva la tête avec un regard qui n'aurait pas été différent si on venait de l'assommer avec une massue.

— Des opposants à l'Ancien Vœu… dans notre auberge ? souffla-t-il à voix basse, sincèrement choqué.

— Je suis certain que votre femme doit l'avoir remarqué. C'est peut-être elle que j'aurais dû choisir, finalement…

L'homme vit des gouttes de transpiration perler progressivement la surface du front dégarni de Venig.

— Hier, je vous ai dit que je comptais tuer les derniers membres de l'Ancien Vœu. Je souhaite venger les horreurs qu'ils ont commises. Mais je ne serai pas seul. La Némésis les a tués, mais elle en a laissé un, et pas des moindres. Je vais donc avoir besoin d'une armée.

— Une armée ? Vous voulez attaquer l'Ancien Vœu ? fit Venig, incrédule, comme s'il se préparait à une mauvaise blague.

— C'est le projet, oui, répondit très sérieusement l'homme. Il faut que je vous dise : je ne suis pas un Béni ordinaire. Mon don est particulier… C'est un don de transfert.

Il se rapprocha de Venig, s'accroupit devant lui, et reprit :

— Lorsque vous dormiez chez vous, hier, j'ai fait passer une partie de ma conscience en vous : vous n'êtes pas en mesure de me désobéir. Il m'a suffi de placer ma main sur votre front, comme ceci.

Il plaqua alors la paume de sa main contre la tempe de Venig, qui parut terrorisé. La main de l'homme resta ainsi pendant une seconde, puis il la retira. Sans crier gare, Venig vomit alors sur le plancher. Comme dépossédé de son corps, il se mit à quatre pattes, secoué de soubresauts incontrôlables. Ses paupières fermées semblaient renfermer une intense douleur. Sa respiration s'accéléra et un râle s'échappa de sa bouche ouverte, pantelante. Il se laissa soudain tomber par terre dans un bruit mat. Durant plusieurs minutes, l'homme regarda Venig se tordre au sol en hurlant de douleur, se tenant la tête, puis le ventre, puis à nouveau la tête.

— Les dons prennent toujours quelques heures avant de se manifester, expliqua l'homme d'un ton dépourvu de toute couleur. Je ne vous ai pas laissé seul car je vous dois évidemment une explication.

— Que… m'avez-vous… fait ? pantela Venig.

Une nouvelle salve de vomi vint s'écraser contre le sol. Toussant, suffoquant, Venig leva des yeux mouillés de larmes vers l'homme, qui l'observait, toujours accroupi près de lui. Ses bras tremblants vacillaient sur le sol, et il semblait à bout de forces.

— Je vous ai transféré mes dons, dit l'homme. Plus précisément, je les ai dupliqués pour que vous puissiez également vous en servir. Je peux faire passer des choses aux autres êtres vivants. Ma volonté, mes émotions, mes sensations… Cependant, je dois vous prévenir… Mes transferts ne sont pas sans prix, et l'Ancien Vœu l'a compris. Je vous l'ai dit… leurs pouvoirs sont viciés… maudits.

—Je… je n'en veux pas, cria Venig, pris de panique, mais incapable de bouger.

— Vous n'avez pas le choix. Tout comme les nouveau-nés, bénis dans le ventre de leurs mères… Vous n'avez pas le choix.

Venig continuait de se tordre de douleur contre le sol sous ses yeux, tel un ver de terre sordide, les traits déformés par la douleur. L'homme se releva et recula contre le mur de la pièce sans le quitter des yeux. Cela dura plusieurs longues minutes. Plusieurs longues minutes au cours desquelles il vit les épaules de Venig se voûter, puis s'élargir, comme si ses os poussaient subitement. Sur le haut de son crâne auparavant dégarni se mirent à pousser de longs cheveux bruns et fins. Sa mâchoire s'élargit également, et ses jambes s'allongèrent légèrement. Il ressemblait désormais à une version plus jeune et plus charpentée de lui-même, mais ses traits étaient plus durs, presque surnaturels. Son teint était cireux, légèrement grisâtre, et il transpirait encore. Lorsqu'il ouvrit les yeux, il découvrit des sclères noires, comme trempées dans de l'encre. L'homme se rassit sur sa chaise, et attendit. Après plus d'une heure, alors que Venig remuait faiblement sur le sol, face contre terre, il se releva et marcha vers lui. Lorsqu'il s'arrêta près de son corps inerte, Venig lui agrippa soudain la cheville et dit :

— Pourquoi avez-vous fait ça ?

L'homme tenta de se dégager, mais il nota que Venig disposait maintenant d'assez de force pour lui résister. Sa jambe refusait de bouger. Tant mieux.

— Je vous l'ai dit… je vais me venger de l'Ancien Vœu. Mais je n'y arriverai pas seul, vous allez m'aider, vous et les autres.

— Il… il y en a d'autres ? Des adultes ?

— Bientôt, il y en aura, oui.

— Comment est-ce possible ? murmura Venig, l'air ébahi, une expression toujours nauséeuse sur le visage. Les adultes ne peuvent normalement pas…

— Ce n'est pas une bénédiction ordinaire, précisa l'homme. Je ne vous ai donné qu'une parcelle de mes dons. Je ne comprends pas tout moi-même, mais manifestement votre apparence en est changée. C'est le prix à payer.

— Mon apparence ?

Venig se redressa soudain avec une vigueur surprenante, regarda autour de lui, puis posa ses mains sur son visage et ses cheveux. Il ouvrit la bouche et ses yeux s'écarquillèrent légèrement, dévoilant un peu du noir autour de ses iris. Il parcourut sa mâchoire de ses doigts longs, et parut momentanément trop abasourdi pour parler. Il parvint à se hisser sur ses jambes tremblantes et regarda son reflet sur la vitre de la fenêtre poussiéreuse.

— Je ne… Je suis un monstre, dit-il lentement.

— Vous vous habituerez, dit l'homme. Quant à vos yeux, vos globes oculaires passeront facilement pour une anomalie due à une bénédiction ordinaire. Je vous apprendrai à vous servir de vos dons pour préparer l'attaque.

Venig se retourna comme s'il s'était soudainement rappelé quelque chose.

— Vous êtes donc décidé à marcher contre eux…

L'homme hocha la tête.

— C'est de la folie ! murmura Venig d'un air effaré.

— Peut-être… mais vous, Venig… vous serez à la tête de mon armée. Nous allons mettre fin au règne de l'Ancien Vœu.

CHAPITRE VII
Fuite

Boltz marchait à grands pas dans les rues animées du village. Il s'efforçait d'avoir l'air détendu pour ne pas attirer l'attention, mais il était préoccupé. Quelque chose ne tournait pas rond. L'enfant que Maddie avait envoyé chercher son mari était revenue bredouille.

— J'ai toqué, M'dame, mais personne n'a répondu, avait-elle dit. Comme la porte d'entrée était ouverte, je l'ai poussée. Mais à l'intérieur, il n'y avait personne non plus, M'dame.

Maddie semblait surprise.

— Tu as vérifié s'il n'était pas dans le grenier ?

— Oui, M'dame. Personne.

— Quel étourdi… avait-elle soupiré. Il a dû aller faire quelques courses, mais il a intérêt à se dépêcher, je suis exténuée…

Elle remercia la petite et referma la porte de l'auberge. Son mari était censé la relayer depuis quelques heures déjà, mais elle ne l'avait pas vu depuis la fin de son propre service de la veille, à midi. Puis elle s'était tournée vers Boltz et avait dit sur un ton d'excuse :

— Je suis désolée… Si tu veux attendre et repasser plus tard…

Elle s'était efforcée d'adopter un ton léger, mais Boltz avait pu entendre percer une pointe d'inquiétude dans sa voix. Il avait soutenu son regard, et elle lui avait souri d'un air qu'elle voulait rassurant.

— Je ne compte rien dire au sujet de la Profane. Tu peux revenir ce soir, mon mari sera de service.

Boltz avait hésité. Il n'aimait pas l'idée de laisser Maddie toute seule après ses révélations, sachant Lars et Aidan dans les parages. Mais il souhaitait également se débarrasser de Jaime le plus vite possible, avant qu'elle n'attire l'attention. Il n'avait pas le choix. Il allait retourner dans son écurie et revenir plus tard dans la soirée. Il vérifierait par ailleurs qu'elle n'avait rien fait de stupide durant son absence.

— Merci Maddie… Et désolé de t'avoir mise dans cette situation, j'aurais préféré ne pas…

— Ne t'en fais pas, avait coupé Maddie. Va plutôt t'assurer que tout va bien. À ce soir !

À présent, Boltz laissait l'auberge derrière lui et quittait la Grand Place. Il scruta l'ensemble de la place, mais n'y vit aucune trace de Lars et Aidan. Les deux agents semblaient être partis chercher la Profane ailleurs. Au moins, ils n'embêteraient pas Maddie.

Le ciel était bleu aujourd'hui, malgré le froid annonçant la fin de l'automne. Il ajusta son manteau et rentra la tête dans les épaules en jurant doucement. Ce matin-là, il avait prévu de s'occuper de ses chevaux, d'isoler sa maison du froid qui commençait à se faire mordant et de se rendre au village pour se procurer diverses denrées. Il avait ensuite prévu d'effectuer quelques exercices à l'épée. Il en avait gardé une impressionnante collection, toutes confectionnées par son frère, et avait pris l'habitude de s'entraîner régulièrement afin de ne pas perdre la main. Ce devait être une journée tout à fait ordinaire. Qu'à cela ne tienne, il allait s'assurer que cette fille s'était tenue tranquille et ferait toutes ses commissions comme si de rien n'était. Il ne voyait pas pourquoi il laisserait sa présence contrarier ses plans et sa tranquillité.

Son trajet dura plus longtemps qu'à l'aller, car il savait que les agents étaient dans les parages et il ne souhaitait pas qu'ils le suivent, si d'aventure ils l'apercevaient. Il était bien conscient de ne pas s'être présenté sous son meilleur jour en les congédiant de façon si sèche à l'auberge. Il prit donc bien soin de surveiller les alentours, au cas où ils s'y cacheraient pour l'espionner. Mais il ne les vit nulle part. La raison de leur absence devint évidente lorsqu'il arriva près de sa ferme et vit son vieux voisin sexagénaire courir vers lui. Boltz haussa les sourcils en le voyant s'arrêter, pantelant.

— Boltz… votre écurie… elle était cachée…

— Comment ? fit Boltz, sans comprendre.

Son voisin se redressa, reprit son souffle, et parvint à articuler :

— La Profane que tout le monde cherche, elle s'était cachée dans votre écurie ! Une de mes poules a fait une fugue près de votre écurie et j'ai entendu du bruit alors que je savais que vous étiez au village. C'est là que je l'ai vue…

— *Quoi ?* s'exclama Boltz.

Son sang ne fit qu'un tour. Il sentit une bouffée de chaleur lui envahir la poitrine.

— Oui, répondit son voisin d'un air entendu, qui prenait visiblement l'exclamation de Boltz pour une indignation face à la présence de la Profane chez lui. Mais ne vous en faites pas, j'ai directement prévenu les agents, ils y sont en ce moment-même ! Vous ne risquez rien… où allez-vous ?

Il n'obtint jamais de réponse. Boltz courait déjà vers son écurie en réfléchissant à toute vitesse. Quelle poisse… Comment allait-il justifier la présence de cette Profane chez lui ? Il lui serait certainement facile de prétendre qu'elle avait dû s'y introduire en son absence… Non ? Si… Ce serait facile. Ensuite, une fois cette fille partie, il pourrait reprendre sa vie en paix. Cependant… Il n'eut pas le temps d'achever la formulation de la foule de pensées qui se bousculaient dans son esprit. Il voyait à présent les portes grandes ouvertes de son écurie à une dizaine de mètres. À l'intérieur, il entendait des voix qui portaient jusqu'à lui :

— Tiens-la bien cette fois.

— Je t'ai déjà dit qu'elle m'avait *brûlé* ! Tant qu'elle ne remet pas ça, il n'y a aucune raison pour que je…

— Tâche simplement de ne pas la laisser filer, c'est tout.

— Tu as qu'à t'en occuper toi-même puisque tu… Ah, mais qui voilà !

Boltz venait de s'arrêter en dérapant à l'entrée de son écurie, faisant face à Lars, qui avait un sourire triomphant et tenait fermement le bras d'une Jaime aux cheveux défaits et à la respiration saccadée. Elle s'était manifestement débattue pour tenter d'échapper aux deux agents, sans succès.

— Que faites-vous ici ? dit-il d'un ton qu'il espérait juste assez surpris. Je vous manquais déjà, vous êtes venus me rendre visite ? Et accompagnés, on dirait…

— Nous avons trouvé cette Profane grâce à ton voisin, dit Aidan. C'est quand même étrange, non ?

— Tu la connaissais… c'est pour ça que tu ne l'as pas dénoncée, hein ? ajouta Lars avec un sourire satisfait.

— Je me suis cachée ! Il ne savait pas que j'étais ici, laissez-le, leur dit Jaime d'un ton ferme.

Elle évita le regard de Boltz et se mit à avancer vers la sortie comme si elle voulait entraîner Lars avec elle, mais celui-ci ne bougea pas et posa sur lui un regard qui signifiait qu'il n'était pas convaincu. Un des chevaux cogna impatiemment son sabot contre la porte de sa stalle, et Boltz remarqua une bassine d'eau renversée non loin de là. Il vit également qu'une étrille traînait près d'un peigne à cheval, sur un tas de paille. Étrange, il n'avait pas encore pansé ses chevaux aujourd'hui.

— Tu sais ce qui arrive aux personnes qui dissimulent des informations à l'Ancien Vœu ? reprit Lars, toujours souriant.

— Non, répondit Boltz avec un sourire égal, et je ne le saurai jamais, puisque je ne vous ai rien dissimulé, elle vient de vous le dire. Maintenant, prenez-la et allez-vous-en. Je ne veux pas de ça chez moi.

Il vit Jaime serrer la mâchoire, les yeux toujours résolument tournés vers un point qu'il ne pouvait voir, l'air effrayée mais résignée. Faisant un pas de côté, Boltz leva le bras en désignant l'horizon et en soutenant le regard des deux agents qui le regardaient, mais ils ne bougèrent pas.

— Vous pensez vraiment, soupira-t-il enfin en levant les yeux au ciel, que je serais assez stupide pour laisser une Profane recherchée seule dans mon écurie et aller me balader en ville ?

Lars et Aidan hésitèrent en le jaugeant du regard, puis parurent décider qu'en définitive, il n'était peut-être pas si stupide.

— Très bien, lâcha enfin Lars avec une expression amère. Faute de preuves… Mais on t'a à l'œil…

— Allons-y, fit Aidan.

Lars poussa brutalement Jaime devant lui, qui n'opposa aucune résistance. Lorsqu'il fut au niveau de Boltz, Lars lui lança un regard qui signifiait qu'il n'avait clairement pas fini d'entendre parler d'eux. Ils lui tournèrent alors le dos et se dirigèrent vers l'entrée de la ferme par laquelle on pouvait voir un ciel qui commençait à se faire orageux. Jaime ne se retourna pas. Elle ne jeta pas le moindre regard vers Boltz. Elle n'essaya pas non plus de s'enfuir. Elle marchait simplement, le bras pris en étau dans la main de Lars.

Tout se passa alors très vite. Comme sous le coup d'une décharge électrique, Boltz se jeta soudain sur la lourde barre de métal qui servait à fermer l'écurie de l'extérieur. Avant qu'aucun des agents ne se rende compte de ce qui se passait, il l'abattit violemment sur la tête d'Aidan. Le coup émit un « Dong » sonore inquiétant, et le corps massif s'écroula au sol. Lars recula, la bouche ouverte, tenant toujours Jaime.

— *Je le savais* ! s'écria-t-il, estomaqué. Je le savais ! Vous étiez de mèche !

— En fin de compte, je suis peut-être assez stupide pour ça, oui, affirma Boltz en haussant les épaules, sans sourire. Maintenant, relâche-la.

Lars le regarda d'un air incrédule, ses gros sourcils bruns tellement haussés qu'ils disparaissaient sous sa masse de cheveux de paille, et dit :

— Est-ce que tu te rends compte de ce que tu es en train de faire ? Tu protèges une Profane, une traîtresse… Est-ce que tu sais ce que…

— Oui, je sais, c'est terrible, je suis un traître, dit Boltz en levant les yeux au ciel. J'en ai assez de cette chanson. Je répète : relâche la fille.

Il agita à nouveau la barre de métal sous le nez de Lars qui, d'un mouvement brusque et inattendu, sortit alors de son pantalon une dague d'une taille impressionnante. Il la fit tournoyer dans sa main et, lâchant le bras de Jaime, bondit vers Boltz. Celui-ci, surpris, eut le temps de faire un pas de côté, mais la dague lui avait néanmoins éraflé le côté droit.

— Eh ! Ils vous donnent le droit de tuer les Profanes et leurs complices, maintenant, durant vos rafles ? s'étonna Boltz d'un ton faussement léger en parant un deuxième coup de lame à l'aide de sa barre de métal.

— Les consignes ne sont pas très claires, rétorqua Lars avec un sourire mauvais.

Ils se tenaient l'un face à l'autre, à présent, chacun prêt à parer les coups de l'autre. Le ciel était maintenant d'un gris sombre, et l'atmosphère était chargée : la pluie était imminente.

— Pourquoi ? demanda alors Lars. Pourquoi la protéger ?

— Parce que je ne vous aime pas, répondit Boltz. Ça devrait suffire comme raison, non ?

Pour toute réponse, Lars bondit à nouveau et dirigea sa lame vers son flanc. Il était incroyablement rapide et agile. Boltz n'arrivait à lui tenir tête que grâce à ses années d'entraînement, mais son adversaire semblait tout aussi expérimenté. Il connaissait mieux le terrain de la ferme que Lars, mais cela ne lui donnait qu'un maigre avantage. L'agent voyait venir tous ses coups et son attention aux détails et à la posture de Boltz lui permettait de prévoir la suite de ses gestes. Boltz ne pourrait pas gagner à la loyale. Il dévia un coup de dague supplémentaire et lança :

— Au fait… Ce n'est pas que ça me gêne, mais votre Profane, elle se fait la malle.

L'espace d'un instant, la concentration déserta le regard de Lars, et il ne put s'empêcher de tourner brièvement les yeux vers Jaime, qui avait couru vers l'écurie dès qu'il l'avait relâchée. Ce fut suffisant pour Boltz, qui assena la barre de métal non pas sur la tête de Lars mais sur son poignet. Il y eut un « crac » retentissant.

— Argh !

Il lâcha son arme, qui atterrit dans la main de Boltz. Le deuxième coup de barre s'abattit sur son crâne, et il rejoignit Aidan à terre, cette fois sans dire un mot. Boltz fit volte-face et se précipita vers l'écurie. Il y trouva Jaime, qui tentait de sortir un cheval de sa stalle.

— *Qu'est-ce que tu fais ?* aboya Boltz. Tu crois que c'est le moment de t'occuper des chevaux ? Il faut qu'on file !

— C'est ce que je fais, répondit Jaime en attirant le cheval vers elle. Je m'en vais, je te laisse tranquille, je t'ai attiré assez d'ennuis comme ça !

— Tu… tu veux partir à cheval ? balbutia Boltz, encore sous le coup de la panique.

Il réfléchit à toute vitesse. Ce serait effectivement plus rapide, et ils seraient sûrs de creuser une plus grande distance entre eux et le village. Il se dirigea vers le fond de l'écurie, où il rangeait son équipement, et en sortit une paire de bridons, de rênes et de mors, qu'il tendit à Jaime. Elle s'en empara et le regarda d'un air surpris :

— Tu viens aussi ?

— Je viens d'attaquer deux agents de l'Ancien Vœu, et mon coup n'a sûrement pas été assez fort pour effacer *leur* mémoire, ricana nerveusement Boltz. Je ne peux certainement pas rester après ce que je viens de…

Mais il vit Jaime courir vers son cheval sans attendre la fin de sa phrase et songea qu'il devrait également se dépêcher avant que les deux agents ne reprennent connaissance. Ils seraient sûrement sonnés pour un bon moment, mais il aimerait être loin d'ici lorsqu'ils reviendraient à eux. Alors qu'il préparait son propre cheval, il réalisa soudain qu'il n'avait pas proposé son aide à Jaime, mais il constata que son cheval était déjà prêt.

— Où as-tu appris ça ? lui demanda-t-il.

— Je ne sais pas… ça me paraissait juste évident, répondit-elle.

— J'ai vu l'étrille et le peigne. Tu sais t'occuper des chevaux, il semblerait. Mais tu aurais dû attendre mon retour, c'est comme ça que le voisin t'a entendue…

Jaime soupira et leva les yeux au ciel, visiblement exaspérée par sa propre bêtise.

— Je voulais juste te remercier comme je le pouvais, dit-elle sur un ton d'excuse. À cause de moi, tu dois partir…

— Oh, tu sais, ç'aurait probablement fini par arriver, dit Boltz en faisant un geste de la main, comme pour chasser une mouche.

En réalité, il était en colère contre lui-même : pourquoi n'avait-il pas simplement laissé les deux sbires de l'Ancien Vœu emmener cette fille ? Pourquoi s'était-il senti obligé d'intervenir, jusqu'à se rendre fugitif ?

— Au fait, pourquoi tu ne les as pas brûlés comme la dernière fois ? dit-il d'un ton qu'il essaya de rendre plus conciliant. Je m'attendais à ce que tu te défendes seule, mais tu as laissé faire !

— J'ai essayé ! se défendit Jaime. Mais ça n'a pas marché… Je ne le contrôle pas. Ou alors il ne fonctionne pas très bien…

Boltz ne répondit rien. « Complice d'une Bénie ratée par-dessus le marché », pensa-t-il amèrement. Il libéra les chevaux un par un. Il ne pourrait pas les nourrir durant les prochains jours, autant qu'ils puissent être libres. Lorsque son propre cheval fut prêt, Jaime était déjà sortie de l'écurie et s'était installée sur le dos du sien, sans selle, prête à partir.

— Tu as déjà monté à cru ? s'étonna Boltz avec encore un peu plus de surprise dans la voix.

— Je crois bien, dit Jaime.

Elle paraissait tout aussi étonnée que lui. Elle examinait son cheval brun sous elle comme si elle s'attendait à le voir échapper à son contrôle à tout moment, mais il ne broncha pas. Il guida le cheval hors de son compartiment, s'y hissa à son tour et serra les genoux pour lui signifier d'avancer.

— Oh, attends ! fit soudain Jaime.

Elle descendit de son cheval et se précipita à l'intérieur de l'écurie, puis en ressortit avec son manteau d'hiver.

— J'ai failli oublier ça, et je pense que je vais en avoir besoin, dit-elle en levant la tête vers le ciel menaçant.

Comme en réaction, ils entendirent un lointain coup de tonnerre.

— On devrait emmener de quoi manger, non ? demanda Jaime.

— On se débrouillera, de toute façon on devra revenir.

— Des tentes ? De quoi faire un abri ? Des allumettes ?

— *On se débrouillera !*

Boltz regarda autour de lui d'un air sombre. Sous les nuages grisonnants, il semblait émaner de la ferme de ses parents une forme de tristesse à l'idée de son départ. La forêt qui la bordait rendait le paysage mélancolique et faisait l'effet d'une majestueuse peinture à l'huile. De ce côté, les arbres totalement habillés de cuivre et d'or, prémices d'un hiver imminent, veillaient sur le modeste foyer qu'elle avait été pour lui. Il reviendrait. Du moins, il l'espérait… À l'entrée de la ferme, de l'autre côté du chemin, les petites chaumières abritaient des voisins ignorant tout des événements qui venaient de se dérouler à quelques pas de chez eux. Personne ne sortirait lui dire au revoir avec un sourire franc et sympathique. Personne ne lui souhaiterait bon voyage. Il songea à Maddie, qui était probablement la personne qui lui manquerait le plus.

Après un dernier coup d'œil vers son écurie, il pressa les genoux contre le flanc de son cheval, qui s'engagea sur le chemin de la forêt. Jaime et lui s'y enfoncèrent ainsi d'un trot soutenu, sans se retourner. Jaime, avait un visage grave et concentré. Ses longs cheveux bruns, qu'elle avait à nouveau attachés en queue de cheval, rebondissaient sur ses épaules au rythme des pas du cheval. Ses yeux fixaient l'horizon, mais il décelait une certaine absence dans son regard qui indiquait qu'elle était perdue dans ses pensées, probablement en proie à de multiples questions. Qui était-elle, à la fin ?

Assis sur son cheval et conscient qu'il quittait pour la première fois le village dans lequel il avait grandi, il se rendit compte que toute trace de colère avait disparu. Ce n'était pas non plus de la tristesse ou de la nostalgie. Non… Il y avait de la curiosité, de l'excitation, de l'effroi, certes, mais surtout… Il se sentait *libre*.

CHAPITRE VIII
L'Omphalos

Des flammes… Des flammes, à perte de vue. Jaime tentait de respirer malgré la chaleur qui l'entourait et lui brûlait les yeux. Tout autour d'elle, elle entendait à nouveau les cris déchirants de personnes que l'on attaquait, qui cherchaient à fuir, ou qui semblaient prises dans les flammes sans espoir d'y échapper. Leurs voix lui faisaient l'effet d'une lame chauffée à blanc lui transperçant le cerveau et les entrailles.

— Où êtes-vous ? hurla-t-elle, tentant de distinguer les formes qui bougeaient tout autour d'elle.

De la suie s'engouffra dans sa gorge sèche et elle toussa, tandis que les cris se faisaient de plus en plus perçants. Les flammes faisaient rage, mais ne gagnaient pas de terrain. De temps à autre, Jaime voyait des silhouettes s'y matérialiser un bref instant avant de disparaître à nouveau. Des silhouettes d'hommes, d'enfants, de femmes enceintes… Plusieurs femmes enceintes. Elles couraient, poursuivies par quelque chose qu'elle ne pouvait voir, les bras en avant, l'air terrifiées. Jaime se tenait debout, désorientée, cherchant à échapper au brasier ; mais il n'y avait aucune issue. Les pleurs et les éclats de voix l'envahissaient, l'assourdissaient, s'infiltraient en elle comme un venin mortel. Elle finit par se couvrir les oreilles et fermer les yeux, mais les voix étaient si fortes qu'elles semblaient désormais provenir de l'intérieur de son corps. Elle sentait leurs vibrations dans son ventre et contre ses tempes, insaisissables.

— Arrêtez ! hurla-t-elle à son tour, sans réellement savoir à qui elle s'adressait. Je vous en supplie, arrêtez !

— Ils ne s'arrêteront pas, répondit alors une voix.

Jaime ouvrit les yeux. Au milieu des flammes, comme si elle ne ressentait aucune chaleur, se tenait la belle femme à la peau cuivrée qu'elle avait déjà vue en rêve. Le regard sombre, les cheveux bouclés, elle la regardait du même air sévère et implacable.

— Que leur arrive-t-il ? demanda Jaime d'une voix forte pour couvrir les cris.

— Ils ont tout perdu, dit simplement la femme. On leur a tout pris…

— Qui leur a tout pris ?

— Nous…

Jaime la regarda sans comprendre. Que voulait-elle dire par « nous » ? Qu'avait-elle fait à ces gens ?

— Qui es-tu ? s'écria Jaime.

Au moment où elle prononçait ces mots, un vent violent agita ses cheveux, et la sphère d'un blanc immaculé apparut à nouveau entre elles dans un mouvement de flammes. Jaime recula, se protégeant les yeux des mains. La jeune fille aux cheveux bouclés avait reculé en même temps qu'elle. Elle regardait également la sphère blanche sans ciller, pas le moins incommodée par la violente rafale qui faisait rage.

— Tu ne te souviens pas de moi… C'était nécessaire, dit-elle. Reste cachée, tu m'entends ? Ils ne doivent pas retrouver l'Omphalos…

Mais sa voix se perdit dans les hurlements et les bourrasques.

— L'Omphalos ? Que veux-tu dire ? demanda Jaime à voix haute. Je cherche juste à comprendre qui je suis !

— Reste cachée, répéta la femme dans le feu. Protège-toi. Nos pouvoirs sont entre tes mains.

Le brasier se fit alors plus vigoureux que jamais. Il s'avança soudain vers elles, comme s'il cherchait à couvrir les dernières parcelles de sol sur lesquelles elles se tenaient. La sphère disparut, et Jaime vit le visage de la jeune femme s'enfoncer dans le feu aveuglant. Elle-même sentit la chaleur se répandre sur sa peau et ferma les yeux. Les plaintes déchirantes et les supplications l'envahirent à nouveau, et elle vit leurs silhouettes à travers ses paupières fermées :

— *S'il vous plaît, pas ma fille ! Pitié ! Je vais tout vous dire !*

— *Comment osez-vous ?*

— *Arrêtez, je n'en peux plus !*

— *Arrrgghh !*

— *Nooonnnn ! Laissez-la !*

Tout n'était plus que chaos, sang et douleur.

— Eh… Tu vas alerter tous les villages d'Omphal si tu continues !

— Ah !

Jaime se réveilla en sursaut avec la sensation de chavirer. Au-dessus d'elle se trouvaient deux points bleus scintillants. Boltz. Il l'avait manifestement secouée pour la tirer de son sommeil. Elle se redressa et passa la main sur son front : il était brûlant et des gouttes de transpiration perlaient le long de ses tempes. Elle cligna plusieurs fois des yeux, le souffle court, et regarda autour d'elle. Le soleil achevait de percer l'horizon d'une lumière rougeâtre : le matin pointait à peine. Boltz, à genoux à côté d'elle, affichait un air préoccupé.

— Tu hurlais de toutes tes forces, lui lança-t-il d'un ton de reproche, c'est un miracle que personne ne nous ait repérés !

— Désolée, balbutia précipitamment Jaime. J'ai fait un cauchemar…

— Après tout ce temps à crapahuter dans cette forêt sans croiser personne, c'est normal de perdre la boule, répondit Boltz d'un ton compatissant mais impatient. Seulement, ne le refais plus, d'accord ?

— Ce n'est pas comme si je pouvais le contrôler, protesta Jaime, toujours fébrile au souvenir de son rêve.

Une fois debout, elle se rendit compte que quelque chose n'allait pas : la joue gauche de Boltz était désormais dépourvue de barbe. Sur la joue droite, cependant, la toison était toujours aussi hirsute. Elle le dévisagea une fraction de seconde, puis éclata de rire.

— Ça va, oui ? bougonna Boltz. J'étais en train de me raser et tu t'es mise à crier comme un diable, je n'allais pas tranquillement finir de me couper les poils en te laissant alerter tout le Royaume, si ?

— Oui oui, fit Jaime en hoquetant, les mains autour de son ventre, pardon, je suis juste surprise !

Hilare, elle se dirigea vers le petit cours d'eau à côté duquel ils avaient passé la nuit et passa de l'eau sur son visage toujours brûlant. Elle remarqua une petite lame posée sur un rocher juste à côté d'elle : la dague de Lars. Boltz s'en empara et entreprit de raser le reste de sa barbe.

— Ce n'est pas ce qu'il y a de plus adapté, mais c'est très tranchant, commenta-t-il.

— Pourquoi tu te rases ? demanda Jaime.

— Si je veux éviter qu'on me reconnaisse à Gandir, ça sera un début.

La veille, ils avaient décidé de retourner au village dès aujourd'hui pour prendre des vivres et enfin parler au mari de Maddie. Dans le chaos de leur départ, ils n'avaient finalement pas pu lui demander l'identité du mystérieux compagnon d'auberge de Jaime, et ils commençaient à se lasser des fruits de la forêt. Après leur fuite, Boltz avait pu tordre le cou d'un énorme lièvre en le prenant par surprise, mais ils n'avaient pas eu autant de chance par la suite. De plus, l'odeur du feu et de la viande grillée risquait d'attirer les chasseurs et révéler leur présence.

— Ils t'ont toujours connu avec la barbe ? demanda Jaime.

— Plus ou moins… Ça doit bien faire des années que je ne l'ai pas tondue, et je pense que tout le monde a dû oublier à quoi je ressemblais en-dessous, supposa Boltz d'un haussement d'épaules. En tout cas, on ne s'attend pas à me voir débarquer : tout Gandir doit nous savoir fugitifs à présent. Boltz et la Profane…

Il ricana et trempa la lame dans l'eau pour en enlever des poils.

— Encore désolée, marmonna Jaime, les joues rouges.

— Bah !

Il agita la main comme pour signifier « Ce n'est rien ! ». Jaime, elle, n'arrivait pas à se débarrasser de son sentiment de culpabilité. À chaque fois qu'ils évoquaient le village, cela lui rappelait que si elle s'était tenue à l'écart de sa ferme, Boltz y serait toujours avec ses chevaux, menant une vie paisible. Elle devait cependant admettre qu'elle n'était pas mécontente d'avoir quelqu'un à ses côtés. Dépassée comme elle l'était, elle ne pouvait compter que sur ses instincts, et ses instincts lui indiquaient qu'elle pouvait faire confiance à Boltz. Elle découvrait également qu'elle savait parfaitement monter à cheval – sans doute un vestige de son ancienne vie. Elle s'était tout de suite liée d'amitié avec sa monture, une belle jument à la robe chocolat que Boltz appelait Prune. Elle n'était, en revanche, pas du tout douée pour la chasse. Elle parvenait à trouver des champignons, baies, et autres fruits avec une facilité déconcertante, mais la force et la rapidité impressionnantes de Boltz leur avaient permis de capturer un lièvre, couper du bois pour le feu, et déplacer des rochers pour mieux se cacher ; Jaime savait que, sans lui, elle aurait probablement déjà eu à revenir au village pour se nourrir, risquant de se faire capturer.

— J'ai trouvé un mot, dit-elle inopinément.

Boltz, qui avait fini de se raser et achevait de rincer sa lame dans le cours d'eau, la regarda d'un air décontenancé.

— Tu as trouvé un mot… répéta-t-il sans comprendre.

Jaime sortit de son manteau le message énigmatique et le tendit à Boltz. Elle vit la phrase se former silencieusement sur ses lèvres, alors qu'il l'examinait.

"L'Éveil se fait au contact de l'Ennemi"

Son regard se fit encore plus perplexe.

— Qu'est-ce que c'est que ça ?

— J'ai trouvé ce mot dans mes bottes, le jour où je me suis réveillée à l'auberge, expliqua Jaime.

Boltz relut le message, retourna le morceau de parchemin sans rien trouver au dos, puis marmonna :

— Tu es sûre qu'il n'y avait rien d'autre ?

— Oui, affirma Jaime. Et l'autre lit n'était même pas défait, personne n'avait dormi dedans.

— « L'éveil », lut Boltz, pensif. De quel éveil s'agit-il ? Et de quel ennemi parle-t-on exactement ?

Jaime haussa les épaules.

— Je n'y comprends rien moi-même. J'espérais que tu aurais une théorie.

Boltz reporta son attention sur le morceau de parchemin.

— La personne qui a écrit ce mot devait être très prudente. Elle devait craindre que ce message soit lu par les mauvaises personnes mais voulait quand même t'aider. Tu as des ennemis ? Quelqu'un qui t'en veut ? interrogea-t-il, réfléchissant visiblement à toute vitesse.

À la pensée qu'un autre allié se trouvait quelque part, Jaime se sentit réconfortée.

— Des ennemis, apparemment j'en ai pas mal en ce moment, railla-t-elle.

— C'est vrai, admit Boltz en reportant son attention sur le mot. Mais je suppose qu'ils ne parlent pas de ces deux idiots d'agents…

— Un ennemi du Royaume, peut-être ? risqua Jaime.

Boltz réfléchit quelques instants, le regard perdu quelque part entre les arbres, qu'il regardait sans voir. Il semblait sceptique.

— C'est peu probable… grommela-t-il enfin. Je ne vois qu'Ilderad qui ait déjà tenté de s'emparer d'Omphal, mais les Bénis de l'Armée n'ont jamais permis une invasion…

— Ilderad ?

Boltz fit la grimace.

— Excuse-moi, j'oublie toujours que ta mémoire a pris des vacances… Ilderad, c'est le Royaume au nord d'Omphal, dans les montagnes, expliqua-t-il. À l'est, il y a Fäal, et à l'ouest Dalagren. Ce sont les quatre grands pays du continent d'Issyal. Mais Ilderad est connu pour convoiter le pouvoir de l'Ancien Vœu, la pierre de l'Omphalos, c'est donc peut-être eux « l'Ennemi ». Mais ça me paraît un peu tiré par les cheveux…

— La pierre de l'Omphalos ?

— Oui, c'est une pierre de pouvoir, c'est de là que viennent les pouvoirs de l'Ancien Vœu. On dit d'ailleurs qu'ils ont volé ce pouvoir aux Delpheris avant de les exterminer, mais… Il y a beaucoup de zones d'ombres autour de cette histoire. Mais tant que les pouvoirs de l'Ancien Vœu sont actifs, on suppose que ça veut dire que la pierre est là, quelque part, cachée…

— Et Ilderad pense vraiment pouvoir défier l'Ancien Vœu ?

— Oh, ils pourraient… De nombreux dragons peuplent leurs montagnes, et ils sont parvenus à en élever. C'est une arme redoutable.

— Tu en sais, des choses, dis donc, dit Jaime avec un sourire.

— Et toi, tu en poses, des questions, dis donc !

Jaime baissa les yeux, ne sachant pas très bien si c'était un reproche, mais Boltz soupira et reprit :

— Je lis. C'est comme ça que je sais tout ça. Un de mes ancêtres devait être de haut rang, ma famille a hérité d'un nombre incroyable de livres et j'ai grandi en les parcourant. De cette façon, j'ai aussi appris que mes ancêtres n'étaient originellement pas d'Omphal. C'est fascinant d'en apprendre plus sur ses origines…

Mais il s'interrompit en voyant le regard sombre de Jaime.

— Excuse-moi, je ne voulais pas dire… On va retrouver qui tu es, d'accord ?

Elle acquiesça avec un sourire triste. Durant ces derniers jours, Boltz avait souvent fourni à Jaime des informations précieuses lui permettant de combler les terrifiantes lacunes qui caractérisaient son amnésie. Elle avait ainsi appris que Gandir était un des villages les plus proches du Grand Palais, demeure de l'Ancien Vœu. La Capitale ne se trouvait en effet qu'à quelques jours de marche vers le Sud, soit quelques heures à cheval. C'était également le plus grand village du nord du pays, non loin des frontières. Cette région lui avait semblé plate, sans relief hormis quelques collines, ce qui favorisait justement les déplacements à cheval. Boltz avait tout de même fini par avouer que quelques-unes des choses qu'il avait apprises lui étaient parvenues au cours de ses multiples conversations à l'auberge de La Petite Oie. « Bon, j'admets oublier beaucoup de ce qu'on me dit là-bas… » avait-il concédé en levant un pouce et penchant la tête en arrière, mimant ses beuveries. Il arrivait donc souvent que leurs conversations se résument à Boltz enseignant à Jaime quelques rudiments d'Histoire du Royaume d'Omphal.

— Évidemment, Ilderad aimerait bien aussi récupérer l'Omphalos. Même si leur raison officielle reste l'accès à la mer du Sud, dit Boltz avec un sourire sardonique. De toute façon, pour s'emparer de l'Omphalos, encore faudrait-il qu'ils la trouvent, et pour ça, bon courage ! Une pierre blanche perdue dans la nature…

— Je l'ai vue en rêve ! s'exclama alors Jaime.

— Quoi ?

— L'Omphalos… Je l'ai vue en rêve ! Enfin je… je crois… Tu as bien dit « pierre blanche » ?

— C'est ce qu'on dit, oui…

Jaime s'était levée sous le coup de sa réalisation.

— Dans mon cauchemar… Il y avait des flammes, une femme, et une sphère blanche.

Jaime se mit à faire les cent pas, le cerveau bouillonnant.

— Cette femme… elle m'a demandé de me cacher pour qu'ils ne puissent pas retrouver l'Omphalos ! s'exclama Jaime en tapant son front de la main. Elle m'apparaît en rêve ! Et il y avait aussi…

Elle hésita.

— Il y avait aussi des gens qui criaient… qui imploraient qu'on les laisse partir…

Elle se tut à nouveau. C'était comme si les pièces d'un puzzle commençaient à se mettre en place une par une. Jaime leva la tête vers Boltz, dont les yeux étaient rivés sur elle.

— Boltz… Je crois que j'ai su un jour où se trouvait l'Omphalos et qu'on a effacé ma mémoire à cause de ça.

Boltz ne bougea pas. Il ne dit rien non plus. Il se tenait immobile, la bouche ouverte, incapable de faire autre chose que de regarder Jaime.

— Est-ce que tu crois que c'est pour ça que je suis recherchée par l'Ancien Vœu ?

Il resta silencieux, mais elle n'attendait pas vraiment de réponse. Évidemment, il ne savait pas plus qu'elle ce que tout cela signifiait. Mais formuler ces questions à voix haute lui permettait de réfléchir, un peu comme lever les mains pour avancer à tâtons dans l'obscurité. Pendant quelques secondes, ils n'entendirent plus que le bruit de l'eau qui coulait près d'eux, ainsi que les occasionnelles feuilles qui tombaient dans un bruit sec. Un soleil mouillé laissait à présent poindre ses rayons à travers les branches et aucun nuage n'assombrissait l'horizon. Les arbres dépourvus de feuilles laissaient passer une lumière timide qui venait réchauffer la terre encore humide de la veille, libérant une réconfortante odeur argileuse. Si la théorie de Jaime était vraie – l'expression de Boltz le suggérait – alors elle courait un danger encore plus grand qu'elle ne l'avait imaginé. Mais pourquoi n'y avait-il alors que deux agents à sa recherche ? La réponse lui vint aussitôt. Adrasté Malaen… La Némésis avait visiblement tellement chamboulé le régime que les autorités avaient du mal à organiser une recherche structurée. Dans son malheur, elle avait eu la chance d'être en fuite en même temps que la criminelle la plus recherchée du pays. Mais si elle avait su un jour comment trouver l'Omphalos, l'attention des autorités de l'Ancien Vœu ne tarderait pas à se rediriger vers elle.

— Dans mon rêve, reprit Jaime, il y avait mon père.

Boltz cligna des yeux. Il n'avait pas dit un mot depuis un long moment, et semblait encore sous le choc. Son doigt cherchait machinalement une barbe qu'il ne possédait plus.

— Dans le même rêve, tu as vu l'Omphalos et ton père ?

— J'ai vu l'Omphalos, mais j'ai juste *entendu* mon père, précisa Jaime. Je… je l'ai entendu crier, implorer qu'on m'épargne. Quelqu'un le torturait, il agonisait… Tout le monde agonisait… Ce n'était pas un rêve, c'était un souvenir !

Elle s'était parfois demandé, depuis son réveil à La Petite Oie, s'il y avait une famille quelque part qui s'inquiétait de son absence et cherchait peut-être à la retrouver, à l'enlacer. Ce souvenir lui donnait apparemment la réponse. La voyant si désarmée, Boltz sembla revenir à lui.

— J'ai connu quelqu'un qui a été rappelé par l'Ancien Vœu, dit-il soudain.

Jaime le regarda en haussant les sourcils.

— Ah ? Un Profane aussi ?

— Oh, non… Lui n'a pas cherché à fuir ! répondit Boltz d'un ton sarcastique. Avec ses pouvoirs, il allait enfin pouvoir servir l'Ancien Vœu, tu te rends compte ? Durant toute sa jeunesse, il en était fier. L'enfant prodige, face à moi, dont l'Ancien Vœu n'avait pas voulu. On s'entraînait souvent au combat ensemble.

Il marqua un silence bref en passant une main dans ses cheveux du côté de sa cicatrice.

— Qu'avait-il comme pouvoir ?

— Il pouvait transformer le bois en métal… Très pratique sur un champ de bataille. Il a donc été rappelé pour faire partie des Bénis de l'Armée. J'aimais beaucoup le voir à l'œuvre, et je n'étais pas le seul… Tout le monde venait le voir exécuter ses prouesses, progresser et forger des épées tranchantes à la seule force de son esprit.

— Les Bénis de l'Armée… c'est l'armée de l'Ancien Vœu c'est ça ? demanda Jaime en fronçant les sourcils. J'ai entendu Lars et Aidan en parler…

— Tout à fait. Des hommes et des femmes prêts à donner leur vie pour l'Ancien Vœu en cas de conflit.

— Et… il est content ? demanda Jaime.

— Oh, je ne pense pas ! Il est mort. Et ses parents ne s'en sont jamais vraiment remis. Ils ont également fini par tomber malades et se laisser mourir de chagrin, l'un après l'autre.

— Je suis désolée… Tu les connaissais bien ?

— Un peu… C'étaient aussi mes parents.

Il y eut un long silence que Jaime n'osa pas interrompre, pétrifiée par ce qu'elle venait d'apprendre.

— Écoute… On va tout éclaircir, d'accord ? reprit Boltz d'un ton qui suggérait qu'il ne souhaitait pas continuer sur le même sujet. On sait que tu es recherchée en tant que Profane. Cette roue que tu as sur le bras… Ce sont les sadiques de l'Ancien Vœu qui veulent rappeler aux déserteurs à qui ils appartiennent vraiment. Voilà ce qu'on sait pour sûr. Le reste… Que des suppositions !

— Oui, mais…

— Je sais ! coupa Boltz. Je sais… mais nous n'avons aucune preuve. Tes parents sont peut-être vivants… Tu n'as peut-être rien à voir avec l'Omphalos. Et franchement, ça m'arrangerait ! Mais on va tirer tout ça au clair : je vais aller voir Maddie, récupérer de quoi manger, parler à son mari, et revenir avec quelques réponses. D'ailleurs, je pense avoir compris une chose.

Pendant qu'il parlait, comme possédé d'une vigueur nouvelle, Boltz s'était redressé, avait rangé la dague de Lars dans sa poche, avait fait passer une épée bien plus imposante sur une ceinture accrochée à sa taille, et s'était juché sur son cheval.

— L'Ennemi, c'est l'Ancien Vœu.

CHAPITRE IX
L'infiltration

« Avoir froid aux joues, c'est possible ? »

Il fallut à Boltz un long moment pour s'habituer à l'absence nouvelle de sa barbe, et il ne cessa de se passer la main sur le visage sur sa route vers l'orée du village. Au fil de leurs déplacements, Jaime et lui avaient pris soin de mettre toujours un peu plus de distance entre eux et Gandir, au cas où Lars et Aidan rôderaient à leur recherche. Une ou deux fois, ils avaient dû se tapir en entendant des voix se rapprocher, mais personne ne les avait repérés. De là où il venait, la végétation était plus dense, mais les arbres et fourrés se faisaient plus épars à mesure qu'il s'approchait de Gandir. D'ici, il pouvait se rendre compte que le soleil était plus chaud que les jours précédents. Les sabots de Klark, son cheval blanc à l'allure imposante, rythmaient les pensées qui tournoyaient dans son esprit. « Quelle idée j'ai eue, de m'embarquer dans cette histoire ! » se sermonnait-il souvent. Il ne regrettait pas d'avoir quitté Gandir : il réalisait avoir depuis longtemps sombré dans une somnolente routine dont ne pouvaient le distraire que les échos et les histoires plus ou moins vraisemblables au sujet de l'Ancien Vœu. En somme, tant qu'il n'avait pas eu d'autre perspective, cette vie lui avait paru tout à fait convenable. Et quelle autre vie aurait-il pu espérer, de toute façon ? Il ne pouvait faire apparaître une épée tranchante à partir d'un simple bout de bois comme son frère. Son frère si parfait. Son frère, le Béni. Après son départ, Boltz s'était retrouvé seul avec ses parents, seul à bénéficier de toute leur attention du jour au lendemain. Durant deux ans, il avait brièvement eu la sensation de faire pleinement partie de cette famille dont il se sentait auparavant exclu. Ses parents continuaient cependant de mentionner son frère à chaque repas, à chaque conversation avec les voisins. Mais, lorsqu'on leur avait rapporté la mort de leur fils durant son service, ils n'avaient plus jamais prononcé son nom, comme si ce simple rappel de son absence irréversible était trop douloureux. Boltz avait alors plus que jamais ressenti son incapacité à être aux yeux de ses parents ce que son grand frère avait toujours été : talentueux, admiré, respecté.

Mais Jaime lui faisait confiance. C'était une Bénie qui s'appuyait sur lui, lui posait des questions et s'intéressait réellement à ce qu'il avait à dire. « Tu ne pouvais être captivant que pour une personne sans aucun souvenir de ses autres interactions humaines, décidément », ironisa-t-il intérieurement. Son doute quant à la véracité de l'amnésie de Jaime avait subsisté plus longtemps qu'il n'aurait osé l'admettre, mais il avait finalement dû se rendre à l'évidence : elle n'avait réellement aucune idée de qui elle était, ni d'où elle venait. Elle ne mentait pas et ne semblait pas cacher quoi que ce soit. Elle était au contraire curieuse et ouverte à toute connaissance que Boltz pouvait lui apporter, au point d'en devenir parfois agaçante. Elle posait toujours plus de questions, et se montrait frustrée lorsque Boltz n'avait pas la réponse à l'une d'entre elles. Il lui avait souvent conseillé de patienter. « Tu verras, ça finira par se débloquer tout seul », lui avait-il dit, épuisé après une soirée où elle s'était obstinée à formuler ses pensées et interrogations tout haut dans l'obscurité, l'empêchant de dormir. Mais la patience ne semblait pas être le fort de Jaime, et il avait songé que lui-même serait passablement en colère s'il n'était plus capable de se rappeler quoi que ce soit. Il repensa également à la conversation qu'ils venaient d'avoir. Ils n'avaient toujours pas découvert la nature de ses pouvoirs, mais la magie des bénédictions n'agissait jamais au hasard. Le corps des Bénis, contrairement à un corps d'humain ordinaire, était constamment parcouru de la magie qui l'habitait. À l'image d'un cœur battant sans relâche pour maintenir les organes en état de fonctionner, la magie coulait continuellement dans les veines des personnes qui en étaient dotées. Les rêves de ces derniers n'étaient jamais de simples rêves : la magie les habitait également ; elle les façonnait, leur donnait forme. Ce rêve qu'avait eu Jaime était plus qu'un rêve : sa magie tentait de communiquer, de la guider vers une direction bien précise. Une direction qui semblait la mener vers l'Omphalos. Boltz se souvenait par ailleurs d'une conversation qu'il avait surprise à La Petite Oie. C'étaient deux femmes assises à une table non loin du comptoir où il avait pris l'habitude de s'installer pour pouvoir discuter avec Maddie.

— Ils ne l'ont plus… disait la première en prenant soin de parler bas. C'est pour ça que leurs pouvoirs s'effritent. Sans l'Omphalos, les bénédictions sont… différentes.

— J'ai remarqué… Tu as vu le bébé du tonnelier ? demandait la seconde avec effroi. Il… il n'a pas de bouche ! Sa mère faisait pourtant la fière…

— Sais-tu ce qu'ils leur font lorsqu'elles vont au Grand Palais ?

— Tu veux dire, ce qu'ils font aux femmes enceintes ?

— Oui… J'ai entendu des choses…

— *Chut, attention !*

Lars et Aidan étaient entrés à ce moment-là dans l'auberge et s'étaient installés près d'eux en demandant deux chopes de bières, obligeant les deux femmes à se taire. Elles regardaient cependant les deux agents d'un regard mauvais. Boltz se souvenait avoir surpris ce regard juste avant qu'elles-mêmes ne le surprennent à les observer. Il avait précipitamment détourné le regard et s'était penché sur sa chope de bière. C'était vrai, personne ne savait vraiment ce qui arrivait aux femmes enceintes qui se présentaient au Grand Palais en espérant faire bénir leur enfant. Aucune mère d'enfant Béni n'avait jamais pipé mot de la méthode employée. Mais leur pouvoir faiblissait. C'était un fait. Bientôt, même les fanatiques les plus opiniâtres ne pourraient plus le nier. Leur massacre par Adrasté n'était pas la cause de leur déclin, c'en était la conséquence : elle avait vu leur agonie arriver et avait saisi sa chance.

Alors que Klark s'engageait sur un étroit sentier de terre creusé par d'autres chevaux passés ici avant lui, Boltz vit qu'ils se rapprochaient de l'entrée nord de Gandir. Il ne tarderait plus à arriver. Il redoubla d'attention, tout en s'efforçant d'adopter l'attitude décontractée d'un voyageur. À mesure que le sentier de terre s'élargissait, se transformant progressivement en un chemin large bordé par des arbres plus réguliers, il voyait apparaître au loin les toits des chaumières si familiers de Gandir. Il n'était pas resté longtemps en-dehors du village, mais il se faisait déjà l'effet d'un étranger. Comme pour constater où il se trouvait, il feignit de s'arrêter devant le panneau de bois qui affichait le nom du village, puis descendit de son cheval : inutile de se faire remarquer, il serait plus discret – et, si besoin, plus à même de se cacher – à pied. Il attacha Klark à l'entrée du village, près d'un moulin à eau où il pourrait se désaltérer s'il avait soif.

— Si tu me vois revenir en courant, prépare-toi à détaler, d'accord ? lui murmura Boltz en lui tapotant l'échine.

Pour seule réponse, le cheval cligna des yeux en regardant dans la direction opposée.

— Abruti de cheval, marmonna Boltz en tournant les talons.

Son choix ne s'était pas porté sur Klark par hasard lorsqu'il l'avait monté pour s'enfuir : c'était un cheval vif, agile, mais qui restait serein à son contact – contrairement à d'autres montures certes plus rapides, mais moins dociles et plus nerveuses. Au fil des années, Boltz avait pris l'habitude de s'adresser à lui comme à un être humain, mais Klark semblait rarement disposé à faire la conversation. L'avoir à ses côtés, cependant, lui donnait le sentiment de ne pas avoir entièrement abandonné son écurie.

— Eh, vous !

Il sursauta, jeta un coup d'œil derrière lui et vit un homme sortir d'une tannerie en le jaugeant d'un air courroucé. Boltz se raidit : c'était Valkhar, un client régulier de La Petite Oie avec qui il avait souvent discuté.

— Combien de temps pensez-vous laisser votre cheval là-bas ? lui lança Valkhar lorsqu'il fut arrivé à son niveau. Il y a une écurie vers là-bas…

— Ce sera pour une heure, tout au plus ! répondit Boltz en évitant soigneusement de croiser son regard. Je ne suis que de passage, je vais manger et reprendre la route.

Il aurait voulu se cacher le visage, le recouvrir entièrement. Plus que jamais, il se sentait vulnérable et presque nu sans sa barbe. Les traits de Valkhar se firent plus sympathiques. Boltz se demanda si c'était seulement sa peur d'être reconnu qui lui donnait l'impression que le tanneur le dévisageait avec insistance.

— De passage ? répéta Valkhar, les sourcils levés. Oh, vous verrez, vous allez aimer Gandir ! D'où venez-vous ?

— De la Capitale, répondit trop vite Boltz, mais je reviens d'un voyage dans le Nord alors je fais simplement une halte sur le chemin du retour, rectifia-t-il précipitamment.

Valkhar était apparemment satisfait de ces explications, et voulut même en savoir plus. Il lui posa des questions sur les terres du Nord, s'enquit de la beauté du Royaume d'Omphal vers la frontière, et demanda si la Capitale était si gorgée de magie qu'on le racontait. Boltz, interloqué par le constat que l'absence de barbe l'avait tout compte fait rendu complètement méconnaissable, lui répondait en tâchant de s'extraire de la conversation. Il devait vite parler au mari de Maddie.

— Je ne suis jamais sorti de ce village, voyez-vous, disait Valkhar, mais les choses sont en train de changer ici, alors j'y réfléchis…

— Les choses sont en train de changer ? Que voulez-vous dire ?

— Oh, il se passe des choses… D'abord il y a eu une Profane… Rien d'incroyable, à première vue, ça arrive parfois… Mais celle-ci s'est échappée, figurez-vous ! Puis il y a eu cette suite de disparitions. Beaucoup de personnes n'ont plus été vues par leur famille depuis plusieurs jours, c'est évidemment l'œuvre de cette Profane !

Valkhar marqua une pause, puis sembla se rendre compte qu'il était peut-être en train de rebuter un voyageur qui pourrait colporter des ragots au sujet du village dans d'autres régions. Il se racla la gorge et reprit :

— Cela dit, ne vous inquiétez pas, des agents de l'Ancien Vœu sont sur le coup ! Ils pensent que la Profane avait une complice et ils la surveillent. Pauvre Maddie, elle a perdu tous ses clients depuis que cette rumeur tourne… Mais si elle est vraiment de mèche avec la Profane…

Boltz en avait assez entendu. Il remercia brièvement un Valkhar pris de court mais toujours souriant, et se mit à marcher d'un pas soutenu vers la Grand Place. Il avait la nausée. Des personnes disparaissaient dans le village… Que se passait-il ? De toute évidence, Jaime et lui n'avaient rien à voir là-dedans, Maddie encore moins. Mais quelque chose le tracassait. À cause de lui, Maddie avait des ennuis. Lars et Aidan les savaient proches. Ces deux cloches devaient penser qu'elle avait eu un rôle à jouer dans leur fuite, et ils allaient le lui faire payer. Surveillance, intimidation… Jusqu'où iraient-ils ? Il prendrait cependant soin de ne pas défier ouvertement les deux agents à l'avenir. Il avait pu constater de quelle agilité Lars était capable sous son air impertinent : à deux contre un, Aidan et lui l'auraient sûrement mis à terre. Bien qu'il n'ait pas couru, c'est le souffle court qu'il atteignit la Grand Place. Il examina les environs en s'efforçant d'avoir l'air d'un promeneur banal et ordinaire. Comme il s'y attendait, en faction non loin de l'auberge de La Petite Oie se trouvaient Lars et Aidan, appuyés contre un muret. Ils étaient manifestement pris dans une vive conversation et jetaient de temps à autre un coup d'œil à l'entrée. Avec une pointe de satisfaction, Boltz remarqua que Lars avait le poignet bandé. À cette heure-là, il y avait beaucoup de monde dans les rues, et toutes convergeaient vers la Grand Place, avec en son centre l'autel dédié à l'Ancien Vœu et sa statue sacrée. Les pavés boueux étaient marqués par les traces profondes du passage incessant des commerçants qui se pressaient çà et là pour transporter leurs marchandises. Dans un flot ininterrompu d'apostrophes, ils se hélaient, s'exclamaient, juraient. Beaucoup se connaissaient, se devaient dettes ou faveurs, et négociaient allègrement entre deux carrioles. De temps à autres, ils interrompaient leurs pourparlers animés lorsqu'un client se présentait. Au bout de quelques minutes, Boltz vit une des charrettes se détacher du reste et rouler dans sa direction. Il réfléchit à toute vitesse. Elle se dirigeait vers la sortie opposée de la Grand Place, ce qui la ferait passer juste devant la porte de l'auberge. Sans plus de considérations, sitôt la charrette à son niveau, il se jeta dedans tête la première.

— Enfer de Delpheris ! jura-t-il dans un haut-le-cœur.

Une odeur fétide lui avait brusquement assailli les narines : la charrette était pleine de poissons qui venaient de passer la matinée sous un fervent soleil. Par chance, le tumulte environnant avait couvert sa voix et le marchand ne l'avait pas entendu. « Il fallait que je tombe sur de la poiscaille ! » pesta Boltz, les dents serrées. Fort heureusement, il n'aurait pas à rester dans la charrette nauséabonde plus de quelques secondes, car il se rapprochait de l'auberge. Lorsqu'il ne fut plus qu'à quelques pas, il se risqua à passer la tête derrière une des ridelles qui le protégeait des regards : Lars et Aidan se disputaient, à présent. Lars gesticulait tandis qu'Aidan levait les yeux au ciel, les bras croisés. Il agit en quelques secondes : se laissant glisser au sol – et faisant au passage tomber quelques poissons dans sa chute – il se baissa en angle droit et marcha du côté où la charrette le dissimulait du regard des deux agents. Arrivé au niveau de la porte, il l'ouvrit juste assez pour passer son corps et la referma en jetant un dernier regard derrière lui. Ni Lars ni Aidan n'avaient remarqué la scène qui venait de se jouer. Il l'avait fait. Il était dans l'auberge, à l'abri. Il s'accorda quelques secondes pour calmer les battements frénétiques de son cœur, puis il se retourna, prêt à se mettre à la recherche de Maddie. Elle devait sûrement être dans la cave ou la cuisine, comme toujours lorsqu'elle n'avait pas de client. Mais il n'eut pas besoin d'aller aussi loin.

Près du comptoir, figé dans une position qui laissait deviner qu'il s'était laissé surprendre par l'arrivée de Boltz, se tenait non pas Maddie, mais son mari, Venig.

CHAPITRE X
Le souvenir

— Ilderad au Nord, Fäal à l'Est et Dalagren à l'Ouest... Ilderad au Nord, Fäal à l'Est, et Dalagren à l'Ouest...

Jaime récitait les noms des différents pays qu'elle avait appris. Accroupie, elle traçait machinalement des petits chemins dans le sol à l'aide d'une branche morte en attendant le retour de Boltz. Il était parti depuis plus d'une heure. En le voyant s'éloigner, Jaime n'avait pu s'empêcher de se demander si elle le reverrait, cette fois-ci. Son appréhension s'était progressivement transformée en torpeur qui l'avait incitée à se remémorer toutes les informations qu'elle avait emmagasinées ces derniers jours : elle ne souhaitait pas prendre le risque de s'endormir ou de baisser sa garde alors qu'elle était seule. Mais alors qu'elle commençait à épuiser les noms, les dates et les lieux dont elle devait se rappeler, ce fut cette fois l'impatience qui vint. Elle savait que Boltz ne pouvait possiblement pas être revenu si vite, seulement elle aurait souhaité pouvoir également se rendre à Gandir avec lui. Après tout, il s'agissait de son passé. Ses interrogations. Mais non, Boltz avait jugé que Jaime était bien trop reconnaissable, et elle n'avait rien pu avancer pour le contredire. Elle était également touchée par l'aide qu'il lui apportait et ne souhaitait rien faire qui réduise son geste à néant. Mais tout de même… Elle se montrerait plus insistante à l'avenir.

Il était trop tard lorsqu'elle le vit. Un homme grand et massif, les cheveux en brosse, se tenait juste en face de Jaime. Dans un geste de surprise, elle lâcha sa branche morte et se leva d'un bond. Comment était-il arrivé là ? Elle n'avait rien entendu : aucun bruissement de feuille, aucun roulement de pierre n'avait indiqué que quelqu'un venait. Le visage de l'homme, partiellement assombri par l'ombre des branches sous lesquelles il se tenait, laissait néanmoins paraître de petits yeux noirs et une peau olive. Il était d'une carrure véritablement impressionnante.

—Je… je peux vous aider ? demanda-t-elle d'une voix forte.

Elle ne se laisserait pas capturer. Pas cette fois.

— Parle moins fort s'il te plaît, répondit l'homme. J'aimerais éviter une migraine aujourd'hui.

Jaime ne sut quoi répondre.

— Je suis surpris de te voir ici toute seule, reprit-il. Ces bois ne sont en général pas très fréquentés.

Il avait une voix métallique et grave, mais son ton était calme, presque amical.

— Nous sommes deux, précisa Jaime. Nous voyageons simplement… Nous venons du Nord.

Elle jeta un coup d'œil imperceptible vers l'épée que Boltz lui avait laissée. Elle se trouvait à plusieurs mètres, près de sa jument. L'homme, cependant, se contenta de la dévisager. Elle crut voir passer une lueur étrange dans ses yeux.

— Je ne pensais pas te revoir un jour, murmura-t-il.

— Ex… excusez-moi ?

Quelque chose qui ressemblait à un sourire se dessina très légèrement sur le visage de l'homme. Ce n'était pas tant un vrai sourire qu'un léger frémissement de la commissure de ses lèvres.

— Tu es restée la même. Toujours l'amie des chevaux, ajouta-t-il en regardant Prune.

— Pardon mais… nous sommes-nous déjà vus ?

— Hmm… Je ne suis pas surpris que tu ne te souviennes pas de moi, déclara l'homme d'un ton égal. Tu as dû en voir passer beaucoup…

— Excusez-moi ? répéta Jaime, passablement abasourdie par ce qu'elle venait d'entendre.

Si elle n'avait pas été pas aussi alarmée par la présence de cet inconnu à l'air menaçant, elle se serait probablement indignée.

— Oui… Il y a eu beaucoup d'enfants Bénis, au Grand Palais.

— Je ne…

Jaime ne savait quoi répondre. Cet homme insinuait-il l'avoir vue au Grand Palais ? Il parut se rendre compte que quelque chose n'allait pas. Une expression toujours indéchiffrable sur le visage, il fit plusieurs pas vers Jaime, qui eut un mouvement de recul.

— Je n'ai rien contre toi, dit-il en levant une main comme pour la rassurer. Je ne sais ni pourquoi tu te caches dans cette forêt, ni pourquoi tu prétends être du Nord, mais ça ne m'intéresse pas. J'ai mes propres affaires à régler…

Il continua d'avancer vers elle sans abaisser sa main. Jaime le voyait avaler la distance qui les séparait en résistant à la tentation de prendre ses jambes à son cou, mais quelque chose en cet homme lui *parlait*. Ayant perdu la mémoire, il se pouvait, après tout, qu'elle l'ait rencontré par le passé. Son instinct, ou plutôt sa magie, lui envoya un signal étrange, comme pour l'apaiser.

— Tu es nerveuse. Je ne compte te faire aucun mal. Permets-moi de te montrer.

Il était tout près d'elle. Jaime leva les yeux vers lui. Son corps paraissait détendu et son regard ne présentait aucune animosité. Son visage était dur mais il la dévisageait avec une sincère perplexité. Maintenant qu'il était si proche, elle *sentait* son aura. Une aura familière. Arrivé devant elle, il s'arrêta, paume levée vers Jaime :

— Me permets-tu ?

Elle hésita une seconde.

— Si tu refuses, je m'en irai sans insister, dit l'homme. Mais je souhaiterais que tu acceptes.

Jaime hocha la tête. L'homme posa alors sa main sur le front de Jaime, qui vit soudain apparaître devant elle des images qui ne lui appartenaient pas. Une petite fille à la queue de cheval brune était assise sur un sol recouvert de paille. Elle ne devait pas avoir plus de sept ou huit ans. Tout autour d'elle, des « clac » sourds se faisaient entendre, comme si quelqu'un tambourinait sur une porte. La fillette leva des yeux surpris vers Jaime et demanda :

— Oh, tu es nouveau ?

Une petite voix aiguë qui n'était pas celle de Jaime répondit :

— Oui, je viens d'arriver ! J'ai hâte de voir ce qu'ils vont m'apprendre !

— C'est quoi, ton don ? demanda la petite.

— C'est un don de transfert, répondit fièrement la petite voix qui semblait provenir de la bouche de la Jaime adulte. Ils m'ont dit que c'était très utile ! Mais ça fait mal à la tête…

— Ouah !

La fillette se précipita vers elle, l'air infiniment impressionnée.

— C'est la première fois que je rencontre un don de transfert ! Tu t'appelles comment ?

— Zaël, et toi ?

Mais à ce moment-là, quelqu'un tira le bras de Jaime.

— Viens, petit, lui somma un homme en robe blanche. Nous allons au Grand Palais, maintenant !

Et il l'emmena loin de la petite fille aux cheveux bruns. Tout en s'éloignant, Jaime ne lâcha pas la petite du regard. Pendant un instant, elle-même resta debout à la regarder partir, les yeux empreints de déception, avant de se rasseoir sur le sol de paille en rentrant la tête dans les épaules. Jaime vit alors quelqu'un se diriger vers sa petite silhouette repliée. Elle était trop loin pour distinguer son visage mais elle reconnut néanmoins son manteau. Son épais manteau d'hiver. Tout s'assombrit, puis la forêt réapparut sous les yeux de Jaime. L'homme venait de retirer sa main de son front et lui faisait face. C'était comme si elle venait de récupérer la vue. Le choc la laissa momentanément pantoise, et il lui fallut quelques secondes avant de retrouver sa voix.

— C'était un souvenir ? Tu… tu es Zaël, le petit garçon ?

L'homme hocha la tête.

— Comment as-tu…

— Don de transfert. Je peux faire passer des choses aux autres. C'est ce que je t'ai expliqué, ce jour-là, à l'écurie du Grand Palais. Tu te rappelles, maintenant ?

Jaime plongea son regard dans les prunelles sombres de Zaël.

— Tu es un Béni…

Il hocha de nouveau la tête et s'assit sur un tronc d'arbre en regardant son reflet dans le cours d'eau devant lequel Boltz s'était rasé le matin-même.

— Nous étions amis ?

Zaël secoua la tête.

— Je n'ai plus jamais été autorisé à t'approcher par la suite. Tu étais toujours mise à l'écart.

— À l'écart ? Je n'étais pas avec les autres Bénis ?

Zaël l'observa, l'air de se rendre compte que sa question était étrange.

— Non, jamais… Tu étais toujours accompagnée d'un serviteur.

— Sais-tu pourquoi ? Excuse-moi, c'est que je ne… quelqu'un a effacé ma mémoire. Je n'ai aucun souvenir du Grand Palais… Ni rien d'autre.

Elle s'attendait à une réaction méfiante, comme lorsqu'elle en avait parlé à Boltz, mais Zaël se contenta de reporter son attention sur le cours d'eau en disant :

— Non, je ne sais pas pourquoi tu étais isolée de nous. Nous ne voyions presque rien de ce qui se passait à l'extérieur. Nous étions enfermés.

— Enfermés ? s'étonna Jaime. Mais pourquoi ?

Zaël parut surpris.

— Pour leurs expériences, dit-il sur un ton à mi-chemin entre l'évidence et le sarcasme, comme si ce mot lui faisait mal aux dents. C'était exactement ce que nous étions, pour eux : des expériences. Ni plus, ni moins. Regarde donc…

Il écarta précautionneusement son manteau de son torse et releva sa chemise ; Jaime sentit une vague glacée lui parcourir le corps. Le choc lui déroba les jambes et elle tomba à genoux, les yeux écarquillés d'horreur. Elle se rendit soudain compte de l'expression que son visage devait afficher et tenta de l'effacer, mais c'était trop tard.

— Oui, je ne suis plus humain, dit Zaël, je ne t'en veux pas, je sais à quoi je ressemble.

— Je suis désolée… Je suis vraiment désolée qu'ils t'aient fait ça, dit Jaime en se redressant et en s'asseyant près de Zaël, qui se passait le pouce et l'index sur les tempes comme pour soulager un mal de tête. Mais comment…

— Seule la magie de ma bénédiction me tient en vie, dit Zaël en réponse à la question qu'elle s'apprêtait à poser. Ils pensaient réussir à implanter mes pouvoirs chez d'autres Bénis. Le don de transfert est rare…

— Mais pourquoi n'ont-ils pas simplement béni plus de nouveau-nés d'un pouvoir de transfert ?

Une lueur sombre passa dans les yeux de Zaël tandis que ses lèvres s'étiraient en un sourire sans joie.

— S'ils pouvaient choisir la nature de leurs bénédictions, ils ne béniraient pas autant de monde, crois-moi. Non, ils bénissent, et attendent de voir. Si le don les intéresse, ils rappellent le Béni. Et là…

Il désigna sa poitrine, que Jaime regarda en sentant un frisson lui parcourir l'échine.

— Mais, objecta-t-elle, je n'ai rien, moi.

— Ils ont dû avoir d'autres utilités pour toi.

Jaime ouvrit la bouche, mais la referma aussitôt. Pouvait-elle faire confiance à Zaël ? Il avait été torturé par l'Ancien Vœu. Plus que quiconque, il devait les détester… Elle prit une profonde inspiration et dévoila son bras.

— Dans ce cas, sais-tu pourquoi je porte leur marque ?

Elle montra son bras affublé du tatouage. Le visage fermé de Zaël laissa pour la première fois pointer une imperceptible stupeur.

— Une Profane ? C'est impossible. Tu étais bien au Grand Palais, tu n'as pas refusé l'appel. Quand as-tu eu ce tatouage ?

— Je te l'ai dit, je ne me souviens de rien.

Jaime lui raconta alors ce qui s'était passé depuis son réveil à l'auberge. Il resta de marbre, le visage figé, assis et immobile comme une statue gigantesque au bord de l'eau. Son regard ne trahissait aucune émotion, et pourtant Jaime sentait qu'il suivait son récit avec un certain intérêt. Sans très bien savoir pourquoi, elle se garda cependant de mentionner ses rêves au sujet de l'Omphalos.

— Je ne peux pas t'aider, finit-il par dire. Je ne t'ai jamais vue t'enfuir du Grand Palais. Mais nous avons un ennemi commun. Et je compte tous les tuer.

Zaël s'était relevé. Du haut de sa très grande taille, il regardait à présent Jaime d'un air sombre, son long manteau refermé sur son torse.

— Tous les tuer ? Si tu parles des Malaen, ils sont déjà morts…

— Pas tous. Il en reste deux. Pour une raison que j'ignore, la Némésis en a épargné un…

— C'est pour ça que tu es ici ? Tu es à la recherche de la Némésis ? demanda Jaime en se levant également.

— Exact. Et lorsque je l'aurai retrouvée et tuée, j'attaquerai la Capitale et détruirai le dernier des Malaen.

— Zaël, tu… tu décris un coup d'État, souffla-t-elle. On dit que la Némésis est extrêmement puissante ! Tout seul, tu ne pourras…

— Je ne suis pas tout seul, interrompit Zaël. J'aurai une armée. Viens avec moi. Si tu te joins à moi, nous serons encore plus forts. Je suis sûr que ta bénédiction sera utile, quelle qu'elle soit, et je t'aiderai à en trouver la nature.

— Je ne…

Jaime hésita. L'aura de Zaël avait changé. Il émanait de lui une haine palpable qui la rebutait.

— Je ne peux pas, dit-elle. J'attends une personne qui doit revenir de Gandir. Et je dois d'abord apprendre comment utiliser ma magie, retrouver qui je suis et d'où je viens…

— Je comprends, dit Zaël en fermant les yeux. Je te souhaite bonne chance, dans ce cas. Et pour faire appel à ta magie, il te suffit de formuler clairement dans ton esprit ce que tu lui demandes. Elle te le fournira.

— Je… d'accord, répondit Jaime, perplexe. Je te remercie.

— Quant à Gandir, le chef de mon armée s'y trouve en ce moment, il y rassemble des combattants et nous partirons très vite après cela. Je te déconseille de le croiser cependant.

— Pourquoi donc ?

Zaël se détourna de Jaime et enjamba quelques buissons en se dirigeant vers les arbres qui bordaient le campement.

— Je ne t'ai pas donné tous les résultats des expériences de l'Ancien Vœu sur moi, dit-il en lui tournant le dos.

Jaime ne répondit rien. Elle n'était pas certaine de vouloir savoir. Elle pouvait entendre chaque oiseau fureter dans les branches à la recherche de graines ou de vers de terre tant les secondes qui suivirent furent silencieuses.

— Ils m'ont forcé à transférer mon don à une personne, reprit Zaël. Puis à une autre, et encore une autre... Je ne l'avais jamais fait avant mon arrivée au Grand Palais. J'avais transféré des souvenirs, des pensées, des émotions... Mais mon don, jamais.

Jaime restait toujours muette. Le visage hâlé de Zaël s'était assombri.

— Ils ont tous perdu la raison, poursuivit-il. Ils n'obéissaient plus qu'à moi, puisque ma magie, et donc une partie de ma conscience, était en eux. Petit à petit, leur propre conscience disparaissait. Ils devenaient dangereux, imprévisibles. Sauf sous mon contrôle. C'était l'un des prix à payer pour les réceptacles de mon transfert.

— *L'un* des prix à payer ? répéta Jaime avant d'avoir pu se réfréner.

— Oui.

Zaël s'arrêta et se retourna vers Jaime. Désormais loin entre les arbres, il n'était à nouveau qu'une ombre imposante et effrayante, et elle le distinguait plus qu'elle ne le voyait :

— L'autre, c'est la mort.

Et sur ces mots, il disparut entre les feuillages.

CHAPITRE XI

La rencontre

Cet homme… Ce ne pouvait pas être Venig. Le mari de Maddie, que Boltz avait parfois brièvement croisé, était petit, son crâne quasiment chauve et son corps mince et chétif. L'homme qui se tenait face à lui n'était pas – ne pouvait pas être – Venig. C'était impossible. Et pourtant, il lui ressemblait ; mais il avait pris plusieurs centimètres de hauteur et de largeur d'épaules, et il avait le teint cireux. Mais surtout – et c'était cet aspect qui intriguait Boltz et l'incitait à être sur ses gardes – ce qui était auparavant le blanc de ses yeux était aujourd'hui d'un noir d'encre.

— Tiens, Venig ! s'exclama Boltz d'une voix qu'il fit de son mieux pour rendre joviale. Je venais justement te voir ! Je ne sais pas si tu me reconnais, je me suis rasé…

Quelque chose d'autre n'allait pas. Venig n'avait pas souri en le voyant ; il n'avait pas non plus changé de posture en le reconnaissant. Il se tenait debout, le dos légèrement voûté, les bras écartés, le fixant avec l'attitude d'un chat méfiant pris sur le fait. Même s'il discutait plus souvent avec Maddie, Boltz avait quelques fois eu des échanges brefs avec Venig. Ils avaient tous été chaleureux et agréables. Peut-être ne le reconnaissait-il pas, tout comme les autres ?

— Boltz, tu te souviens ? ajouta-t-il.

À quoi d'autre son attitude si méfiante, hostile même, pouvait-elle être due ? Peut-être alors savait-il que Boltz était recherché, et ce dernier comprenait alors qu'il ne soit pas ravi de voir un fugitif débarquer dans son auberge après les ennuis qu'il avait causés à sa femme. Venig resta immobile. Ses yeux passaient de Boltz à la fenêtre dans des aller-retours incessants. À ses pieds, Boltz remarqua également du verre brisé et un bout de tissu humide.

— Tu dois t'en aller, dit enfin Venig d'un ton abrupt. Tout de suite.

— Je ne veux pas t'attirer d'ennuis, je sais qu'ils surveillent l'auberge mais ils ne m'ont pas vu entrer, j'avais juste des questions à…

— Je t'ai dit de t'en aller, tu ne peux pas rester.

Bon sang, pourquoi était-il si pressé et irrité ?

— Venig…

Il voulait en finir vite. Quelque chose lui disait de ne pas s'éterniser, et il ne souhaitait pas se trouver en présence de cet homme – qu'il reconnaissait à peine – plus longtemps que nécessaire. Il s'était remis à se gratter la joue.

— Écoute-moi simplement. La nuit du massacre des Malaen, deux personnes sont venues passer la nuit à l'auberge, et c'est toi qui les as accueillis et inscrits sur le registre.

Venig ne répondit pas.

— Peux-tu me dire leurs noms s'il te plaît ?

Toujours un silence.

— Venig ? Tu rappelles-tu leurs noms ? insista Boltz.

— J'ai noté qu'il y avait deux personnes dans la chambre cinq. C'est tout, répondit Venig.

Il porta sa main à sa tête et ferma les paupières. C'était comme s'il était tout à coup saisi d'une violente migraine. Il rouvrit ses yeux noirs au bout de quelques secondes et fusilla Boltz du regard :

— Va-t'en, maintenant !

— Deux femmes ? Deux hommes ? dit précipitamment Boltz. S'il te plaît, j'ai besoin de savoir ! Après je te laisse tranquille, je vois bien que ce n'est pas le moment…

Il reculait vers la porte les mains levées pour signifier à Venig son intention de partir, mais il se rappela alors qu'il ne pourrait pas passer par là : il tomberait nez à nez avec Lars et Aidan.

— C'était un vieil homme et une femme adulte, répondit Venig, la main toujours collée à son crâne, les yeux fermés. *Allez, dehors !*

Le simple effort qu'il faisait pour se remémorer cet événement lui donnait visiblement une migraine atroce, et une veine impressionnante s'était mise à palpiter sur son front. En l'observant, Boltz eut l'étrange sentiment qu'une partie de Venig souhaitait l'aider mais que quelque chose l'en empêchait. Par précaution, il ne souhaitait cependant pas creuser la question : il avait mis une main sur la poignée de la porte, mais comment sortir sans se faire repérer par les deux agents postés à l'extérieur ? De plus, il ne voyait pas Maddie.

— Venig… risqua-t-il. Tu as l'air malade, tu devrais te reposer. Je vais te laisser, d'accord ? Je vais simplement parler à Maddie avant de…

— Hors de question, coupa Venig.

— Écoute… Je sais qu'elle doit être inquiète, depuis mon départ, et je voudrais simplement lui demander…

Mais sa voix mourut à cet instant. Un doute terrible venait de s'emparer de lui. Il baissa les yeux vers les pieds de Venig, où gisaient le verre brisé et le bout de tissu. Après les avoir contemplés quelques instants, il reporta son attention sur les sclères noires de Venig.

— Où est-elle ?

La voix de Boltz était sèche ; tout trace de conciliation ou de rondeur avait maintenant disparu. Il vit un léger changement dans la posture de Venig, qui cligna des yeux.

— Maddie n'est pas là, c'est mon tour aujourd'hui.

— Pourtant elle était là ce matin, non ? C'est elle qui utilise tout le temps ce machin hideux pour essuyer la vaisselle, dit Boltz avec un geste vers le torchon.

Il ne quittait plus Venig des yeux. Celui-ci lui rendait son regard, avec toujours cette même attitude féline et alerte.

— Elle a fait tomber ça hier, avança-t-il. Je m'apprêtais à tout nettoyer lorsque tu es entré.

— Seulement… dit Boltz en détachant chaque mot, le torchon est encore humide. Ça ne peut pas dater d'hier soir.

Les yeux de Venig se posèrent une fraction de seconde sur le torchon, comme pour vérifier ce qu'il venait d'entendre. Il se redressa alors légèrement. Sa position était un peu plus humaine, mais il ne s'était pas départi de son regard angoissant.

— Je t'ai dit de partir.

— Et moi je t'ai demandé où était Maddie, répliqua Boltz. Je ne m'en irai pas avant de lui avoir parlé.

— Elle ne peut pas te voir, répéta Venig.

— J'ai bien compris ! Mais je veux la voir quand même, où est-elle ?

— Ailleurs, répliqua-t-il simplement. Elle doit savoir… Bientôt, elle ne sera plus en sécurité ici.

— Bon sang, qu'est-ce qui s'est passé ? s'exclama soudain Boltz. Qu'est-ce que tu as fait à Maddie ? Pourquoi n'étais-tu pas chez vous lorsqu'elle t'a fait chercher ? Venig…

Il se rendit compte qu'il avait élevé la voix et prit une profonde inspiration pour se calmer.

— Qu'est-ce qui t'est arrivé ?

Venig se demandait visiblement s'il devait lui répondre. Pendant un instant, il resta immobile, puis finit par souffler :

— Zaël m'a ouvert les yeux. Il m'a montré la vérité.

Hein ? Boltz ne sut pas très bien s'il avait compris ce qu'il venait d'entendre.

— Za-quoi ? balbutia-t-il.

Il ne voyait plus qu'une seule explication : Venig était malade. Peut-être délirait-il à cause d'une forte fièvre ? Cependant, cela n'expliquait pas son changement d'apparence.

— Notre armée se prépare, et tu devrais également quitter ce village, avertit Venig. Il y en a d'autres…

— D'autres ?

— Nous allons venger Zaël, nous allons venger tous les Bénis, et ce village sera la cible de l'Ancien Vœu. J'emmène donc Maddie en sécurité.

— Ce que tu dis n'a aucun sens, Venig ! Arrête un peu, Maddie ne voudra jamais quitter Gandir ! lança Boltz avec colère.

Venig fronça les sourcils.

— Tu ne comptes vraiment pas partir ? gronda-t-il.

— Laisse-moi voir Maddie tout de suite ! s'exclama Boltz, ignorant l'avertissement. Où veux-tu l'emmener ? Tu veux lui faire la même chose qu'à toi, c'est ça ?

— Je n'ai rien fait… c'était Zaël. Il m'a forcé à partir avec lui et…

Venig parut un instant désorienté. Il eut un nouveau un geste de la main vers sa tempe, comme en réaction à un mal de tête. Après un moment, il reprit :

— Mais maintenant, je sais. Il m'a montré.

— Venig… je ne comprends pas ce que tu dis, tu as l'air perdu. Pour la dernière fois, dis-moi où est Maddie.

Boltz réalisa qu'à mesure que sa colère se propageait en lui, sa main s'était rapprochée de la poignée de son épée. Venig lui faisait l'effet d'un dangereux déséquilibré. Non. Il n'allait pas laisser Maddie seule avec lui. Venig avait remarqué son geste. Ses yeux se plissèrent légèrement en regardant le fourreau de l'épée, et il se raidit.

— Ne t'en mêle pas, Boltz. Je te préviens…

— Tu n'es plus toi-même, dit Boltz. Je veux voir Maddie. Je ne partirai pas avant.

Venig s'arqua légèrement, les épaules et la tête en avant. Les ailes de son nez frémissaient par à-coups et il serrait la mâchoire.

— Tu es têtu, décidément, murmura-t-il.

— C'est une de mes nombreuses qualités, rétorqua Boltz.

Il dut réagir en un quart de seconde. Son épée jaillit de son fourreau juste à temps. Venig s'était jeté sur lui sans crier gare. Son corps avait bondi, comme sur ressorts, avec une rapidité qui donnait le tournis. Mais en voyant l'épée, il s'arrêta net, le bout de son nez à quelques centimètres du tranchant.

— Par Issyal ! jura Boltz.

Il avait tenté de chasser de sa voix toute trace d'appréhension, sans succès. Quelle célérité ! Le vieux Venig n'aurait jamais été capable de se mouvoir à une telle vitesse. D'où tirait-il cette énergie, cette agilité ? Mais il ne le saurait pas : Venig en avait manifestement fini avec leur conversation et paraissait maintenant décidé à se débarrasser de lui d'une façon ou d'une autre. Boltz, qui voyait ses yeux noirs de près depuis qu'il s'était arrêté à un mètre de lui, dut réprimer une envie de reculer de plusieurs pas : les globes oculaires de Venig allaient et venaient, de gauche à droite, de haut en bas, calculant la meilleure façon de contourner l'arme affûtée. Il était véritablement effrayant.

Dans un saut impressionnant, Venig s'élança brusquement vers une table. Avant que Boltz ne puisse comprendre ce qui se passait, celle-ci vola vers lui avec une force phénoménale. Il se jeta en avant et atterrit lourdement près du comptoir, tandis que des bruits de bois cassé lui parvenaient : la table s'était écrasée contre le sol et avait éclaté en plusieurs morceaux, à l'endroit exact où il s'était trouvé un instant auparavant. Les agents allaient finir par entendre ce vacarme. D'un bond, Boltz se remit sur ses jambes à temps pour plonger derrière le comptoir, qui intercepta une autre table lui étant destinée. Venig se déplaçait à une vitesse prodigieuse, et sa posture voûtée ainsi que ses mains près du sol rappelaient une araignée piégeant sa proie. Accroupi derrière le comptoir, Boltz risqua un regard par-dessus le fût qui en surplombait l'extrémité mais dut aussitôt se raviser, car une chaise siffla à quelques millimètres de son crâne et s'écrasa sur les bouteilles posées contre le mur dans un bruit fracassant de verre brisé. Il ne pourrait pas rester ici bien longtemps. Il regarda en direction du couloir : s'il était assez rapide, il pourrait atteindre la cave… Mais il n'eut pas le temps d'agir. Venig apparut au sommet du comptoir et l'enjamba avec une facilité déconcertante. Cette fois Boltz fut moins rapide. Alors qu'il levait son épée, son adversaire se baissa jusqu'à pratiquement être allongé à plat ventre, à la manière d'un crocodile. Il plaqua sa main sur le genou de Boltz, qui sentit instantanément une douleur fulgurante.

— Argh !

C'était comme si on lui avait enfoncé un couteau dans les ligaments. Pris par surprise, Boltz trébucha et s'effondra sur sa jambe blessée, ce qui lui arracha un second cri de douleur. Elle avait émis un craquement terrifiant. Haletant, les dents serrées, il leva les yeux vers Venig, qui avait profité de sa chute pour envoyer d'un coup de pied son épée dans le coin opposé de la pièce.

— Qu'est-ce que tu m'as fait ? demanda Boltz le souffle court.

— C'est la bénédiction de Zaël, répondit Venig, le visage impassible. Je t'ai transféré ma douleur simplement en te touchant.

— Co… comment ? Quelle bénédiction ?

La douleur lancinante l'empêchait de se relever, et il s'appuyait sur sa jambe valide tout en sachant qu'il ne parviendrait pas à se défendre si Venig décidait de l'attaquer à nouveau. Il ne pouvait qu'essayer de lui faire entendre raison : c'était sa seule façon d'empêcher Maddie d'avoir des ennuis.

— Je vais l'emmener, siffla Venig, comme s'il avait lu dans ses pensées. Ne t'avise pas de nous suivre.

— Je t'en prie, Venig, conjura Boltz, le visage crispé. Regarde ce que tu es devenu, tu n'es plus toi-même. Laisse-la en dehors de tout ça.

Venig eut un mouvement de tête qui trahit son agacement. Boltz tâcha de se concentrer pour récupérer l'usage de son genou, mais la douleur ne semblait pas diminuer. Elle restait aussi vive qu'au premier instant, et sa chute avait très certainement aggravé la situation. Les questions se bousculaient dans son esprit embrouillé, mais il souffrait trop pour réussir à tout démêler.

— Tu ne comptes pas rester tranquille, n'est-ce pas ?

Venig s'était avancé vers lui.

— Non, répondit Boltz.

Il ne pouvait toujours pas bouger. Son bras agrippé au comptoir supportait inutilement son poids sans qu'il parvienne à se redresser. Les terribles yeux d'encre se plissèrent sous des sourcils froncés.

— Tu es vraiment têtu…

Il vit la main de Venig s'avancer à nouveau vers lui, cette fois en direction de son front.

CHAPITRE XII

Le don

Bang !

Le coup envoya Venig s'écraser contre une table adjacente, et il s'écroula sur le sol jonché de pieds de chaises et de tables.

— Bon sang, qu'est-ce que tu fais ici ? s'exclama Boltz, interloqué.

Jaime se tenait debout face à lui.

— Je… il t'a attaqué… haleta-t-elle. J'ai voulu aider…

Elle laissa tomber ce qui restait de la chaise dont elle s'était servie pour assommer Venig et se tint les côtes en faisant la grimace. Elle pouvait entendre son cœur tambouriner jusque dans ses tympans.

— Qu'est-ce que tu fais là ? répéta Boltz. Tu ne devrais pas être ici, les agents ont dû te voir entrer !

— Pas du tout ! Je suis entrée par derrière, protesta Jaime, toujours le souffle court.

— Par derrière ?

Boltz s'empourpra.

— Tu ne savais pas qu'il y avait une autre entrée ?

— Non, grommela Boltz. Maddie ne laisse jamais les clients aller dans ce couloir. Mais comment tu sais ça, toi ?

— J'ai passé une journée à errer dans ce village, rappela Jaime. J'ai vu une fois Maddie sortir les poubelles par là-bas.

Elle désigna du doigt le bout du couloir. Boltz se renfrogna et jeta un regard vers Venig, toujours inconscient.

— Tu l'as assommé ?! Il paraissait indestructible !

— J'ai simplement mis toutes mes forces… J'ai eu l'impression de recevoir un peu d'aide de ma magie, mais je n'en suis pas certaine. J'ai encore du mal à la contrôler, répondit Jaime en regardant ses mains d'un air perplexe.

Elle tendit un bras à Boltz, qui s'en empara avant de lâcher un juron et agripper sa jambe, le visage pâle.

— Tu t'es fait mal ?

— C'est lui, grogna Boltz en penchant la tête en direction de Venig. Il m'a touché le genou et… Je crois qu'il est bien esquinté…

— Laisse-moi voir, coupa Jaime.

— Hors de question !

Boltz se traîna hors de sa portée à l'aide de sa jambe valide. Jaime croisa les bras, les sourcils froncés.

— Dis, j'ai quand même couru jusqu'ici pour t'aider !

— Ça va passer, assura Boltz. Allons-y.

Il se hissa sur le comptoir dans un flot continu de jurons, son visage perdant un peu plus de ses couleurs.

— Tu as l'air ridicule, remarqua Jaime. Laisse-moi regarder.

Elle empoigna le bras de Boltz, qui tenta de se dégager mais s'appuya involontairement sur son genou et lâcha un nouveau juron. Il jeta un regard noir à Jaime et se laissa glisser au sol en découvrant son genou endolori. Il était bleu et enflé.

— Oh là là ! s'exclama Jaime en ouvrant de grands yeux. Zaël ne m'avait pas menti…

— Zaël ? Tu le connais ? s'exclama Boltz. Je suis vraiment le seul à ne jamais avoir entendu ce nom ?

Jaime jeta un long regard au corps inerte de Venig, puis dit :

— C'est un Béni… Nous étions ensemble au Grand Palais…

Jaime rapporta brièvement à Boltz sa rencontre avec Zaël, sans cesser de jeter des regards vers Venig. Au fil de son récit, le regard de Boltz reprenait son habituelle expression circonspecte. Dans ces moments-là, Jaime pouvait presque entrevoir les rouages dans son cerveau. Il parut oublier complètement sa blessure pendant un moment.

— Ce type… Il a dit t'avoir vue au Grand Palais… Il ne savait pas pourquoi tu y étais ?

— Non… Il n'a jamais été autorisé à quitter le bâtiment après son arrivée. Mais là, il veut se venger, et ce Venig est son pantin…

— Hmmm…

Boltz regardait Jaime sans la voir, à présent, ses yeux rivés quelque part sur son front, plongé dans de profondes réflexions. Quelques secondes s'écoulèrent silencieusement avant qu'un grognement provenant de Venig ne les ramène à eux.

— Vite, dit Jaime, je vais regarder ton genou.

Elle vit aussitôt la mâchoire de Boltz se crisper, comme pour anticiper la douleur qu'il s'attendait à ressentir. Jaime hésita. Elle ne savait pas comment s'y prendre, maintenant qu'elle avait convaincu Boltz de se laisser faire. Comment soigner une blessure qu'elle ne pouvait voir ? Elle sentait son cœur battre à tout rompre. Elle ne connaissait toujours pas la nature de son don, alors autant tout essayer, non ? Le sbire de Zaël n'allait pas tarder à se réveiller et à les attaquer s'ils ne se dépêchaient pas. Elle leva une main tremblante vers le genou de Boltz, mais dès qu'elle l'effleura, il poussa un cri qui ressemblait à un râle étouffé par ses dents serrées.

— Excuse-moi, excuse-moi ! s'empressa-t-elle de balbutier. Mes mains tremblent, je…

Mais Jaime s'interrompit. Elle venait de se rappeler les paroles qu'elle avait entendues en rêve. Ses mains… « Nos pouvoirs sont entre tes mains… »

Elle se figea, son cœur tambourinant contre sa poitrine. Toujours plus fort. Elle le sentait trépider en elle, comme animé par une forme étrange d'impatience et d'excitation. Comme s'il attendait quelque chose d'incroyablement réjouissant. Elle devrait utiliser ses mains… mais comment faire ? Zaël avait dit de formuler clairement ce qu'elle voulait…

— Dis donc, ça urge… on a intérêt à y aller !

La voix de Boltz la fit sursauter. Il était très pâle. À quelques mètres d'eux, Venig commençait à remuer. Il fallait qu'elle essaie, tout de suite. Elle plaqua d'un coup ses deux mains contre le genou de Boltz. Au moment où il mettait sa main devant sa bouche pour étouffer son cri, Jaime sentit une vague de chaleur lui traverser les membres et se répandre dans ses épaules, puis ses bras. Ce n'était pas désagréable. Elle perçut en cette chaleur une ancienne amie, une présence familière qu'elle n'avait pas ressentie depuis longtemps. Enfin, lorsque le feu qui la traversait se concentra dans ses mains, elle pensa « Soigne son genou et enlève sa douleur, s'il te plaît ! ». Les mots résonnèrent en elle comme un cri assourdissant. Puis ce fut comme si elle avait plongé dans de l'eau glacée. Tout en elle redevint froid. Ou peut-être était-ce simplement sa température normale qui paraissait froide après cette chaleur intense ? Son cœur, qui s'était emballé et lui avait donné la sensation d'être sur le point d'exploser quelques secondes auparavant, était désormais apaisé et avait repris un rythme normal. Les paumes de ses mains avaient perdu leur tiédeur. Elle leva les yeux vers Boltz. Ses grands yeux bleus ébahis étaient rivés sur elle et sa bouche était légèrement entrouverte, la mâchoire pendante : il paraissait incapable de dire ou faire quoi que ce soit. Il avait cependant une bien meilleure mine.

— Tu… ça va ?

— Par les dragons d'Ilderad…

— Tu n'as plus mal ?

Boltz remua légèrement la tête, avec toujours l'air de s'être pris un coup de massue.

— Très bien, dit Jaime, allons-y avant que ce monstre ne se réveille !

Elle le tira par le bras et il sembla retrouver l'usage de ses membres. Il fit quelques pas et s'appuya sur sa jambe d'un air interdit.

— Bon sang… souffla-t-il. C'est guéri !

Il s'extasia quelques secondes supplémentaires, la bouche toujours ouverte, puis jeta vers Jaime un regard à mi-chemin entre soulagement et incrédulité.

— Allons-y ! répéta Jaime avec empressement.

Venig était toujours étendu entre les débris de bois et de chaises à moitié détruites, mais il bougeait faiblement.

— Attends, dit Boltz en voyant que Jaime se dirigeait vers la porte arrière. Il faut emmener Maddie.

— Maddie ? Elle est ici ? s'étonna Jaime.

— Je pense que oui…

Boltz passa devant les escaliers qui menaient aux chambres – ceux-là même que Jaime avait descendus le jour où elle s'était réveillée dans la chambre cinq. Il ouvrit une porte derrière laquelle se trouvait un autre escalier qu'il dévala avec Jaime sur ses talons. Ils se retrouvèrent dans une cave éclairée simplement par une minuscule fenêtre étroite située en hauteur. Les étagères croulaient sous les bouteilles d'alcool, les viandes séchées, et les divers aliments qui cachaient presque entièrement les murs.

— Maddie ? Tu es là ?

Ils entendirent un faible gémissement.

— Ici ! cria Jaime.

Elle venait d'apercevoir Maddie étendue au sol entre deux énormes tonneaux de farine, pieds et poings liés. Lorsqu'elle les vit, ses yeux s'exorbitèrent et elle tenta de parler à travers son bâillon. Boltz se précipita sur elle et entreprit de détacher les liens qui lui enserraient les mains et les chevilles. Jaime lui libéra la bouche.

— *Qu'est-ce que vous faites là ?* fustigea aussitôt Maddie. Vous devez partir ! Venig, il est…

— Je sais, interrompit sombrement Boltz. Mais ne t'en fais pas, il ne te fera plus rien. Tu viens avec nous !

Maddie ouvrit de grands yeux, l'air terrifiée.

— Que lui as-tu fait ?

— Moi, rien… mais si j'avais pu…

— Il n'est plus lui-même, Boltz, ce n'est pas sa faute !

— Il n'a rien ! la rassura Boltz. Mais nous devons partir vite avant qu'il ne se réveille.

— Je ne partirai pas sans mon mari ! s'insurgea Maddie d'une voix aigüe. Je vais lui parler ! Je suis sûre qu'il m'écoutera !

Son visage rond s'empourpra tandis qu'elle se dirigeait vers l'escalier.

— Attendez…intervint Jaime. Venig… ce monstre qui vient d'essayer de tuer Boltz… c'est votre mari ?

— Tout à fait ! répondit Maddie avec ferveur. Cependant je te prierai de ne pas le qualifier de monstre ! Et…

Mais elle s'interrompit brusquement et regarda Boltz.

— Il a essayé de… quoi ?

Boltz avait la tête baissée vers le sol, comme s'il n'osait pas croiser son regard.

— Boltz ! répéta-t-elle d'une voix plus forte.

Il resta silencieux mais hocha lentement la tête. Maddie mit alors sa main sur sa bouche avec une expression d'horreur.

— Il était juste venu m'emmener…dit-elle d'une voix tremblante. Je l'ai trouvé effrayant… *différent*. Il disait qu'il… qu'il ne voulait pas me laisser ici… que c'était dangereux… j'ai refusé mais il m'a… je ne pensais pas qu'il essaierait de *tuer*…

— Il n'est plus lui-même, Maddie, rappela Boltz. On lui a lavé le cerveau. Mais on arrivera à le tirer de là, je te promets !

Il s'avança vers Maddie, dont les yeux brillaient étrangement, et lui prit les épaules dans un geste réconfortant.

— Tu dois venir avec nous, tu ne peux pas rester ici. Il est dangereux.

Jaime observait la scène avec une gêne grandissante. Elle venait de se rappeler ce que Zaël lui avait dit des personnes qui recevaient son don. Durant les minutes qui suivirent, Boltz soutenait une Maddie en larmes tandis qu'elle-même se dépêchait de rassembler autant de vivres qu'ils pourraient en emporter. Lorsqu'elle eut rempli deux sacs entiers, ils se dirigèrent vers l'escalier, mais une voix s'éleva soudain.

— Où allez-vous comme ça ?

Venig était apparu dans l'embrasure de la porte, le visage faiblement éclairé par la lumière de l'unique petite fenêtre. Il paraissait malade, tant son teint était blême. Boltz se plaça devant Maddie, les bras légèrement écartés.

— Tu veux une autre chaise dans la figure ? lança-t-il. Dégage de là !

— Boltz !

Maddie, les lèvres serrées, le repoussa légèrement et s'avança vers Venig. En la voyant, celui-ci ferma les yeux et se massa la tempe en lâchant un gémissement.

— V… Venig… mon chéri… balbutia Maddie en s'avançant précautionneusement vers son mari. On va t'aider, d'accord ? Viens avec nous, on va trouver une solution ensemble…

— Il n'y a pas de solution. Tu viens avec moi, nous partons, répondit Venig avec une horrible grimace de douleur.

— Je ne peux pas ! Tu… tu as besoin d'aide…

Venig les toisa un à un durant quelques secondes : Jaime ne parvenait à déceler aucune expression sur son visage émacié. Il n'y avait que de la douleur. Il finit par fermer les yeux dans une expression méditative qui parut dissiper son mal de tête et dit d'une voix contenue :

— Tu ne veux pas venir avec moi ?

— Je… je ne peux pas, répéta Maddie d'une voix implorante. Il y a l'auberge, et… notre vie est ici et… et nous allons t'aider !

Pendant un instant, Venig sembla incapable de rouvrir les yeux. Les paupières serrées, il se mit soudain à secouer la tête par à-coups, comme si des mouches l'importunaient. Sa poitrine se soulevait au rythme de sa respiration de plus en plus saccadée, et Jaime vit de grosses gouttes apparaître sur son front. Il finit par lâcher un cri qui ressemblait à un jappement et qui fit sursauter Maddie.

— Maddie… avertit Boltz.

— Venig, mon chéri ?

— Recule, murmura Boltz à Maddie. Tout de suite.

— Pas question ! Je sais que…

— *Attention !* hurla Jaime.

Mais avant qu'elle n'ait pu réagir, Maddie avait basculé en arrière, ses yeux écarquillés rivés sur Venig, qui s'était jeté sur elle et serrait à présent ses longs doigts autour de sa gorge, les yeux déments, le front sillonné d'impressionnantes veines palpitantes.

— *Non !*

Boltz se précipita derrière Venig et l'agrippa par les épaules, mais celui-ci lui assena un coup de coude dans les côtes, là où la blessure infligée par Lars n'avait pas totalement guéri. Boltz s'écrasa au sol dans un cri de douleur, la main plaquée contre sa côte. Jaime pouvait lire une peur panique sur le visage pétrifié de Maddie, les yeux injectés de sang, la bouche ouverte dans un cri muet. Le cœur battant à tout rompre, elle regarda autour d'elle mais ne vit que quelques tonneaux et sacs bien trop lourds pour elle. Rien qui puisse entraver Venig. Voyant avec horreur Maddie sur le point de perdre connaissance, Jaime fit alors la seule chose qui lui vint à l'esprit : elle prit son élan et se jeta sur un Venig déconcerté, qu'elle parvint à renverser sous son poids. Il poussa un juron et se débattit en essayant de la repousser, mais elle s'accrocha fermement à son buste tandis que Maddie toussait et hoquetait, sa gorge libérée.

— Boltz, éloigne Maddie ! hurla Jaime.

— Tu vas regretter ça, sale gamine ! cracha Venig.

Dans une secousse qui faisait penser à taureau en furie, il empoigna Jaime par sa queue de cheval et la tira brutalement contre le sol. Le choc lui coupa le souffle, l'obligeant à lâcher prise. Immobilisée, elle vit la rage dans son regard comme il tendait ses mains vers elle. Elle ferma les yeux, à bout de forces. C'était elle qu'il étranglerait, finalement, pensa-t-elle. Mais à sa grande surprise, ses paumes ne se posèrent pas sur sa gorge mais sur son front. Elle rouvrit les yeux et ne vit plus aucune trace de rage dans ceux de Venig : à la place, elle crut y déceler de la surprise, ou même – était-ce possible ? – de l'incrédulité. Elle sentait toujours ses mains posées sur son front comme s'il cherchait à prendre sa température. Que faisait-il ?

— Argh !

Jaime sentit un liquide chaud tomber à grosses gouttes sur son bras. Boltz apparut derrière l'épaule de Venig, la dague de Lars à la main. Elle était pleine de sang.

— Je savais que j'avais bien fait de l'emporter aussi, dit Boltz en agitant sa dague d'un air triomphant.

Se détournant de Jaime, Venig bondit de côté dans un hurlement de fureur au moment où Boltz levait à nouveau la dague, prêt à frapper. Il se précipita vers l'escalier, une main sur son épaule mutilée qui saignait abondamment à travers ses vêtements sales. Boltz s'engagea à sa suite, mais Jaime s'écria :

— Non, attends !

Il se tourna vers elle, surpris. Jaime désigna Maddie, assise par terre, les yeux pleins de larmes, une main sur sa gorge bleuie. Elle était incapable de parler mais elle secouait la tête en regardant Boltz d'un air suppliant. Ce dernier hésita, jeta un coup d'œil vers l'escalier par lequel Venig venait de s'enfuir, puis abaissa son couteau. Jaime se redressa en massant ses membres meurtris par sa lutte.

— Je ne pense pas qu'il revienne de sitôt avec une blessure pareille, mais on devrait quand même se dépêcher.

— Ouais, acquiesça Boltz. Déguerpissons avant d'avoir d'autres mauvaises surprises.

Jaime ramassa les sacs de vivres qu'elle avait rassemblés tandis Boltz aidait Maddie à se relever. Elle semblait avoir momentanément perdu l'usage de la parole et massait sa gorge d'un air profondément abattu, les yeux rouges et humides. Boltz récupéra ses épées et ils sortirent par une porte dérobée à l'arrière de l'auberge, qui donnait sur une allée de pierre complètement vide. Ils pouvaient toujours entendre les rumeurs provenant de la Grand Place, mais ils prirent soin de s'en éloigner en faisant attention à ne pas attirer l'attention sur eux. Jaime regardait souvent derrière eux tandis que Boltz faisait de son mieux pour réconforter Maddie, dont les larmes coulaient toujours silencieusement. Elle ne résistait plus et les suivait, docile, sans dire un mot. Lorsqu'ils arrivèrent près du moulin qui bordait la sortie du village, Boltz put constater que Klark était toujours attaché là où il l'avait laissé, et que Prune se trouvait également avec lui.

— J'ai pensé que je risquais de me faire remarquer si je me baladais à cheval dans le village, commenta Jaime dans un haussement d'épaules. Et puis j'ai vu Klark… Qu'est-ce qu'il y a ?

Elle avait cru voir les lèvres de Boltz se retrousser en un léger sourire, mais lorsqu'il tourna la tête vers elle, son visage portait la même expression grave qu'il avait affichée depuis qu'ils avaient quitté l'auberge. Il aida

Maddie à se jucher maladroitement sur Klark en soutenant ses bras potelés, et ils se mirent à nouveau en route pour la forêt, quittant la chaleur du soleil automnal. Alors qu'ils s'engageaient sur l'étroit chemin de terre où la végétation se faisait plus dense, Jaime plissa le nez et réalisa quelque chose.

— Au fait Boltz… c'est toi, cette odeur de poisson pourri ?

PARTIE II

CHAPITRE XIII
Le jour d'après

Adrasté Malaen sursauta. Elle n'avait pas fermé l'œil de la nuit. Alerte, le cœur battant, elle était restée là, à attendre. Plusieurs minutes. Plusieurs heures. Jusqu'à en perdre la notion du temps et sombrer dans un bref demi-sommeil. La pelle sur laquelle elle s'était avachie avait fini par tomber en émettant un tintement aigu qui l'avait brutalement tirée de sa torpeur. Elle se redressa, se massa le cou et se risqua à jeter un œil au-dehors par la fenêtre crasseuse et exigüe. Une lueur vive, orangée, presque sanguine imprégnait l'horizon tandis que l'aube naissait sur la Capitale, grimpant sur le ciel indigo. Les tours crayeuses du Grand Palais projetaient leurs ombres sur la ville aux pavés boueux, que personne ne foulait à une heure si matinale. Un courant d'air portant avec lui la fraîcheur de l'automne faisait rabattre quelques contrevents à intervalles régulier.

Clac… Clac… Clac…

Cela ferait bientôt cinq heures… Il arriverait d'un moment à l'autre. Après ce qui venait de se produire, Adrasté trouvait irréelle, inquiétante, même, l'accalmie dans laquelle la ville était encore plongée. Mais bientôt, tous sauraient… Bientôt, tous la haïraient, la maudiraient, réclameraient sa tête. À cette pensée, elle étouffa un bâillement. Aucune importance. Un léger bruissement la fit de nouveau sursauter : un chat à l'aspect famélique venait d'entrer dans la minuscule remise où elle se cachait. Ne lui portant pas la moindre attention, il miaula faiblement, comme un salut nonchalant, et entreprit de fouiller un tonneau rempli d'ordures sans doute laissé là par un commerce avoisinant. Adrasté rangea le couteau de chasse qu'elle avait instinctivement sorti de son fourreau et reporta son attention sur les rues désertes. Elle l'entendit avant de le voir. Des bruits de sabots se rapprochaient, lents et réguliers, se mêlant au claquement périodique des contrevents. Il apparut enfin, le dos courbé, la démarche lente, une main fripée agrippant les rênes d'un grand cheval sellé, l'autre tenant un sac de voyage. Elle ne distingua pas son visage dissimulé sous sa capuche, mais reconnut le cheval. *Son* cheval. Moy. Arrivé devant la cachette d'Adrasté, il toqua deux fois. Elle s'extirpa de la minuscule remise et se redressa pour regarder le vieil homme.

— Il n'y a plus personne ? demanda-t-elle en s'étirant à s'en faire craquer les os.

— Non, la voie est libre, répondit l'homme d'une voix usée, tendue. Ce qui veut dire que quelqu'un a donné l'alerte, le Général ne va pas tarder à être averti. Les Bénis de l'Armée seront bientôt à vos trousses, vous devez partir immédiatement.

Alors que le soleil se révélait un peu plus à l'horizon, un rayon flamboyant perça le ciel et éclaira le visage de l'homme sous sa capuche. Adrasté vit les multiples rides de son visage affecté par les années. D'impressionnants cernes encadraient ses yeux à peine visibles sous ses paupières lourdes.

— Tu n'as pas beaucoup dormi non plus, remarqua-t-elle d'un ton grave.

L'homme hocha la tête avec un faible sourire.

— Le voyage a été un peu long depuis Gandir.

— Tout ira bien ?

— Ne vous en faites pas pour moi. Je continuerai à servir comme à mon habitude, personne n'aura remarqué mon absence.

Ils se regardèrent un long moment sans dire mot. Le visage impassible d'Adrasté, le vieil homme aux traits éreintés. Il sembla entrevoir ses préoccupations.

— Vous avez fait ce qu'il fallait, Votre Sainteté.

— Je sais qu'ils le méritaient, répondit-elle, comme pour se convaincre. Tu as vu ce qu'ils allaient faire, Djaus… Je ne pouvais pas…

— Personne n'est plus convaincu que moi de la nécessité de vos actions, assura-t-il en lui tendant le sac de voyage. Soyez prudente, et rappelez-vous : c'est dangereux ici. Mettez autant de distance que vous le pourrez entre vous et la Capitale.

Adrasté s'empara du sac et se hissa sur son cheval. Puis elle tendit le bras pour serrer la main frêle de Djaus entre les siennes, faisant de son mieux pour exprimer toute sa reconnaissance pour sa loyauté indéfectible.

— Djaus… Toutes ces années tu…

Mais sa voix s'éteignit.

— Merci, ajouta-t-elle simplement.

Le vieil homme hocha à nouveau la tête avec un sourire, et la regarda s'éloigner. Elle vit sa silhouette rétrécir et disparaître dans les dernières rayures d'obscurité à mesure qu'elle avançait vers la Porte des Arènes. À cette heure-ci, le chaos qui régnait au Grand Palais dans l'ignorance totale des habitants avait fait accourir toutes les forces militaires de la Capitale, laissant la sortie nord de la ville sans surveillance. Mais bientôt, tous sauraient.

Arrivée sous la majestueuse arcade qui marquait l'entrée de la ville, Adrasté contempla les plaines qui se dressaient devant elle. La lueur écarlate du soleil enflammait les cimes des arbres. Tout en ajustant son sac de voyage sur son épaule, elle prit une profonde inspiration et s'élança au galop. Sans aucun regret. Sans aucun regard par-dessus son épaule. Elle ferma les yeux, se laissant guider par le corps puissant de Moy, les traits crispés sous la morsure du froid sur son visage. Sans crier gare, une vague de haine explosa alors en elle : une haine brûlante, féroce, qu'elle n'avait pas ressentie depuis sa folie meurtrière plusieurs heures auparavant, et que le choc et l'épuisement avaient réussi à inhiber jusque-là. Elle la sentit imprégner chaque parcelle de sa peau, parcourir ses veines et infecter son sang. Si elle le pouvait, elle plongerait à nouveau sa lame dans les mêmes viscères et trancherait les mêmes gorges sans la moindre hésitation. Comment avait-elle pu vivre ainsi ? Toutes ces années ? Était-ce vraiment cette brûlure qui l'avait habitée tout ce temps, l'accompagnant dans chacun de ses moments éveillés ? Alors que ses longs cheveux bouclés fouettaient son dos au rythme des sabots du cheval, les larmes vinrent sans qu'elle puisse faire quoi que ce soit pour les arrêter. Elles ruisselaient, brûlantes, et allaient se perdre dans ses cheveux sous la force du vent, au-dessus de ses oreilles. Les lèvres étroitement serrées, elle les laissa couler en contemplant le soleil qui s'élevait face à elle, comme s'il l'accueillait à bras ouverts, heureux de la voir enfin.

Adrasté chevaucha des heures durant, contournant les grands villages où étaient susceptibles de se trouver des agents, s'enfonçant dans les plaines hérissées d'arbres jaunissants, frissonnant sous le froid dont elle avait oublié la piqûre après la chaleur des saisons précédentes. Bientôt, des messagers seraient déployés dans tout le Royaume. Peut-être même l'avaient-ils déjà été. Mais elle ne croisa que quelques chevaux sauvages, et finit par s'arrêter près d'un lac bordé d'arbres qui lui permettraient de rester cachée. Un léger vertige lui indiqua qu'elle avait bien fait : son dernier repas datait de la veille et elle ne tiendrait pas beaucoup plus longtemps sans récupérer des forces. Elle attacha Moy à un arbre et ouvrit le sac que lui avait donné Djaus pour en sortir une miche de pain et un énorme morceau de viande séchée, tout en jetant des regards autour d'elle. Elle ne craignait pas de se faire repérer : quiconque tenterait de la capturer serait tué aussitôt. Seulement, elle souhaitait éviter d'inutiles difficultés. Rien ni personne ne l'obligerait à retourner au Grand Palais. En détaillant les alentours, elle s'aperçut qu'elle avait beaucoup avancé vers le nord. Le soleil était à présent haut dans le ciel, lui permettant d'apercevoir des montagnes, loin à l'horizon, derrière un brouillard épais qui les dissimulait aux yeux de toute personne qui ne savait pas ce qu'elle voyait. La frontière d'Ilderad ne devait pas être loin. Elle aurait préféré aller au sud, vers la mer, mais Ilderad était sa porte de sortie la plus proche.

— Aïe, ouille… mince alors ! Nom d'un dragon…

Adrasté sentit ses entrailles chavirer et se leva d'un bond, dégainant son couteau de chasse : quelqu'un marchait vers la lisière des arbres, près du lac. Une voix d'homme se rapprochait, bougonnant et grommelant dans un flot ininterrompu. Il n'était pas très discret, songea-t-elle. Elle pouvait entendre les branches et les feuilles sèches craquer bruyamment sous ses pas par-dessus le chant des pinsons. Elle se précipita derrière un rocher couvert de mousse qui surplombait la lisière des arbres au moment où l'homme en émergeait. Il était grand, fin et efflanqué. Sur son visage, des traces de boue recouvraient une profusion de taches de rousseur. Il se figea en voyant Moy.

— Bah ça alors… Qu'est-ce que tu fais là, toi ? dit-il en s'avançant vers le cheval d'Adrasté.

D'une main, il balaya les cheveux roux et bouclés qui tombaient en frange inégale sur ses yeux et jeta un œil aux alentours. Un regard à droite. Puis à gauche. Ne voyant personne, il se mit à défaire précipitamment le nœud des rênes.

— Les Dieux du Feu m'envoient un cheval maintenant, c'est inespéré !

Le temps d'un battement de cœur, Adrasté bondit de son rocher avec un cri féroce et chargea à une vitesse fulgurante. Le garçon laissa échapper un braillement suraigu tandis qu'elle fondait sur lui et le plaquait brutalement au sol, la lame froide de son couteau collée contre sa pomme d'Adam, prête à y tracer un chemin de sang. Elle croisa alors son regard et quelque chose retint son geste. Peut-être était-ce la terreur qui habitait ses yeux juvéniles face à la mort. De près, elle vit que sa barbe n'avait pas encore fini de pousser.

— Ignoble petit voleur, gronda-t-elle, les dents serrées. Où comptais-tu aller avec mon cheval ?

—Je… je ne… je ne voulais pas ! Je…

Le garçon paraissait incapable d'articuler une quelconque phrase intelligible. Ses yeux écarquillés étaient fixés sur Adrasté dans une expression d'horreur. Elle pouvait le sentir trembler sous elle comme une feuille, les lèvres tremblantes, le souffle court : il avait l'air au bord de la crise de nerfs. Elle resta immobile un long moment puis, dans un soupir qui ressemblait à un grognement, elle remit son couteau dans son étui, se remit debout et se releva.

— Allez, c'est bon. Lève-toi.

Le gamin resta allongé par terre, en état de choc manifeste, le souffle saccadé, les cheveux en bataille couverts de feuilles sèches. Au bout de quelques secondes, il parvint à former les mots :

— Je suis… je suis désolé ! Je ne savais pas.

— Tu ne savais pas qu'un cheval sellé et attaché à un arbre appartenait forcément à quelqu'un ? lança Adrasté sans l'ombre d'un sourire.

Le garçon baissa la tête, le visage rouge. Lui tournant le dos, elle se rassit près de son sac, où elle entreprit de mordre dans sa miche de pain.

— Je me suis fait piller, marmonna-t-il derrière elle. Mon cheval, mes affaires, mes provisions… alors j'ai pensé que…

— Que tu pourrais faire pareil ? coupa Adrasté.

Ce gamin ne donnait pas l'impression d'être très malin, mais elle restait sur ses gardes. S'il découvrait son identité… Elle remarqua à ce moment précis qu'il n'avait pas bougé : toujours assis à l'endroit où elle l'avait renversé, il se massait le poignet, les sourcils froncés. Il paraissait vraiment jeune, malgré sa grande taille.

— Tu t'es foulé quelque chose ?

— Je crois… Mais ce n'est rien ! ajouta-t-il d'un ton un peu affolé lorsqu'il la vit se relever et s'avancer vers lui.

— Donne… somma Adrasté d'un ton sec.

Elle se sentait vaguement coupable d'avoir attaqué un garçon si jeune. Le poignet du rouquin était bleu et commençait lentement à enfler. L'enfermant entre ses mains, elle pensa « Soigne-le ». L'habituelle chaleur traversa ses paumes, puis disparut dans une caresse. Lorsqu'elle retira ses mains, elle vit que le poignet du jeune homme avait repris une apparence normale. L'expression effarée du rouquin se transforma en incrédulité :

— Ça alors ! Mais alors… tu es…

Adrasté sentit son cœur faire un bond.

— … tu es de ceux qu'on appelle les Bénis ? acheva-t-il. Tout le monde en parle à Ilderad !

Il était toujours effrayé, mais Adrasté crut également déceler une pointe de fascination dans sa voix.

— On peut dire ça, répondit-elle après une hésitation si brève qu'il ne remarqua rien.

— Woah ! s'exclama-t-il avec un sourire, abandonnant toute retenue. On dit que vous avez des pouvoirs incroyables !

Son visage s'affaissa face au regard noir d'Adrasté, qui n'avait pas esquissé le moindre sourire. Il reprit timidement :

— Vraiment, je suis désolé pour ton cheval… Je n'ai pas réfléchi, et je n'ai vraiment plus rien sur moi…

Puis, comme s'il réalisait brusquement sa posture, il se releva, se tint le dos si droit que c'en était comique, passa précipitamment une main dans ses cheveux pour en chasser les feuilles mortes et la tendit vers elle :

— Enchanté de faire ta connaissance. Je suis Arafilik Emanus R…

Mais il s'interrompit.

— Enfin… Filik suffira, acheva-t-il en rougissant. Je viens d'Ilderad.

— Qu'est-ce qui t'a pris de quitter ton pays tout seul à ton âge, Filik d'Ilderad ? demanda sombrement Adrasté.

— Je… Un simple voyage, répondit-il en abaissant sa main d'un air gêné, j'ai entendu beaucoup d'histoires sur Omphal étant enfant, alors j'ai voulu…

— Je vois, marmonna Adrasté en mâchant un bout de viande séché. Eh bien, bonne exploration, et adieu !

Surpris d'être si brutalement congédié, Filik cligna des yeux et contempla un instant les arbres derrière lui. Il fit un mouvement comme pour s'en aller, puis se ravisa et la regarda avec insistance. Adrasté le vit piétiner, mal à l'aise, les bras ballants.

— Euh… commença Filik. En fait je me demandais si…

— Non.

— Mais je…

— Non !

Elle s'y était attendue et se leva brusquement, laissant tomber la viande et la miche de pain. Tout en toisant Filik, qui avait reculé et s'était collé contre un arbre avec l'air de vouloir se fondre dans l'écorce, elle gronda :

— Je te préviens, je ne t'ai pas tué à l'instant mais ce n'était absolument pas une invitation à rester dans mes pattes. Maintenant, va-t'en !

À ce moment précis, un gargouillement sonore émana de Filik, ou plutôt de son ventre. Il s'empourpra à nouveau et regarda ses pieds. Adrasté comprit alors : ce n'était pas elle qu'il avait regardée avec insistance. Après un moment, elle lâcha un soupir à mi-chemin entre irritation et exaspération.

— Ça fait combien de temps ?

— Deux jours, bredouilla Filik d'une voix à peine audible.

Une sensation douloureusement familière lui pinça les entrailles alors qu'elle observait le frêle rouquin appuyé contre l'arbre, la mine abattue, les vêtements tâchés de boue. Elle eut brièvement la vision d'une silhouette à l'aspect cadavérique prostrée dans un coin sombre, sur un sol recouvert de paille et d'excréments de cheval. Avec un nouveau soupir excédé, elle retourna s'asseoir, fendit en deux le morceau de viande séchée à l'aide de son couteau et le tendit en direction de Filik.

— Allez, viens, chapardeur.

Il releva la tête. Voyant le bras d'Adrasté levé vers lui, il la dévisagea d'un air interdit, comme s'il s'attendait à un piège.

— Tu viens manger ou pas ? répéta Adrasté avec impatience.

Un sourire fendit le visage de Filik : il courut vers elle, s'empara du morceau de viande et se mit à manger avec un empressement indécent.

— Vas-y doucement, c'est tout ce que tu auras, avertit Adrasté. Je n'avais pas prévu de partager mes repas.

La bouche pleine, Filik leva des yeux pleins d'espoir.

— *Tes* repas ? Alors che peux… rechter avec toi ?

— Je n'ai jamais dit ça. Tu manges et tu retournes chez toi.

— Hors de question, rétorqua Filik sur un ton plus dur qui surprit Adrasté.

Il avait cessé de sourire. Son regard était devenu grave et il paraissait tout à coup moins jeune.

— Je ne retournerai pas à Ilderad.

Adrasté le regarda mastiquer ce qui restait de son bout de viande et s'essuyer les mains sur son pantalon déjà sale. Elle avait le très net sentiment qu'elle n'était pas la seule à cacher des choses. Il se tourna alors vers elle et demanda :

— Comment t'appelles-tu ?

— Pourquoi, tu veux m'offrir des fleurs ?

Filik parut désarmé par sa réponse et cligna des yeux.

— Et ça, qu'est-ce que c'est ?

Il désigna du doigt les taches de sang qui parsemaient les vêtements d'Adrasté : elle n'avait pas pu se changer depuis son départ de la Capitale.

— Je t'en pose, des questions, moi ? répliqua-t-elle en se relevant. Je reviens, ne t'avise pas de déguerpir avec mon cheval ou je te tue.

Elle s'étira, puis rouvrit son sac pour sortir des vêtements propres qu'elle enfila à l'ombre d'un arbre.

— Que fais-tu ici ? lui demanda Filik lorsqu'elle revint vers Moy. Tu ne m'as toujours pas dit ton nom !

— Et c'est mieux comme ça, répondit-elle en dénouant les rênes autour de l'arbre. J'allais vers la frontière d'Ilderad.

— La frontière ? Mais… pourquoi souhaites-tu te rendre à Ilderad ? demanda Filik. Tu as un Laisser-passer ?

— Un Laisser-passer ?

Pour la première fois, la voix d'Adrasté avait laissé trahir une légère surprise, ce qui n'avait pas échappé à Filik.

— Oui, reprit-il, pour passer les frontières d'Ilderad, il faut une autorisation spéciale… au vu des relations entre nos deux pays.

— Je vois…

Étant recherchée par tout le pays, Adrasté doutait réussir à obtenir un quelconque Laisser-passer à l'heure actuelle ; il lui faudrait trouver un autre moyen de quitter le Royaume d'Omphal. Tant pis.

— Je peux t'aider à traverser ! dit soudain Filik.

Elle le regarda avec un léger haussement de sourcils. Il écarta les boucles qui lui tombaient sur les yeux et reprit :

— Je peux… je peux *être* ton Laisser-passer.

— Qu'est-ce que tu racontes, chapardeur ?

Filik baissa à nouveau les yeux et se tortilla comme s'il se demandait s'il devait continuer à parler. Puis, il finit par dire :

— Ma famille… nous sommes… enfin bon, si tu es avec moi, on te laissera passer.

Adrasté s'écarta de Moy et s'avança vers lui. Il était encore jeune mais il était déjà un peu plus grand qu'elle. Elle plongea son regard dans le sien.

— Tu es sûr de ce que tu dis, chapardeur ? Je pensais que tu ne voulais pas retourner à Ilderad.

Il hocha vigoureusement la tête en soutenant son regard.

— Certain. Je te ferai passer et reviendrai ici.

— Qui est ta famille ?

— Peu importe, balaya Filik, simplement, nous avons des… facilités. Si tu te présentes à la frontière avec moi, ils te laisseront passer.

Il parut à nouveau hésiter et détourna le regard.

— Mais… J'ai une condition.

Adrasté plissa les yeux.

— Une condition ?

— Oui… je vais t'aider mais… j'ai besoin que tu m'aides aussi, avant. Je dois retrouver quelque chose. Il y a deux jours, alors que je venais de traverser la frontière, j'ai voulu demander mon chemin près de Brimentz, sauf que je suis tombé sur des brigands, et ils m'ont tout pris.

Je me fiche de la nourriture, ajouta-t-il précipitamment. Mais il y avait un sac que j'aimerais récupérer. Tu as l'air de savoir te battre et tu es une Bénie, donc j'ai pensé que…

— Qu'est-ce qu'il y avait de si important dans ton sac ? coupa Adrasté les sourcils froncés.

Filik ne répondit pas, évitant son regard, les lèvres serrées. Adrasté renifla.

— Tu me demandes de t'aider mais refuses de me dire ce qu'on doit retrouver ? Sacrément culotté.

— J'ai bien accepté de te faire passer la frontière d'Ilderad sans te demander ce que tu fuyais, moi ! remarqua Filik, qui leva enfin les yeux vers elle.

Il la regarda avec un air de défi à peine perceptible. Adrasté le considéra un moment. Sous sa broussaille de cheveux roux et sa maladresse, il n'était pas si stupide qu'il en avait l'air. Masquant un léger sourire, elle fit volte-face et retourna auprès de Moy. Une fois installée sur la selle, elle récapitula :

— Je t'aide à récupérer ton mystérieux sac à Brimentz et tu m'aides à passer la frontière d'Ilderad. C'est bien ça ?

Le rouquin acquiesça vigoureusement, un grand sourire aux lèvres. Adrasté mena alors son cheval à lui et lui tendit la main :

— Allez, monte, chapardeur.

CHAPITRE XIV
La Tour Nord

Il fut réveillé par des coups répétés. Ouvrant les yeux, il se demanda d'abord s'il les avait imaginés, mais aussitôt, ils reprirent. Une fois pleinement tiré du sommeil, il s'habilla et traversa le sol de marbre froid pour ouvrir la porte d'où venaient les coups, et derrière laquelle se tenait un officier pantelant.

— Mon Général, dit celui-ci en se redressant immédiatement dans une posture protocolaire. Navré de vous déranger à une heure si tardive, mais on m'a chargé de vous prévenir...

L'officier transpirait, et même si les règles de sa profession l'obligeaient à tenir une expression impavide devant son Général, celui-ci pouvait lire une confusion extrême sur son visage.

— Que se passe-t-il ? demanda le Général d'une voix grave.

— Il... Je n'en suis pas certain... Il faudrait que vous alliez voir. C'est dans la Tour Nord.

Le cœur du Général fit un bond, bien qu'aucune expression n'altérât son visage.

— Très bien. Dites-leur que j'arrive.

Quelques instants plus tard, l'écho de ses pas résonnait autour de lui, l'accompagnant dans les couloirs du Grand Palais tandis qu'il rejoignait la Tour Nord. Il n'y avait pas été convoqué depuis des années : pourquoi maintenant ? Tout en arpentant les salles et couloirs de l'immense bâtiment, il commençait à discerner sur le visage des serviteurs et des gardes des expressions de plus en plus anxieuses à mesure qu'il s'approchait de sa destination. Il sentait les regards le suivre discrètement et fixer son dos. Il traversa la Salle Blanche, dont le marbre laiteux avait été soigneusement nettoyé depuis le massacre, puis arriva au pied de la tour.

Il monta les escaliers jusqu'à la dernière chambre et ouvrit la lourde porte. Ce qu'il vit de l'autre côté défiait l'imagination : avant que ses yeux ne puissent appréhender la teneur de la scène qui s'offrait à lui, une vive odeur de sang saisit ses narines avec violence. Si vive qu'il pouvait presque la goûter. Embaumant l'atmosphère d'une chaleur méphitique. La pièce était entièrement tapissée d'un voile rouge écarlate : çà et là, s'étendaient des corps tantôt inanimés, tantôt agonisants, hurlant de douleur ou émettant de faibles borborygmes à donner la nausée. Tous étaient mutilés, amputés, méconnaissables. Absolument tous. Aplatis contre le mur, les yeux grands ouverts, plusieurs serviteurs en robe blanche et or semblaient en proie à une terreur indicible.

— Général, fit une petite voix calme provenant du fond de la pièce. Vous êtes là.

Assis sur un lit aussi écarlate que le reste de la pièce, entouré de cadavres ballotant à moitié au sol, l'enfant portait sur lui un regard vide. La lune entrant par la haute fenêtre donnait à son teint une lueur blanchâtre, lui procurant un aspect irréel, éthérique. Enjambant les corps disséminés au sol, le Général s'avança vers lui mais s'arrêta à bonne distance et s'inclina légèrement.

— Vous m'avez fait appeler, dit-il simplement.

L'enfant porta une main à sa bouche et essuya le sang qui en coulait ; geste absolument inutile puisque sa main elle-même en était entièrement recouverte.

— Avez-vous retrouvé Adrasté ? demanda-t-il.

— Mes meilleurs majors sont à sa recherche, Votre Sainteté. Les brigades ont été déployées il y a deux jours.

— Où en sont-ils ?

— Aucun élément concluant à ce jour, je le crains, admit le Général d'une voix calme.

— Ramenez-la-moi immédiatement, insista l'enfant d'une voix un peu plus forte.

— Certainement, Votre Sainteté, nous y travaillons. Nous voulons tout autant que vous sa condamnation.

L'enfant resta silencieux, regardant autour de lui comme s'il cherchait quelque chose. Il passa sa langue sur ses lèvres et ferma les paupières. Il avait l'air de lutter pour ne pas s'assoupir.

— Cela ne fonctionne pas, lâcha-t-il soudain.

— Votre Sainteté ?

— Je le sens moins… Mon pouvoir. Il ne revient pas, ce n'est pas comme d'habitude.

Le Général regarda les cadavres autour de lui, en s'attardant sur quelques corps. Il en reconnaissait certains.

— Les Bénis ne sont pas des réceptacles, Votre Sainteté. Je ne saurais dire pourquoi cela ne fonctionne pas, mais votre méthode n'est certainement pas la bonne. Il vous faut la gardienne.

Il fit un geste en direction des corps inertes.

— Il y avait là des Bénis qui auraient pu être très utiles en ces temps troublés, Votre Sainteté.

L'enfant dodelina à nouveau la tête avec une expression somnolente et dit d'une petite voix fatiguée où perçait tout de même la menace :

— Me reprocheriez-vous quelque chose ?

— Jamais, Votre Sainteté. Simplement, nous pouvons trouver la solution ensemble, plutôt que de…

— Ramenez-moi… Adrasté…

Son petit corps s'affaissa lentement tandis qu'il sombrait dans un sommeil irrésistible. Il se recroquevilla dans une position fœtale en continuant de marmonner tout doucement le nom d'Adrasté, sa poitrine se soulevant paisiblement au milieu de la mare de sang, d'entrailles et de cadavres.

CHAPITRE XV
Ce qu'il y a dans la besace

— C'est bien ici ?

— Oui ! Je reconnais, c'est là !

— Tu en es sûr ? Si nous nous perdons encore par ta faute…

— J'en suis certain, cette fois !

Adrasté descendit de son cheval et aida Filik à en faire de même. Il atterrit maladroitement au sol en titubant et épousseta ses vêtements tachés.

— Merci ! Je n'aurais pas pu rester une seconde de plus, je ne suis pas habitué à monter…

Il s'étira en faisant la grimace sous le regard morose d'Adrasté. Durant les deux derniers jours, ils avaient parcouru une bonne distance vers le nord. Filik s'était plusieurs fois trompé de route, croyant reconnaître certains endroits mais réalisant son erreur plusieurs heures après, les forçant à faire demi-tour. Ils se trouvaient désormais sur un chemin dégagé : des traces dans la boue indiquaient le passage fréquent de charrettes. Ils ne devaient pas être loin de Brimentz, le dernier village d'Omphal avant la frontière d'Ilderad. De là, les montagnes étaient plus visibles. Adrasté ne put s'empêcher de se sentir subjuguée face à ces gigantesques blocs de terre. Ils ne paraissaient pas si saisissants sur les pages des livres qu'elle avait pu lire lors de son instruction au Grand Palais. Les leçons d'Histoire de Djaus ne lui avaient jamais permis de réellement matérialiser l'immensité des montagnes. Il les avait décrites comme de grandes collines s'élevant en pointe vers le ciel : en allant assez haut, il était possible de trouver une forme d'eau gelée, que l'on appelait *neige*. Aussi loin qu'Adrasté se souvienne, elle n'avait jamais vu de neige à Omphal. À cette distance, cependant, elle croyait pouvoir apercevoir les sommets blanchis par les tombées précoces.

— Tu aimes les montagnes ? demanda Filik, tirant Adrasté de ses contemplations.

— Non… commença Adrasté. Je ne sais pas. Je n'en ai jamais vu avant. Je préfère la mer.

— Tu as déjà vu la mer ?

— Non.

Elle se détourna et se mit à marcher d'un pas soutenu vers le nord en suivant le chemin qu'ils venaient de trouver.

— Jamais vu les montagnes ni la mer ? s'étonna Filik, qui marchait à sa hauteur.

Il regarda en direction de là où ils venaient, et haussa les épaules.

— C'est vrai que tout est plat, ici… Eh bien, une fois à Ilderad tu pourras les explorer à ta guise !

Il se tut un moment, et Adrasté sentit qu'il se retenait de lui demander quelque chose. Il finit par dire :

— C'est vrai que les Malaen ont volé le pouvoir de l'Omphalos ? dit-il en jetant à Adrasté un regard rond.

Adrasté pressa légèrement le pas.

— À Ilderad, on dit que les bénédictions viennent d'une pierre sacrée mais que les vrais propriétaires de cette pierre sont les Delpheris, continua Filik en marchant plus vite, la voix se faisant saccadée à mesure qu'il essayait de rester au niveau d'Adrasté. C'est pour ça qu'ils n'aiment pas beaucoup l'Ancien Vœu, chez moi… Nous préférons vénérer les Dieux du Feu.

— Qu'est-ce que ça peut bien me faire, que vous n'aimiez pas l'Ancien Vœu ? grommela Adrasté.

— C'est que je me demandais… Je ne pense pas qu'ils soient mauvais, s'ils bénissent leur peuple, si ? Les histoires que j'ai entendues sur les Bénis… Les pouvoirs qu'ils vous donnent sont incroyables, et…

Surpris, il dérapa dans une flaque boueuse avant de se rattraper. Adrasté s'était arrêtée net. Son poing serrait douloureusement les rênes de Moy ; plus que nécessaire, car elle pouvait sentir ses ongles s'enfoncer dans la paume de sa main. Elle ne souhaitait qu'une chose : ne plus entendre cette admiration, cette révérence dans sa voix lorsqu'il parlait de sa famille.

— Ce qu'on raconte chez toi est vrai, dit-elle simplement. Il y a cent ans, les Malaen ont volé l'Omphalos.

Filik haussa les sourcils.

— Mais alors… Ils ont vraiment massacré les Delpheris ? Tu sais comment ça s'est passé ?

— Comme n'importe quelle guerre, soupira Adrasté, irritée. Il y a plusieurs formes de magie dans le monde. Mais les Delpheris étaient connus pour posséder une pierre qui faisait couler une magie à formes multiples et presque infinies dans leurs veines, on dit même qu'ils l'ont créée pour contenir leur magie et pouvoir la transmettre, la matérialiser hors de leurs corps : forcément, ils étaient enviés. Alors les Malaen ont monté un coup d'État et ont récupéré la pierre. Pour éviter les rébellions, ils se sont mis à bénir des habitants en échange de la reconnaissance de leur légitimité au pouvoir.

— Woah… souffla Filik. C'est donc vrai… Et les Omphali ne savent pas ? Je veux dire, si vous êtes au courant que les Malaen ont massacré les Delpheris, pourquoi est-ce que vous ne…

— Le peuple ne sait pas tout, marmonna Adrasté. Ils ne savent pas grand-chose, en fait…

Oui, elle savait ce qui se murmurait. Le rôle des Malaen dans la disparition des Delpheris. Mais désormais, que ce soit ce rouquin ou un autre, quelle importance que tout le monde sache ? Elle se remit à marcher, voyant que Filik réfléchissait à ce qu'elle venait de dire. Peut-être était-ce juste une impression, mais Adrasté avait le sentiment que sa réponse l'avait déçu. Ils pouvaient désormais apercevoir des toits de chaumière sombres se découpant dans le ciel orangé du crépuscule et arrivaient devant un panneau de bois indiquant « Brimentz ».

— Et toi, alors ? fit Filik.

— Hm ?

— Et toi, comment tu sais tout ça ?

Adrasté haussa les épaules.

— Ça ne te concerne pas.

Filik parut confus mais ne posa pas plus de questions et baissa la tête d'un air dépité. Après quelques secondes, il murmura :

— J'ai toujours admiré les pouvoirs de l'Ancien Vœu… J'étais venu ici pour les voir moi-même…

Il avait l'air complètement désabusé, les épaules basses, les bras ballants.

— Eh, c'est bon, soupira Adrasté, les pouvoirs de l'Omphalos sont réellement fantastiques, d'accord ?

Sa main eût un mouvement involontaire vers l'épaule du rouquin, presque comme un spasme, mais elle se retint. Qu'il était naïf. Jeune et naïf. Il ne savait rien des derniers événements, rien de ce qui se tramait au sein de l'Ancien Vœu. De toute façon, comment le pouvait-il ?

— Ce n'est pas parce que les Malaen sont des monstres que la magie de l'Omphalos est mauvaise, ajouta-t-elle. Bien au contraire.

C'était vrai. Quelques semaines auparavant, Djaus s'était mis à lui rapporter d'étranges nouvelles : les Bénis des dernières années présentaient presque tous des anomalies. C'était, selon lui, le signe que la magie de l'Omphalos faiblissait entre les mains des Malaen. Une belle magie, qui perdait de sa lumière sous leur contrôle.

— Je suis profondément désolé de vous l'apprendre, Votre Sainteté, avait-il dit, son visage affichant des rides accentuées par son air accablé. Et je serais immédiatement exécuté si quelqu'un d'autre que vous m'entendait tenir ces propos, mais c'est une possibilité… Cette magie si précieuse commence à dépérir, je le crains. Et votre famille… Ils le savent. Ils ne tarderont pas à faire le nécessaire.

Djaus… Adrasté espérait que personne à la Capitale ne s'était rendu compte de son rôle dans son évasion. Mais elle reporta son attention autour d'elle lorsque Filik émit un petit couinement. Ils se trouvaient à présent dans une rue boueuse à l'aspect miteux : des rats glissaient contre les bâtisses de bois et de paille à la recherche de restes et plusieurs groupes d'hommes les dévisageaient d'un air mauvais. Brimentz n'était pas un village très accueillant.

— Attention ! avertit Filik. Ce sont eux !

Il se rua derrière un tonneau rempli de détritus malodorants.

— Ils ont mon sac ! siffla-t-il en pointant son doigt vers une direction qu'Adrasté suivit du regard.

Elle vit trois hommes assis à plusieurs mètres d'eux, plongés dans une conversation animée et manifestement saouls. L'un d'eux portait un gilet en peau de loup et faisait de grands gestes vers une besace posée sur les genoux d'un deuxième homme à la mine renfrognée et à la carrure impressionnante. Celui-ci semblait peu disposé à écouter ce que lui disait son interlocuteur. Il jetait un regard mauvais à l'homme qui gesticulait face à lui tandis que le troisième homme regardait la besace sans dire un mot, la tête à moitié dissimulée sous un gros bonnet.

— Tu penses vraiment que tu vas y arriver, eh ? disait l'homme au gilet d'un ton pâteux. Pour sûr que tu vas l'perdre, allez, file-le-moi !

— Bas les pattes, Grog, grogna le second en agrippant le sac plus fermement.

— Cette saleté nous tuera tous un jour, murmura le troisième, qui regardait la scène d'un air sombre. J'vous dis qu'on devrait s'en débarrasser avant que quelqu'un ne se rende compte qu'on l'a. On devrait le vendre ou le tuer…

À cet instant, Adrasté entendit Filik étouffer une exclamation et se tourna vers lui : il était blême.

— S'il te plaît, chuchota-t-il. Ne les laisse pas faire.

— Mais qu'est-ce qu'il y a dans ce sac, à la fin ?

Filik se contenta de secouer la tête en regardant les hommes avec effroi. Laissant échapper un soupir exaspéré, Adrasté reporta son attention sur les saoulards, qui s'étaient mis à se disputer. L'homme à la mine renfrognée s'était levé et cherchait à s'éloigner en emportant la besace, mais Grog l'avait empoigné par le bras.

— Tu crois vraiment que j'vais t'laisser t'en aller avec ?

S'en suivit un grabuge désordonné au cours duquel les deux brigands se disputèrent la besace tandis que le troisième les contemplait silencieusement, l'air trop saoul pour intervenir. La besace finit par s'écraser dans la boue avec un bruit mou et remua vigoureusement comme pour exprimer son mécontentement. Filik laissa échapper un petit cri aigu puis mit une main sur sa bouche. Adrasté cligna des yeux. Elle n'avait pas rêvé. La besace avait bien *remué*. Et elle continuait de se débattre au sol, laissant paraître des protubérances çà et là.

— Eh, le chapardeur… chuchota Adrasté en détachant chaque mot. Il y a quelque chose de *vivant* dans ce sac !

Et alors qu'elle prononçait ces mots, elle vit dans le regard de Filik quelque chose qui lui fit l'effet d'une décharge.

— *Non…* Ne me dis pas que…

Les yeux de Filik cherchèrent le sol d'un air coupable.

— Tu n'as quand même pas… ?!

— S'il te plaît, récupère-le ! implora Filik.

Adrasté aurait voulu l'étrangler. Elle ouvrit et referma la bouche à plusieurs reprises, à court de mots pour exprimer ses pensées. Finalement, en le voyant se ratatiner derrière son tonneau, elle secoua la tête avec un « Pfff ! » sonore et se dirigea vers les hommes d'une démarche furibonde, faisant gicler la boue autour d'elle, ses boucles rebondissant comme des ressorts contre son dos. Grog avait ramassé le sac et le tenait à présent contre lui comme s'il s'agissait d'un nouveau-né, ignorant les protestations de son acolyte qui demandait à le récupérer. Alertés par le bruit des pas d'Adrasté, ils se tournèrent vers elle au moment où elle déclarait :

— Donnez-moi cela.

Elle désigna la besace et le visage de Grog se fendit d'un sourire qui n'augurait rien de bon.

— Ça dit même pas bonjour, la petite ! Qu'est-ce tu lui veux, à c'ui-là ? dit-il en soulevant légèrement le sac qui se débattait dans ses bras. Désolé, mais il n'est pas à vendre !

— Je ne vous ai pas demandé de me le vendre, rectifia Adrasté d'un ton égal, je vous ai dit de me le donner. Il ne vous appartient pas.

Le sourire de Grog s'élargit.

— T'le donner ? Au nom de quoi ? pouffa-t-il. Y t'appartient pas non plus, à c'que je sais !

Il jeta un regard derrière Adrasté, comme si quelque chose avait attiré son attention.

— Toi, en revanche, tu vas nous donner ton cheval, dit-il en pointant un doigt vers Moy, qui attendait quelques mètres derrière le tonneau où se cachait Filik. Ça m'a l'air d'être une belle bête, ce morceau. Où que t'as trouvé un étalon pareil ?

— Eh, Grog, dit l'homme au bonnet, qui avait déshabillé Adrasté du regard depuis le début de leur échange. Regarde ses vêtements. Regarde son beau cheval. Tu crois que c'est une personne importante, la petite ?

Grog plissa les yeux en la reluquant.

— Hmm… Elle m'a pas l'air bien cossue. Mignonne, ceci-dit, même si j'les aime plus jeunes, avec moins de formes, dit-il en se passant la langue sur les lèvres.

Une demi-seconde s'était écoulée entre son dernier mot et le moment où sa tête avait heurté le sol. De sa gorge ouverte jaillit un filet de sang qui se mêla à la gadoue du sol terreux, le recouvrant d'une teinte écarlate qui luisait à la lumière du demi-jour. Le corps de Grog agonisait, tremblait, tandis que son regard braqué sur Adrasté indiquait qu'il ne comprenait toujours pas ce qui venait de se passer.

— Par Delpheris ! jura l'un des brigands.

Les deux acolytes de Grog firent plusieurs pas en arrière lorsqu'ils réalisèrent que celui-ci venait de se faire égorger sous leur nez, sans qu'ils n'aient rien vu venir. Adrasté fouetta l'air de son couteau de chasse pour en enlever le sang sans quitter les deux hommes du regard, puis elle se pencha vers le corps désormais inerte de Grog. Celui-ci tenait toujours le sac de Filik contre lui.

— Qu'est-ce que tu… commença le brigand au bonnet, mais ce qu'il vit en croisant le regard d'Adrasté le ravisa.

— Tu… les rumeurs qu'on entend… tu es celle dont les messagers parlent… La Némésis…

— Si c'est la rumeur, alors c'est sûrement vrai, dit Adrasté en levant les yeux au ciel.

Ils la regardèrent s'éloigner avec le sac sans dire un mot, sans tenter de l'arrêter. Elle leur tourna le dos et s'avança vers Moy. Ils ne la suivraient pas, elle le savait. Pas s'ils tenaient à rester en vie. Tous les passants qu'elle avait pu voir avaient déserté les environs, terrifiés en voyant ce qu'elle avait fait à Grog. « Némésis ». C'était donc comme ça qu'ils l'appelaient tous, à présent. Le nom sous lequel elle était connue, si peu de temps après sa fuite. Elle sentit ses lèvres s'étirer en un sourire sans joie. Les nouvelles allaient vite. Plusieurs centaines de messagers avaient dû être déployés si même les habitants de Brimentz étaient déjà au courant. Arrivée à quelques enjambées du tonneau où elle savait Filik dissimulé, elle s'attendit à le voir émerger en trombe de sa cachette pour récupérer sa besace, mais il ne vint pas. Elle le trouva prostré, le teint pâle, une expression d'horreur sur le visage. Il sursauta lorsqu'elle passa la tête, et évita son regard. Ses boucles rousses emmêlées tremblaient légèrement sur son crâne.

— Tu as tout vu ?

Filik acquiesça faiblement.

— Tu n'as pas l'air d'avoir beaucoup d'expérience avec la mort, hein ? Allez, viens, soupira-t-elle en tendant sa main libre vers Filik pour l'aider à se remettre debout. C'était une ordure, il a mérité son sort.

Le rouquin hésita un long moment, puis consentit à prendre la main d'Adrasté. Elle lui tendit son sac lorsqu'il fut debout et ce fut cela qui lui arracha un sourire.

— M… Merci, dit-il.

— Tiens, libère-le plutôt, et donne-lui à manger. Il doit être affamé.

Filik hocha la tête et entreprit – avec des gestes maladroits et fébriles – de défaire les cordons de sa besace, que les brigands avaient noués en liens solides. Lorsqu'il y parvint, une petite tête aux allures reptiliennes en émergea, clignant des yeux comme pour s'habituer à la lumière. Venait ensuite un long cou à l'encolure hérissée et recouverte d'écailles d'un bleu sombre et irisé. Lorsque le petit animal parvint à se dépêtrer entièrement du sac, il déploya des ailes semblables à celles d'une chauve-souris. Ouvertes, chacune faisait à peu près la taille d'une main adulte.

— Franchement, le chapardeur, tu as fait fort, s'exclama Adrasté d'un ton qui oscillait entre désapprobation et incrédulité. C'est vraiment ça que tu as ramené avec toi d'Ilderad ! Un *dragon* ?!

Filik, qui caressait à présent le bébé dragon avec affection et ravissement, eut un léger sourire coupable et un haussement d'épaules qui signifia son impuissance.

CHAPITRE XVI

L'homme au manteau d'hiver

Maddie dormait profondément. Malgré les éternuements répétés de Jaime, elle n'avait pas esquissé le moindre mouvement, et sa bouche légèrement entrouverte laissait passer un râle régulier. Emmitouflée sous une couverture rêche rongée par les mites, Jaime regardait par la fenêtre de l'auberge où ils avaient élu domicile, l'esprit bourdonnant. Ils avaient dû s'y résoudre à cause de Maddie, suite à leur conversation de la veille.

— Je peux simplement retourner à Gandir, avait-elle incessamment plaidé auprès d'un Boltz entêté, alors qu'ils étaient encore dans la forêt. Ils n'ont rien à me reprocher !

— Hors de question, avait tranché Boltz, je t'ai dit mille fois que Venig pourrait revenir ! Tu as vu comme il est dangereux, tu n'es plus en sécurité là-bas !

Comme à chaque fois que le nom de Venig avait été prononcé depuis l'attaque à l'auberge, Jaime avait vu les yeux de Maddie se remplir de larmes, scintillant à la lueur du feu autour duquel ils étaient assis. Sa lèvre inférieure s'était également mise à trembler. La voix de Boltz s'était alors faite plus douce.

— Écoute, on va le retrouver et l'aider, d'accord ? Je te l'ai promis… mais pas maintenant. On doit d'abord comprendre comment le mettre hors d'état de nuire. Son don est vraiment perturbant…

— Pourquoi lui ? Pourquoi mon mari ? Pourquoi irait-il en guerre contre l'Ancien Vœu ? Il a perdu la raison ?!

Une pointe de névrose voilait le ton de Maddie.

— Je t'avoue ne rien comprendre, avait soupiré Boltz en remuant le brasier qui vacillait, comme sur le point de s'éteindre. Mais maintenant, on sait qu'il y a une armée, quelque part, qui se prépare à attaquer le Grand Palais. Et je tiens à rester loin de tout ça, donc restons cachés ici.

— Ici ? C'est que…

Maddie avait regardé autour d'elle, et Jaime avait pu voir ses yeux se poser sur le tronc d'arbre creux, cabossé et grouillant probablement d'insectes où elle avait dormi les deux dernières nuits, puis sur ses propres ongles remplis de terre. Boltz avait manifestement compris, lui aussi. Maddie n'avait pas dit grand-chose depuis leur fuite. Elle ne s'était jamais plainte, avait docilement suivi leurs déplacements volontairement imprévisibles ayant pour but de semer quiconque serait sur leurs traces et avait même souvent proposé de cuisiner elle-même les repas à partir des vivres qu'ils avaient pu transporter depuis l'auberge. Mais elle avait visiblement du mal à s'accommoder à sa vie de fugitive. Étant bien plus âgée qu'eux deux et habituée à plus de confort, elle la supportait moins bien et Jaime ne pouvait pas lui en vouloir. Si elle avait dû être parfaitement honnête, elle aurait admis commencer elle-même à ressentir les effets du froid, et il pleuvait désormais tous les jours. Elle ne serait pas mécontente d'être au sec, même si Boltz et elle avaient mis à profit ce grand espace pour faire quelques exercices à l'épée lorsqu'ils étaient certains qu'il n'y avait personne autour ou que les feuillages secoués par le vent dissimulaient suffisamment le bruit qu'ils faisaient.

— J'aimerais apprendre à me défendre seule, avait-elle avancé à un Boltz d'abord peu enclin à la laisser manipuler ses épées. Apprends-moi juste les bases, tu veux bien ?

Boltz était d'une agilité prodigieuse. Jaime admirait d'autant plus ses talents d'épéiste depuis qu'elle avait essayé de soulever une des épées les plus légères et avait réalisé à quel point celles-ci pouvaient être lourdes et peu maniables. Lui-même s'était entraîné tous les jours sous le regard absent de Maddie et semblait satisfait de ses progrès. Mais le froid commençait à se faire sentir et Jaime voyait que lui aussi ne refuserait pas un toit et un plat chaud. Boltz avait donc mis une main sur l'épaule de Maddie, l'air compatissant.

— Nous allons trouver quelque chose. Rien de pompeux, avait-il précipitamment ajouté. Il nous faut un endroit où on ne nous posera pas trop de questions. Nous irons vers le nord, les gens sont moins… regardants, là-bas.

Ils s'étaient donc extraits de la forêt dès le lendemain matin. Bien mal leur en avait pris. À peine sortis de la forêt, ils avaient aperçu un bataillon chevauchant vers l'est et avaient dû rebrousser chemin avant de se faire repérer. Enfin, après plusieurs heures passées immobiles les uns contre les autres à grelotter sous une pluie battante, ils s'étaient extirpés avec précaution des bosquets et avaient chevauché jusqu'à tomber sur un village austère et désincarné du nom de Brimentz, qui ne semblait exister que pour accueillir des voyageurs lors de leurs étapes. Il était constitué d'une unique rue bordée d'auberges miteuses aux noms insolites.

— « La Chaloupe Ivre », avait lu Boltz sur une des façades avec un petit rire incrédule.

Ils décidèrent que c'était l'endroit parfait. Maddie n'avait fait aucun commentaire, mais elle avait jeté des regards circonspects et écœurés à l'auberge qu'ils avaient choisie en raison de son propriétaire décrépi, si vieux qu'il avait presque entièrement perdu l'ouïe et la vue. La propreté des lieux s'en faisait ressentir. Par ailleurs, le vieillard était parfaitement incapable de distinguer Maddie de Jaime et les appelait toutes deux « Wildorise ». Il les avait menés jusqu'à une chambre étriquée et poussiéreuse, mais qui présentait par rapport à la forêt le net avantage de posséder trois lits. Maddie, qui avait d'abord renâclé à toucher quoi que ce soit, s'était finalement assise sur le sien ; quelques minutes plus tard, elle avait sombré dans un sommeil profond, ses vêtements encore humides de pluie.

Jaime et Boltz étaient à présent également étendus sur leurs lits respectifs, exténués mais ravis d'être au sec. Après quelques minutes totalement silencieuses ponctuées simplement par les éternuements répétés de Jaime, Boltz se tourna vers elle et lança d'un air narquois.

— Allez, balance, Wildorise.

Jaime le regarda sans comprendre.

— Tu as quelque chose à me dire. Depuis qu'on a quitté Gandir avec Maddie, tu es muette comme une tombe. D'habitude, tu poses plein de questions. Qu'est-ce qui te trotte dans la tête ?

Jaime ouvrit la bouche de stupéfaction, et les lèvres de Boltz s'étirèrent en un petit sourire malicieux : il avait vu juste. Une image furtive, floue, lui trottait dans la tête depuis sa rencontre avec Zaël. Un éclair, presque. Elle n'était même plus certaine de ce qu'elle avait vu. Mais si c'était vrai… N'ayant pas trouvé de moment opportun pour partager ses pensées avec Boltz, elle avait ruminé un nombre incalculable de théories, ce qui l'avait en effet rendue peu prompte à la conversation. Elle se détourna de Boltz avec une légère sensation de chaleur sur le visage et s'adressa au plafond au-dessus d'elle :

— Je sais que tu ne veux pas être mêlé à toutes ces histoires…

— Et pourtant, me voilà avec toi, soupira Boltz avec un sarcasme affiché en passant ses mains derrière la tête, allongé sur le dos. Comme tu peux le voir, il y a ce que je veux… et il y a ce que je fais.

Il lui lança un regard étincelant qui l'invitait à poursuivre. Jaime eut un petit sourire contrit et se mit à gratter la couverture qui l'enveloppait.

— Je t'ai dit que Zaël m'avait montré le souvenir de notre rencontre au Grand Palais. À la fin, il y avait… mais je n'en suis pas certaine ! ajouta-t-elle précipitamment. Je ne l'ai vu que pendant un court moment, et le souvenir s'effaçait déjà…

Elle prit une profonde inspiration.

— Je crois que j'ai vu le vieil homme qui m'a laissée à l'auberge. Il portait le manteau d'hiver que j'ai trouvé dans ma chambre.

— Oh ! s'exclama Boltz en se redressant sur son lit. Tu penses vraiment que…

Mais le reste de sa phrase mourut dans sa gorge.

— Tu ne veux quand même pas te rendre au Grand Palais ?

— Vous n'avez pas besoin de venir avec moi, s'empressa de dire Jaime.

— Attends, réfléchissons un peu avant de nous jeter dans la gueule du loup… fit Boltz en levant la main. Pourquoi une personne du Grand Palais t'aurait-elle laissée seule dans une auberge à Gandir ?

— Il m'a peut-être aidée à m'échapper… Si j'ai un lien avec l'Omphalos, peut-être qu'il voulait m'éloigner de l'Ancien Vœu sans se faire prendre lui-même ?

— Ce serait donc bien un allié, comme nous le pensions… Mais dans ce cas, pourquoi t'avoir laissé son manteau ?

Boltz marmonnait plus pour lui-même que pour Jaime. Il avait soudain l'air très animé, comme à chaque fois qu'il se retrouvait – Jaime l'avait constaté – face à un mystère ou un fait inexplicable.

— En fait, risqua Jaime, j'y ai réfléchi et… je pense qu'il voulait justement que je le retrouve au Grand Palais.

— Peut-être… Mais alors pourquoi t'en avoir sortie, s'il voulait simplement que tu y retournes ? Et pourquoi t'avoir effacé la mémoire ?

— On n'est pas sûrs que ce soit lui qui m'ait effacé la mémoire, objecta Jaime en fronçant les sourcils. Et ce soir-là, il s'est passé quelque chose, tu te rappelles ? C'est là qu'il y a eu…

— Le massacre des Malaen… acheva Boltz d'une voix blanche. C'est la même nuit où la Némésis les a tous tués…

— *Presque* tous les Malaen… rectifia Jaime en jetant à Boltz un regard éloquent. C'est ce que tout le monde dit, non ?

Lorsque leurs regards se rencontrèrent, elle vit un éclair de compréhension passer sur son visage.

— Je pense qu'il m'a tenue à l'écart, juste cette nuit-là, murmura Jaime. Pour me protéger. Je pense aussi qu'*elle* me cherche… Si j'ai raison, ça voudrait dire que…

Sa propre voix la surprit. Elle était soudain plus aigüe, faussement détendue. Un frisson parcourut ses épaules et elle sentit son dos se raidir comme si une ombre s'était dressée derrière elle, grande, sombre, sanguinaire et insaisissable, mais terriblement fatale : si la Némésis elle-même était à sa poursuite, c'était un danger bien plus funeste que Lars et Aidan, ou même les Bénis de l'Armée. Si elle était capturée en tant que Profane, elle aurait au moins un emprisonnement et une exécution digne de ce nom. Si elle contrôlait suffisamment ses dons d'ici-là, elle avait peut-être même une chance d'en réchapper. Face à la Némésis, en revanche…

— Ça, ça expliquerait fichtrement bien pourquoi tu as ces dons, concéda Boltz en tapant ses mains contre ses genoux.

— Pour en être sûrs, je pense qu'il faudrait que nous allions au Grand Palais, insista Jaime. Cet homme aura les réponses, j'en suis certaine !

Boltz soupira et se mit debout.

— Je vais voir si je peux faire aiguiser mes épées quelque part dans ce trou perdu. À mon retour, on peut étudier la question.

— Je pense qu'il faut y aller dès demain. Chaque jour, on risque de se faire capturer, tu as bien vu les Bénis de l'Armée ! Ils sont partout !

— Du calme, du calme, ricana Boltz. Un peu de patience. Attends-moi ici, et cette fois ne te fais pas repérer ! Reste tranquille.

Rester tranquille… Il lui était aisé de dire ce genre de choses. Depuis que Jaime avait vu le souvenir de Zaël, elle avait gardé pour elle ses considérations, mais maintenant qu'elle les avait partagées avec Boltz, il lui tardait de pouvoir en vérifier l'exactitude. Pourquoi voulait-il attendre ? Qu'ils partent immédiatement ou dans une semaine, cela ne changerait rien. Elle sentait son sang bouillonner. Elle pouvait très bien partir sans eux. Boltz s'étira en déployant ses bras vers les deux extrémités de la pièce comme s'il voulait toucher les deux murs opposés à la fois, bâilla et remit une mèche de ses cheveux en arrière, découvrant sa cicatrice. Jaime sentit ses propres muscles se détendre quelque peu en le voyant s'approcher de la fenêtre et gratter la barbe qui repoussait à présent sur sa mâchoire. Il ne paraissait ni inquiet ni bouleversé par ce qu'ils venaient de comprendre au sujet de l'identité de Jaime. Il était toujours prêt à l'aider. Non. Elle ne partirait pas sans lui. Il avait été une source indéniable de réconfort depuis son réveil à Gandir. De plus, une autre image, bien plus terrible que l'homme au manteau, lui revint en tête : le torse de Zaël. Ce que l'Ancien Vœu lui avait fait… Si elle se présentait seule au Grand Palais et se faisait prendre, risquait-elle le même sort que lui cette fois ? Un frisson la parcourut et elle releva la tête vers Boltz, qui s'était dirigé vers la porte de la chambre. Il l'ouvrit, se retourna et s'inclina :

— Votre Sainteté.

Puis il disparut en fermant doucement la porte pour éviter de réveiller Maddie.

CHAPITRE XVII
Le Hors-La-Loi

À quelques lieues de là, assise droite contre le flanc de Moy, Adrasté jetait à Filik un regard qui, elle l'espérait, indiquait très précisément au rouquin la nature de ses sentiments à son égard. Elle pouvait sentir les muscles de sa mâchoire se contracter sous la pression de ses dents serrées, et elle n'aurait pas su dire depuis combien de temps ses sourcils étaient froncés. Ils avaient rapidement mis autant de distance que possible entre eux et Brimentz, mais lors de leur chevauchée, elle n'avait pas cessé de fusiller Filik du regard. Ils avaient fini par faire une pause dans une petite clairière de forêt, loin de la route : plus question de voyager à découvert maintenant qu'elle s'était fait remarquer.

— Tu as vraiment du culot, finit-elle par dire d'une voix forte.

— Pardon ? dit Filik en tournant vers elle un regard rond.

Sitôt arrivés, il avait de nouveau extirpé son bébé dragon de sa besace et avait attaché une chaîne autour de son cou. Depuis lors, le reptile ailé était curieux de tout, reniflait l'herbe, les rochers, et retournait parfois la terre de ses petites pattes griffues. Adrasté avait appris l'existence des dragons d'Ilderad durant son enfance, mais n'en avait jamais vu. Étant difficilement domptables, on racontait qu'ils peuplaient librement les terres montagneuses d'Ilderad. Certains Ildari érudits avaient cependant réussi à en domestiquer, rendant Ilderad imprenable, même pour une armée aussi puissante que celle de l'Ancien Vœu.

— Tu as fait entrer illégalement un dragon au Royaume d'Omphal et tu m'as mêlée à tes histoires. Une possession illégale de dragon doublée d'une crise politique. Si Ilderad l'apprend…

Filik ouvrit la bouche comme pour répliquer quelque chose, puis croisa le regard d'Adrasté et sembla se raviser, mais marmonna tout de même quelque chose qu'elle ne put entendre.

— Tu veux bien redire ça plus fort ?

Ce n'était pas réellement une demande.

— Tu… tu n'es pas très bien placée pour me reprocher de… d'être illégal, balbutia Filik, les yeux résolument fixés sur son dragon.

Adrasté plissa les yeux.

— Le brigand, poursuivit Filik. J'étais loin mais j'ai tout entendu : il parlait d'une « Némésis » et de messagers. Tu es recherchée.

Il leva enfin la tête vers elle et sa voix était plus assurée lorsqu'il reprit :

— C'est pour ça que tu cherches à t'enfuir, n'est-ce pas ?

Adrasté, qui s'était attendue à ce que Filik en vienne à cette conclusion à un moment où à un autre, acquiesça avec mauvaise humeur.

— Je ne vais pas te demander ce que tu as fait, Némésis, mais je sais que tu n'es pas seulement en colère contre moi et mon dragon. Si même le Nord sait que tu es recherchée, tu ne pourras pas passer la frontière.

Il avait repris le même ton pompeux et cérémonieux que lorsqu'il s'était présenté, quelques jours plus tôt. Adrasté se rendit compte qu'elle ne lui avait toujours pas révélé son nom. Allait-il simplement l'appeler Némésis ? Cette simple idée l'irrita encore plus, et elle se força à prendre une profonde inspiration avant de dire :

— Sais-tu pourquoi l'Ancien Vœu n'a jamais cherché le conflit avec Ilderad ?

Filik répondit par la négative.

— Toutes les formes de magie n'interagissent pas bien ensemble. Certaines formes de magies, lorsqu'elles sont différentes, s'affaiblissent mutuellement, et parfois l'une l'emporte sur l'autre.

Elle désigna le bébé dragon qui reniflait à présent un tas de feuilles mortes, provoquant un léger bruit de froissement lorsqu'il les déplaçait.

— La magie des dragons affaiblit celle de l'Omphalos, poursuivit Adrasté. En cas de trop grande proximité ou interaction, elle finit même par l'absorber. C'est une des lois de la nature.

Filik haussa les sourcils.

— Je ne savais pas…

— Sans surprise, railla Adrasté. Mais maintenant que tu es au courant, garde ton lézard loin de moi, tu veux ? Et puis comment diable as-tu réussi à mettre la main sur cette bestiole ?

Il ne répondit pas tout de suite et observa un instant le dragon qui se débattait joyeusement dans l'amas de feuilles, ses écailles bleues reflétant par instants les faibles rayons de soleil qui perçaient à travers les feuillages épais de la forêt.

— C'est le mien, dit-il simplement. Je t'avais dit que j'avais… des facilités. Je fais partie d'une des rares familles d'éleveurs de dragons d'Ilderad. Je suis un Ruadh.

Il haussa les épaules comme si ce qu'il venait de dire n'avait aucune importance et passa une main dans ses cheveux bouclés pour les remettre en place, mais ne fit que les désordonner un peu plus. Adrasté vit ses taches de rousseur disparaître sous la teinte écarlate que prirent ses joues. Les Ruadh avaient notoirement encouragé les conflits avec Omphal et étaient convaincus qu'Ilderad devrait régner sur le continent d'Issyal grâce à la puissance de leurs dragons.

— Un Ruadh ? Vraiment ?

— J'ai honte, murmura-t-il avec hargne. J'ai décidé de partir, je n'en pouvais plus.

Elle ne dit rien, mais l'observa attentivement. Ce rouquin était plus intriguant qu'il n'y semblait au premier coup d'œil.

— Je dois te paraître stupide, hein ? Un petit ingrat détestant sa famille…

Il regarda Adrasté comme s'il s'attendait à ce qu'elle lui lance une pique ou une remarque désagréable, mais elle n'en fit rien. À cet instant, elle le comprenait bien plus qu'il ne pouvait le savoir.

— Bah ! Ça ne me regarde pas, dit-elle.

Elle lui lança néanmoins une cuisse de poulet, qu'il attrapa au vol. Il eut un léger sourire et reporta son regard sur son dragon.

— Comment s'appelle-t-il ? demanda Adrasté.

— Azur, répondit Filik. À cause de ses écailles… Il est beau hein ?

Elle haussa les épaules dans un geste qui n'engageait en rien. Le petit reptile était à présent moitié enseveli sous l'amas de feuilles mortes. Il lâcha un petit cri de joie en voyant qu'il était observé et vint réclamer du poulet auprès de Filik.

— On s'entend bien ! dit Filik d'un ton joyeux en caressant les piques ornant le cou du dragon. Mais ils allaient le tuer… Normalement, un dragon obéit d'instinct aux familles de dragonniers, mais lui… Personne ne sait ce qui se passe. Il n'en fait qu'à sa tête. Alors j'ai décidé de m'enfuir avec lui !

— Qu'est-ce qu'ils ont fait quand ils s'en sont rendu compte, à ton avis ?

— Si ma famille n'a pas étouffé l'affaire en envoyant secrètement des gens à ma recherche, alors j'ai déjà dû être déclaré hors-la-loi… Mais la loi à Ilderad…

Il lâcha une exclamation agacée semblable à un « tchah » et mordit dans sa cuisse de poulet comme si elle l'avait insulté.

— Nous sommes éleveurs de dragons, tu comprends, déclara-t-il d'une voix légèrement plus forte. Alors nous avons toute la fortune, tous les droits… Nous contrôlons l'arme la plus puissante du pays, c'est donc naturel que tout nous revienne, non ? Et pendant ce temps, le peuple meurt de faim… Tout l'argent du Royaume va dans la poche des dragonniers : les *heureux élus* nés avec la capacité de communiquer avec ces créatures des montagnes.

Il mordit à nouveau furieusement dans son poulet. Adrasté ne disait rien. Elle avait observé avec une pointe d'amusement contenu son corps filiforme s'animer de plus en plus à mesure qu'il parlait de son peuple, et il gesticulait à présent avec colère. Il prit une profonde inspiration et parut respirer plus aisément. Avec un petit sourire d'excuse, il reprit :

— Enfin… voilà.

— D'accord. Donc, pour te venger de ta famille népotique et belliqueuse, tu t'es dit que venir à Omphal avec un dragon indomptable était une bonne idée ? ironisa Adrasté sans le moindre sourire.

Filik ouvrit la bouche, et elle eut la nette impression de déceler une hésitation sur son visage, mais cela ne dura qu'une fraction de seconde.

— Oui, dit-il simplement. Je sais… c'est stupide. Je n'ai moi-même jamais voulu devenir dragonnier. Ça ne m'intéresse pas. Je trouve les pouvoirs de l'Omphalos bien plus fascinants ! Mais je ne voulais pas laisser Azur…

Adrasté renifla avec dédain. Elle se sentait agacée, flouée : ce chapardeur n'avait jamais eu la moindre intention de l'aider à traverser la frontière. Il avait volé un dragon, il n'allait sûrement pas risquer de retourner sur les lieux de son crime. « Stupide »… Il ne l'était pas autant qu'il voulait le faire croire. Avec un soupir, elle appuya la tête contre Moy, qui émit un hennissement réconfortant. *Calme-toi*, entendait-elle presque émaner de son corps chaud, *tu trouveras un autre moyen*. Filik jouait à présent avec son dragon, qui n'arrivait pas encore à voler mais faisait des bonds dans sa direction. Adrasté les regarda sans les voir. Elle était tellement fatiguée. Ces derniers jours avaient été riches en bouleversements, et elle n'avait eu aucune envie de confier à Filik le soin de surveiller les alentours. Mais à présent, passés la surprise et l'énervement dus au dragon, elle pouvait bien s'accorder une pause. Elle ne dormirait pas longtemps. Simplement quelques minutes, le temps de récupérer. Ankylosée par les multiples chevauchées de ces derniers jours, elle s'installa plus confortablement contre son cheval, et sombra presque aussitôt.

Ce fut alors une succession d'images qui défilèrent à toute vitesse. Elle se trouvait dans une vaste salle blanche. Une main se levait vers elle, suppliante. Adrasté abaissa son couteau dans un hurlement sauvage et la main tomba presque aussitôt, inanimée. Morte. Tout devint noir pendant quelques secondes. Ou était-ce quelques heures ? Elle n'aurait su le dire. La lumière revint, les éclairant tout autour d'elle, si nombreux qu'elle ne distinguait plus le sol sur lequel ils étaient étendus : des corps morts, rougis par leur propre sang qui s'échappait de leurs boyaux pour ne jamais y revenir. À nouveau, le noir se fit, mais il fut presque immédiatement avalé par un embrasement féroce, un feu indomptable doté d'une volonté propre qui se propagea aussi loin qu'Adrasté pouvait voir. Il laissa cependant un cercle net autour d'elle, comme si une limite invisible l'empêchait de l'atteindre. Au milieu du feu, une silhouette au teint pâle et aux cheveux bruns rattachés en queue de cheval regardait une pierre de jade blanche…

Lorsqu'elle ouvrit les yeux, Adrasté vit avec horreur que le soleil était déjà couché. Elle avait dû être inconsciente plusieurs heures. En un clin d'œil, elle se mit debout : Moy n'avait pas bougé, et ses affaires étaient toujours là. Quelques secondes lui permirent de désembuer son esprit. Tels des grains de sable, ses rêves s'écoulaient dans les confins de son subconscient : plus elle essayait d'en saisir la contenance, plus ils glissaient entre ses doigts. Elle se rappelait néanmoins l'avoir vue, *elle*. Pourquoi maintenant ? Un froissement derrière elle la fit tressaillir et bondir en arrière, lame brandie. Un amas de boucles rousses semblables à un buisson lui indiqua qu'il s'agissait de Filik. Son dragon perché sur l'épaule, il tenait dans le creux de son bras plusieurs champignons charnus.

— Pour le dîner, dit-il en la voyant réveillée.

— Tu es sûr qu'ils ne sont pas vénéneux, cette fois ?

Filik hocha la tête.

— J'ai fait bien attention. Au fait, regarde !

Il se mit à genoux, posa les champignons et rassembla des feuilles mortes et des brindilles pour former un petit tas autour duquel il disposa des pierres en formant un cercle.

— Azur, murmura-t-il avec douceur, fais la torche !

Azur rampa timidement jusqu'au tas de feuilles, puis émit un petit bruit qui faisait penser à un toussotement, mais rien ne se produisit. Il leva la tête vers son maître, avec – Adrasté l'aurait juré – un regard un peu honteux.

— Ce n'est pas grave, ce n'est pas grave… chuchota Filik avec un sourire. On va réessayer. Azur, fais la torche !

Son ton était toujours doux, mais un peu plus ferme. Le dragon toussa à nouveau et cette fois-ci, un mince filet de feu jaillit de sa gorge et fut propulsé sur les feuilles mortes, qui s'embrasèrent aussitôt. Quelques minutes plus tard, les champignons de Filik trônaient au-dessus d'un feu qui crépitait joyeusement. Le rouquin rapportait avec entrain les différentes méthodes auxquelles il avait eu recours durant l'après-midi pour apprendre Azur à cracher du feu, mais Adrasté ne l'écoutait pas.

— … il commence enfin à m'obéir ! Même s'il n'en fait généralement qu'à sa tête…

Elle sentait la chaleur des flammes lui lécher la peau, et le visage de la fille à la queue de cheval lui apparut de nouveau, lointain. Elle se concentra sur la figure qu'elle avait vue en rêve. Ces grands yeux couleur de chêne… C'était bien elle. Ses sourcils se rapprochèrent.

— … surtout que c'est encore un bébé, donc il ne comprenait pas tous les mots, mais j'ai réfléchi et…

Pourquoi lui apparaissait-elle soudain ? Elle sentait sa magie circuler dans ses veines, sous sa peau, et même le long de ses poils, avec une vigueur étrange. Elle cherchait à lui dire quelque chose. Mais pour le moment, Adrasté y voyait aussi clair que sur du parchemin à l'encre délavée.

— … tu imagines, tout ce qu'on pourrait faire ? Par exemple…

Elle prit une profonde inspiration. Ce rêve n'était pas bon signe… La voir, *elle*, n'était pas bon signe. Pas alors qu'elle avait fait tout son possible pour essayer de…

— Qui va là ?

Adrasté tourna promptement la tête vers l'endroit que Filik regardait, ses boucles voletant dans la brusquerie de son mouvement. En un éclair, elle crut apercevoir deux éclats verts entre deux buissons, à plusieurs mètres de là. Immobiles. Cela ne dura qu'une fraction de seconde. Elle s'élança avec la force d'un ouragan, propulsée par sa magie. Si quelqu'un les avait vus et rapportait leur présence, il y avait de fortes chances pour qu'on leur tombe dessus dans les prochaines heures. Mais lorsqu'elle arriva à l'endroit où elle avait vu les yeux flotter dans le noir, elle ne trouva personne. Qui que ce soit, il avait déguerpi.

— Qu'est-ce que c'était ? demanda Filik sans parvenir à totalement effacer une légère frayeur de sa voix.

— Je ne sais pas, dit Adrasté en se dirigeant vers le feu. Un animal, sûrement.

Un animal… ou autre chose. Peut-être était-ce le feu qui s'y était reflété, leur donnant une étrange apparence, mais Adrasté avait cru voir des globes oculaires d'un noir brillant entourant le vert des pupilles.

CHAPITRE XVIII

Laïnen

— Ça ne marchera jamais !

— Tu n'as même pas écouté jusqu'au bout !

— Pas besoin, ça pue, comme plan… C'est bien trop risqué !

— Au moins, Maddie sera en sécurité ! Mais si tu as mieux, je t'écoute…

Boltz ouvrit la bouche, mais aucun son n'en sortit. À la place, il fit claquer ses lèvres dans un bruit qui faisait penser à un cheval et continua de ranger ses épées fraîchement aiguisées par le forgeron du village. Il venait de passer la matinée à s'entraîner, et il transpirait encore. Le plan de Jaime ne lui plaisait pas, il y voyait bien trop de lacunes. Mais en définitive, aucun plan parmi ceux qu'il avait lui-même imaginés ne lui paraissait totalement imperméable : probablement parce qu'il n'avait simplement pas la moindre envie de se rendre à la

Capitale. Il soupira en refermant l'étui de sa dernière épée, qu'il fourra avec les autres dans un geste brusque.

— De toute façon on a le temps de revoir les détails, mais on fera comme ça, trancha Jaime. Et sinon, vous pouvez aussi bien…

— Ça ne fonctionnera pas mieux aujourd'hui qu'hier ou avant-hier, coupa Boltz. Si tu y vas, je viens avec toi. Et toi, Maddie, je sais qu'à la seconde où je te laisserai seule tu retourneras à Gandir… Alors tu viens aussi, ça fait partie du plan.

Maddie les avait observés silencieusement pendant toute leur conversation animée, et elle sembla surprise qu'il s'adresse à elle. Elle cligna des yeux et dit :

— Moi ? Oh, oui, très bien, je viens…

Maddie avait été plus renfermée qu'à l'accoutumée depuis leur départ de Gandir. Boltz ne lui avait jamais connu cette retenue : aussi loin qu'il se souvienne, elle avait le rire franc, une bonne humeur constante et n'hésitait pas à rabrouer Boltz fermement mais affectueusement lorsqu'il se comportait mal. Désormais, elle ne s'exprimait que lorsque l'on s'adressait à elle, restant soucieuse et pensive le reste du temps. Elle souhaitait se rendre utile, il le voyait bien, les aidant comme elle le pouvait, tâchant d'afficher son habituel sourire bienveillant à chaque fois qu'elle y pensait. Mais Boltz la connaissait assez bien pour reconnaître le trait forcé de son expression.

— À mon avis, intervint Jaime, Maddie ne risque rien ici, mais il vaut mieux qu'elle reste avec nous au cas où…

Mais elle s'interrompit en croisant le regard d'avertissement de Boltz. Il savait qu'elle s'apprêtait à parler de Venig, et ils évitaient de prononcer son nom lorsque c'était possible. Maddie, qui n'avait manifestement pas remarqué, se leva et ajusta sur son lit les draps grisés par le temps et l'usure en disant :

— Je vous suivrai, ça ne me gêne pas… Je n'ai jamais vu la Capitale, et puis la nourriture infecte que ce vieillard nous sert depuis qu'on est là ne me manquera pas… Quand comptez-vous partir ?

— D'ici deux jours, je dirais…

La réponse de Jaime avait une légère intonation interrogative, et elle regarda Boltz comme si elle attendait sa confirmation. Celui-ci soupira à nouveau.

— Je continue de penser que c'est une mauvaise idée… Mais si tu es vraiment une Malaen…

Maddie étouffa une exclamation. Ils n'avaient encore jamais évoqué cette théorie en sa présence. Lorsqu'ils l'avaient fait, elle dormait à poings fermés.

— …alors c'est peut-être la seule façon de découvrir qui tu es, acheva Boltz. Prenons donc ces deux jours pour affiner notre plan.

— Une Malaen et une Profane ? demanda Maddie d'une voix aigüe. Comment est-ce possible ?

— Je pense que quelqu'un – probablement cet homme qui l'a laissée dans ton auberge, Maddie – voulait la protéger de la folie meurtrière de la Némésis, répondit Boltz, alors il l'a marquée pour qu'elle soit envoyée chez les Profanes. La Némésis n'aurait sûrement jamais pensé à chercher là-bas. Mais son plan n'a pas vraiment marché…

— Non… Mais ce qui est sûr, c'est que je dois me rendre au Grand Palais pour le retrouver, si je veux des réponses. On se trompe peut-être, mais si je suis une Malaen…

— Ça expliquerait pourquoi le pouvoir de… de Venig – excuse-moi, Maddie – n'a pas fonctionné sur toi :

tu as forcément une charge magique supérieure à un Béni, acheva Boltz.

À ces mots, il vit une certaine désorientation dans le regard de Jaime.

— De quoi tu parles ?

— Dans la cave de l'auberge, lorsqu'il a essayé d'utiliser ses pouvoirs sur toi, il n'a pas réussi !

Jaime plissa les yeux.

— Je ne vois pas… À quel moment ?

— Vraiment ? s'exclama Boltz en levant les yeux au ciel. Tu n'avais pas remarqué ? Il t'a plaquée au sol après que tu te sois jetée sur lui et a mis ses mains sur ton front.

Après un instant, les sourcils de Jaime firent un bond et elle laissa échapper un faible « oh… » en levant la tête vers Boltz.

— Je n'avais pas réalisé, fit lentement Jaime. Je me suis demandé ce qu'il faisait, et il avait l'air surpris, mais…

— Oui, je pense qu'il essayait d'utiliser son don contre toi, dit Boltz avec un sourire satisfait, comme il l'a fait sur mon genou. Mais je n'ose pas imaginer les effets sur la tête…

— Ça n'a pas marché en tout cas.

— Oui, parce que tu es une Malaen ! conclut Boltz.

Apparemment, tout concordait. Un silence bref suivit sa déclaration, mais ils sursautèrent tous de concert lorsqu'un « bang » retentit. Boltz tourna vivement la tête. Cela provenait de la porte d'entrée de l'auberge, un étage plus bas.

— Êtes-vous Monsieur Laïnen ? tonna une voix dure et tranchante.

— C'est bien moi, répondit une voix grêlée que Boltz reconnut comme celle du vieux propriétaire de l'auberge à moitié sourd.

— Nous recherchons une Profane en fuite, elle est accompagnée d'un jeune homme portant une cicatrice au visage.

Boltz et Jaime se regardèrent d'un air alarmé. Boltz forma silencieusement les mots « Les Bénis de l'Armée » et Jaime mit une main devant sa bouche, les yeux agrandis par la peur.

— Une peau d'âne enduite ? répondit le vieil aubergiste. Je crains ne pas en avoir, jeune homme.

— Un peu de respect, aboya une voix féminine. Vous avez devant vous le Capitaine Miller.

Boltz ouvrit de grands yeux. Le Capitaine Miller… Pas de doute, ils tenaient vraiment à récupérer Jaime.

— Le croque-mitaine rieur ? Je suis désolé, je ne…

— Ce vieux gâteux ne nous sera d'aucune utilité, coupa la femme. Fouillez les chambres aux étages.

Ils entendirent un fracas à mesure que trois ou quatre soldats – à en juger par le bruit de pas qu'ils entendaient – entraient et repoussaient chaises et tables pour accéder à l'escalier qui menait aux chambres. Boltz et Jaime se levèrent d'un bond, sans réellement savoir ce qu'ils allaient faire ensuite. Boltz fit basculer son sac par-dessus son épaule et risqua un coup d'œil par la fenêtre pendant que Jaime se jetait sur son manteau ; deux hommes et une femme attendaient en faction devant la porte de l'auberge. C'était l'avantage lorsque l'armée d'un pays était composée de soldats dotés de pouvoirs particuliers : nul besoin d'en mobiliser des milliers. Alors que les compagnies des pays voisins se composaient de quelques centaines d'hommes, celles de l'Ancien Vœu n'en comportaient souvent que quelques dizaines, hommes et femmes confondus.

— *Maddie, qu'est-ce que tu fais ? Reviens !*

Boltz détourna son regard de la fenêtre et fit volte-face. Maddie s'était levée et s'apprêtait à ouvrir la porte de la chambre. Jaime tentait de la retenir d'un air paniqué.

— Vous avez une meilleure solution ? répliqua Maddie. Cachez-vous !

Boltz et Jaime échangèrent un bref regard, puis se ruèrent vers la partie de la chambre qui n'était pas visible depuis la porte d'entrée, derrière le lit de Jaime. Ils s'accroupirent l'un contre l'autre dans un renfoncement exigu et après s'être assurée qu'ils étaient bien dissimulés, Maddie respira profondément et ouvrit la porte, disparaissant derrière l'embrasure.

— Ah, vous êtes là ! Je vous ai entendus, vous recherchez la Profane, c'est bien cela ?

— C'est exact, l'avez-vous vue ? Nous avons été informés qu'elle logeait ici.

— Bien sûr que je l'ai vue ! Avec son *horrible* marque, difficile de la rater… Ils sont partis ce matin avant que j'aie le temps de vous prévenir… Bon vent !

Inconfortablement écrasé contre l'épaule de Jaime, le cœur battant à tout rompre, Boltz se contorsionna et vit qu'elle semblait se poser la même question que lui. Qui avait bien pu les informer de leur présence dans le village ? Personne n'avait vu sa marque, elle avait toujours bien fait attention à ne pas la dévoiler, et ne s'était jamais montrée en dehors de l'auberge depuis leur arrivée…

— Vous dites qu'ils sont partis ce matin ?

Boltz put entendre une pointe de scepticisme dans la voix du soldat.

— Oui, je n'aime pas ce genre de fréquentation, se rengorgea Maddie. J'étais bien contente qu'ils…

— Je comprends, l'interrompit la voix. Nous devons fouiller votre chambre, écartez-vous s'il vous plaît.

— Euh… fouiller ? Mais je n'ai pas encore changé mon pot de chambre, laissez-moi d'abord…

— Nous avons pour ordre de fouiller toutes les chambres, alors…

— Wildorise, ces messieurs recherchent une criminelle alors rentre dans ta chambre et ne les importune pas !

Boltz reconnut la voix tremblante de l'aubergiste, qui venait manifestement de les rejoindre.

— Ma fille est parfois très bavarde, vous savez, reprit-il. Excusez-la. Maintenant, file !

— C'est votre fille ? répéta le soldat.

— Oui, Wildorise, ma fille, répondit l'aubergiste sur un ton d'évidence, comme s'il avait affaire à un soldat particulièrement obtus. Elle loge ici. Un vieil homme comme moi a toujours besoin d'aide, vous comprenez…

Jaime jeta à Boltz un regard incrédule, qu'il lui rendit. Ce vieux sénile allait-il être leur salut ?

— Êtes-vous seule dans votre chambre ?

— C'est ce que mon père vient de vous dire, non ? répliqua Maddie avec une parfaite conviction. Il n'y a rien à voir, si ce n'est mon pot de chambre encore rempli de cette nuit. Et je n'aimerais mieux pas !

Ils entendirent le soldat piétiner, comme s'il hésitait.

— Si vous le permettez, nous devons discuter du repas de ce soir, reprit le vieillard. Je vous laisse bien évidemment fouiller toutes les chambres qu'il vous plaira, mais les personnes que vous recherchez doivent être loin, maintenant. Wildorise, dans ta chambre.

Ils entendirent la porte se refermer et les pas du soldat rejoindre ceux que l'on pouvait entendre marteler dans les chambres voisines. Boltz se releva et étira ses jambes douloureuses pendant que Jaime se massait les épaules. Maddie se tenait au milieu de la pièce, désemparée, et le vieil homme se trouvait avec elle. Boltz se figea sur place.

— Euh…

— Vous devez partir, tous les trois, dit Laïnen, qui n'avait plus du tout l'air confus ou égaré. Ils savent que vous êtes ici.

— Vous saviez ? demanda Jaime en s'avançant vers lui. Depuis tout ce temps ?

— Je suis atrocement vieux et sénile, mais je sais toujours qui loge chez moi, ricana le vieil aubergiste. Mais je ne vous ai pas dénoncés. Certains d'entre nous espèrent que cette secte sera bientôt trop faible pour régner, et *vous* (il pointa Jaime et Boltz du doigt), vous êtes le signe du début.

— Le début ? répéta Jaime.

Boltz contempla l'index osseux du vieil homme pointé vers lui. Pourquoi le mettait-il dans le même bateau ? Sa présence ici était un hasard dû à la présence de Jaime dans son écurie. Rien de tout cela ne le concernait.

— Le début de la fin, acheva Laïnen avec un sourire fatigué. La fin de l'Ancien Vœu. Nous sommes beaucoup à vous soutenir silencieusement.

Maddie s'avança vers lui et posa une main sur son épaule.

— Wildorise… C'est bien votre fille ? Où est-elle, maintenant ?

— Morte, répondit-il d'une petite voix. Elle aurait eu votre âge aujourd'hui. L'Ancien Vœu l'avait rappelée et je ne l'ai jamais revue. Elle a probablement été tuée au Grand Palais, aux prises d'une quelconque expérience. Des rumeurs circulent…

Il leva ses yeux aux paupières lourdes et ridées vers Maddie et éclata soudain en sanglots.

— Nous n'aurions jamais dû te faire bénir, ma pauvre petite, se lamenta-t-il. Je suis désolé !

Boltz jeta un regard alarmé à Jaime qui avança vers l'aubergiste au moment où celui-ci agrippait les deux bras de Maddie et s'exclamait :

— Nous ne savions pas ! Nous ne savions rien ! Comment aurions-nous pu ? Pardonne-moi, s'il te plaît ! Ma petite Wildorise…

Maddie regardait alternativement Boltz et Laïnen avec impuissance tandis que ce dernier sanglotait, tremblant comme une feuille.

— Nous allons la retrouver, dit Jaime, ignorant le regard de Boltz qui tentait de lui signifier quelque chose comme « *Tu es folle ?* ». Je vous le promets. Nous allons au Grand Palais, nous essayerons de savoir ce qui lui est arrivé.

Boltz dut se retenir de lever les yeux au ciel. Leur mission était déjà assez périlleuse, pourquoi fallait-il qu'elle promette de retrouver la fille de ce pauvre homme, qui était sûrement déjà morte ? Lui-même ne pouvait s'empêcher de ressentir sa peine, mais tout de même…

— Merci, jeune fille, répondit Laïnen, dont le regard avait retrouvé sa lucidité. Je n'ai aucun espoir, mais si je pouvais la resserrer dans mes bras un jour…

Mais une voix tonitruante venant de l'extérieur de la chambre l'interrompit :

— M. Laïnen !

Celui-ci porta un doigt sur ses lèvres en les regardant, désigna la fenêtre de son autre main, puis sortit de la chambre.

— Il faut qu'on parte tout de suite ! chuchota Boltz en s'approchant de la fenêtre.

Mais les gardes étaient encore là : il était impossible de sortir sans qu'ils les remarquent. Dehors, près de la chambre, ils pouvaient entendre la conversation entre Laïnen et le Capitaine Miller.

— Nous n'avons rien trouvé… Il semblerait qu'elle soit partie.

— Que qui soit partie ? demanda Laïnen.

— La Profane, ainsi que son ami fugitif. Vous dites que vous ne saviez pas qu'elle se trouvait ici ?

— Absolument pas, jeune homme, il y a bien longtemps que je n'arrive plus à distinguer une théière d'une tortue, alors reconnaître un visage…

— Je vois….

Il marqua un silence puis reprit :

— Il n'en demeure pas moins… que vous avez hébergé une criminelle et un fugitif, tous deux ennemis de l'État.

À mesure que la conversation avançait, Boltz commençait à sentir une sorte de froid s'insinuer dans sa poitrine. Il jeta un regard vers Jaime et Maddie. Immobiles, toutes deux fronçaient les sourcils.

— Savez-vous ce qu'il se passera si quelqu'un apprend qu'une Profane a pu trouver refuge dans une auberge sans être inquiétée ? reprit la voix du Capitaine Miller.

Laïnen ne répondit pas.

— Les gens penseront qu'il est possible, normal même, d'accueillir, voire *soutenir* des rebelles…

Boltz serra les poings. Jaime, le regard toujours rivé vers la porte fermée de leur chambre, le visage sans expression, avait inconsciemment posé sa main sur son bras.

— Ah… fit Laïnen d'une voix faible. Vous devez donc faire un exemple, j'imagine. Montrer ce qui arrive aux opposants.

— Vous êtes bien moins sénile que vous en avez l'air, vieillard, répondit le Capitaine Miller.

Boltz pouvait entendre à sa voix qu'il souriait. Il y eut un bruit de ferraille, de pas précipités et une chute, puis :

— Major Inya. Tuez-le.

— Très bien, répondit la voix de femme qu'ils avaient entendue plus tôt.

En une fraction de seconde, les jambes de Boltz le soulevèrent sans qu'il l'ait vraiment décidé. Il ouvrit la porte à la volée, juste à temps pour voir une femme en armure relâcher le corps sans vie de Laïnen. Celui-ci s'écrasa au sol dans un bruit mat, ses cheveux blancs et fins formant une marre argentée sur le bois sale du plancher. Jamais il ne reverrait Wildorise.

— Eh bien, qu'avons-nous là ? dit la Major avec un sourire.

Son visage était encadré par de longs cheveux noirs et lisses qui accentuaient ses traits carrés, durs et impitoyables. Ses yeux sombres s'arrêtèrent un instant sur la cicatrice de Boltz, et son sourire s'élargit lorsqu'elle vit Jaime encore debout dans la chambre derrière lui.

— Capitaine, reprit-elle en levant la main vers Boltz, me donnez-vous la permission d'arrêter le cœur de celui-ci ? Nous pourrons ensuite nous saisir de la Profane.

— Ce vieil homme savait décidément ce qu'il faisait, dit le Capitaine Miller, qui se tenait à présent derrière la Major et trois autres gardes. Il a failli vous avoir, Kendrik.

Appuyé nonchalamment sur la rambarde de l'escalier, ses larges bras croisés sur son torse, il dépassait tous les autres d'une bonne tête. Contrairement à la femme, il ne souriait pas. De ses yeux bleus de glace, il toisa le plus jeune des soldats, qui eut une expression terrifiée.

— Ramenez-moi la Profane. Je n'ai pas besoin des autres.

— Bien reçu.

La Major posa sur Boltz un regard carnassier et frotta les doigts de sa main gauche comme si elle voulait enlever de la poussière.

— Immobilisez-le.

Il regarda tour à tour les trois soldats s'avancer vers lui et réfléchit à toute vitesse. La fureur qu'il ressentait après avoir vu le corps frêle et inerte de Laïnen l'empêchait de formuler une seule pensée intelligible, et pourtant il allait devoir agir.

— *Boltz ! Fais quelque chose !*

La voix de Maddie lui fit l'effet d'une décharge. D'un geste cursif, il dégaina simultanément deux épées de son sac, qui tomba près de Laïnen dans un fracas métallique. Les trois soldats eurent à peine le temps de sortir leurs propres épées que Boltz était déjà sur eux. Contrairement à eux, il n'avait pas de don. Il n'était pas Béni. Mais il n'allait pas se laisser attraper. Cette abominable femme comptait le tuer, et pour cela il lui faudrait l'atteindre. C'était hors de question. Il assena un premier coup d'épée dans le casque du soldat le plus jeune, Kendrik. Celui-ci s'écroula en arrière, assommé, et bascula par-dessus le garde-fou du couloir. Un en moins. Tout en parant un coup d'épée du deuxième soldat, Boltz pivota et traça une profonde entaille sous l'aisselle du troisième, qui levait sa propre arme vers lui. Un filet de sang jaillit et le soldat hurla, lâchant son arme. *Ils sont certainement dotés de pouvoirs très utiles,* pensa Boltz, *mais ils n'ont manifestement pas encore été très bien formés au combat à l'épée*. La lame du deuxième soldat siffla près de son oreille, mais il l'esquiva et jeta son pied en avant de toute la force dont il était capable. Celui-ci heurta de plein fouet la poitrine du dernier soldat, qui rejoignit le premier à l'étage en-dessous dans un cri étouffé.

Le souffle court, les poings fermement serrés sur ses deux épées, Boltz passa son avant-bras sur son front trempé et se tourna vers la femme et le Capitaine Miller, qui n'avaient pas bougé. Le Capitaine avait décroisé les bras, et il n'y avait plus la moindre trace de sourire sur le visage de la Major.

— Alors, haleta Boltz, qu'est-ce qu'on fait, maintenant ?

— Tu as une excellente technique de combat, pour un maréchal ferrant de Gandir, remarqua le Capitaine. Ton amie t'a bien appelé Boltz ?

— Tout à fait.

— Intéressant, murmura le Capitaine en l'observant avec une soudaine étincelle dans le regard.

Boltz ne voyait pas ce qu'il y avait d'intéressant là-dedans, mais les yeux de la Major s'agrandirent légèrement.

— Ces yeux bleus… Finement observé, Capitaine ! Je les reconnaîtrais entre mille ! Son petit frère ?

Le cœur de Boltz fit un bond. Le Capitaine acquiesça, impassible, sans cesser de le regarder. La Major lâcha un « Oh ! » ravi et son sourire férin réapparut.

— Ça pour un hasard ! Est-ce donc grand frère qui t'a appris à te battre de la sorte ?

— Ne vous avisez pas de… ne parlez pas de…

Il sentait son sang bouillonner dans ses veines. Il serra ses poings pour s'empêcher de trembler. La Major rejeta ses cheveux en arrière, les attacha en queue de cheval et s'avança vers lui. Elle se préparait au combat. Cependant, elle n'avait pas dégainé son épée.

— Je reconnais bien son style, quoique faiblard en comparaison…

— Ne parlez pas de mon frère, gronda-t-il.

— Boltz ?

C'était la voix de Maddie.

— Je suis calme… Je vais bien, assura Boltz.

— Il serait sûrement fier de te voir à l'œuvre, poursuivit la Major d'un ton doucereux. Tiens… Que se passe-t-il avec celle-là ?

Elle regardait derrière lui. Il se tourna et vit que Jaime s'était mise à trembler violemment, les yeux exorbités et révulsés dans une sorte de transe.

— Attention ! s'écria Maddie.

La Major avait profité de son bref moment d'inattention pour se jeter sur lui. Surpris, il fouetta l'air de son épée d'un geste imprécis mais elle l'esquiva sans difficulté, à la manière d'une danseuse. Avant qu'il n'ait pu réagir, elle ouvrit sa paume en direction de son cœur. En une fraction de seconde qui lui sembla durer des heures, il vit le bout de ses doigts entrer en contact avec le tissu qui lui recouvrait le torse.

Une intense lumière. Une explosion. Un cri sauvage, rempli d'une douleur telle qu'elle s'insinua également en lui, serpentant, lui broyant le cœur. Était-ce la voix de Jaime ? Si c'était le cas, il devait l'aider, elle avait besoin de lui… « Besoin de lui » … Cette phrase résonna en écho vertigineux dans son esprit embrumé. Besoin de lui ? Non. Elle n'avait jamais eu besoin de lui. Il le savait. Elle était bien plus puissante qu'il ne le serait jamais. C'était elle qui l'avait sauvé de Venig. Elle n'aurait aucun mal à s'en sortir sans lui. Elle les libèrerait même sûrement tous. Tout le Royaume. Sauf si sa fichue impatience lui attirait des ennuis. Il ne le saurait pas. Il ne le verrait jamais, puisqu'il était mort. « Mort » … Un autre mot qui se répercuta contre les parois douloureuses de son crâne. Une minute… Il n'était jamais mort auparavant, mais – il eut l'impression de se poser une question stupide – pouvait-on *avoir mal* lorsqu'on était mort ? Il était certain que non. Mais cela ne faisait aucun doute, il pouvait effectivement sentir son crâne « battre », ou plutôt renvoyer les battements de son cœur, et cela lui faisait un mal fou. D'où lui venait cette migraine ? Il n'était peut-être pas mort, après tout. Enfin, ce n'était pas si important. Désorienté, nauséeux, le corps endolori par il ne savait quoi, il sentit le sol disparaître sous lui et se laissa happer par le néant.

CHAPITRE XIX
Évasion

Elle ne voyait plus ce qui se passait autour d'elle. Des sons lui parvenaient sans qu'elle ne parvienne à en saisir le sens. Des cris, des chocs, des déflagrations… Était-ce encore un de ses rêves ? Peut-être… Mais cette fois, elle ne vit pas la fille aux cheveux bouclés. Il n'y avait que de la poussière, partout.

— Jaime !

La voix de Boltz lui transperça le cerveau et ses yeux s'ouvrirent de leur propre chef. D'abord, elle ne vit que des formes indistinctes. Deux halos bleus aux reflets dorés flottaient au-dessus d'elle. Elle ferma les paupières, puis les rouvrit. Les yeux bleus de Boltz, rougis et humides, la regardaient avec soulagement. Un mince filet de sang coulait de son arcade et il était entièrement recouvert d'une poussière blanchâtre, mais il souriait. À côté de lui, Maddie, qui avait l'air d'être passée sous un sac de farine et saignait abondamment du front, agrippait sa cheville qui formait un angle inquiétant. Avant que Jaime ne puisse bouger, Boltz se pencha vers elle et l'étreignit :

— Par Delpheris ! Tu l'as encore fait !

Il se dégagea rapidement, et Jaime voulut lui demander ce qu'il voulait dire, mais elle se rendit compte qu'ils étaient entourés de débris de bois : ce qui auparavant avait été l'auberge qui les avait accueillis était maintenant un amas gigantesque de ruines fumantes, sur lesquelles Jaime était allongée. Avait-elle perdu connaissance ? Elle ne se souvenait pas des dernières minutes. Les habitants du village s'étaient rassemblés autour des ruines et paraissaient complètement décontenancés, certains se hélant pour se demander s'ils avaient vu ce qui s'était passé, d'autres criant le nom de Laïnen. Laïnen… Jaime eut tout à coup l'image du vieil homme, allongé quelque part sous les débris, les yeux fermés à jamais. Il était mort, elle se souvenait maintenant.

— Qu'est-ce qui s'est passé ? demanda Jaime après quelques instants. Pourquoi tout est en ruine ?

— C'est toi, répondit Boltz d'un ton où Jaime crut déceler une forme d'admiration presque craintive. Tu as… tu as tout rasé. C'était effrayant… mais ça m'a sauvé la vie.

— Quoi ?

— Oui… Une seconde de plus et cette femme m'aurait… Enfin bref, elle n'a pas eu le temps d'utiliser son don, conclut Boltz. Tu t'es mise à trembler et d'un coup, et tu as créé un souffle brûlant qui a tout détruit et et… enfin voilà.

Il fit un geste circulaire en regardant les monceaux de bois qui jonchaient le sol sur lequel ils étaient assis. Jaime contempla la scène : comment avait-elle fait cela ?

— Nous devrions vite partir, dit Boltz. Ils sont encore sous les débris mais ils sont bien vivants, profitons-en.

Ils se relevèrent sous les regards abasourdis des villageois, qui n'osaient pas s'approcher d'eux. Une petite foule s'était à présent regroupée autour des ruines de la Chaloupe Ivre. *« Par Issyal, que s'est-il passé ? »*, *« Ce pauvre vieux Laïnen va avoir du boulot ! »*, *« Quelqu'un sait où est le vieux fou ? »*. Ils détachèrent précipitamment Klark et Prune, qui avaient été mis dans une petite écurie plus bas dans la rue, et se hissèrent sur leurs chevaux respectifs, Maddie chevauchant avec Jaime.

— Laïnen est mort, cria soudain Boltz.

Il pointa les débris du doigt en s'adressant à la foule, qui s'était mise à chuchoter d'un air alarmé. Jaime n'avait encore jamais vu Boltz agir ainsi.

— Les Bénis de l'Armée l'ont assassiné. Il n'avait rien fait. Ils voulaient *faire un exemple* car cette femme, qu'il a hébergée (il pointa cette fois Jaime du doigt), représente un danger pour eux. Pour l'Ancien Vœu.

Jaime vit quelques personnes la dévisager et chuchoter entre elles, mais très peu paraissaient hostiles. Une ou deux fois, elle entendit le mot « Profane ».

— Boltz ! cria-t-elle. Il faut y aller !

Un gros morceau de bois venait de bouger dans les débris, et une main était apparue en-dessous. Ils s'engagèrent au galop dans la rue principale du village, entre les passants qui s'écartaient vivement de leur chemin. Personne ne tenta de les arrêter. Personne ne tenta de les suivre. Jaime regarda par-dessus son épaule : la foule s'était rassemblée de façon plus dense autour des débris. Elle crut entendre des clameurs, mais ne put distinguer ce qui se disait.

Après quelques heures, Jaime entendit un grondement sourd et leva la tête. Un orage se préparait. Ils ne tarderaient pas à se retrouver sous la pluie s'ils ne s'abritaient pas. Elle fit signe à Boltz de la suivre et dirigea son cheval vers une forêt d'érables presque entièrement nus en cette saison. Ils s'enfoncèrent silencieusement entre les arbres et eurent bientôt la bonne surprise de découvrir un lac d'une taille impressionnante. Boltz leur annonça qu'ils se trouvaient au Lac Chantant, appelé ainsi en raison des nombreux pinsons qui s'y trouvaient. Ils posèrent leurs affaires contre un gigantesque rocher incurvé qui leur fournirait un abri décent. À peine eurent-ils fini d'enlever la poussière qui les recouvrait dans l'eau du lac qu'un coup de tonnerre se fit entendre, suivi d'une pluie abondante.

Boltz attrapa un canard que l'averse avait attiré pendant que Jaime soignait la cheville et les blessures de Maddie et bientôt, ils contemplaient silencieusement la surface du lac hérissé par la pluie, le ventre plein, réchauffés par un feu de camp. Le soleil se couchait, à présent : ils poursuivraient leur voyage vers la Capitale le lendemain. L'odeur de la terre fraîchement mouillée titillait agréablement les narines de Jaime, et elle se concentra, paupières closes, pour s'imprégner des sensations agréables que lui procurait ce bref moment de répit. Elle songea avec une pointe de culpabilité que ce canard chassé à la hâte avait été meilleur que tout ce qu'avait pu leur servir Laïnen dans son auberge durant les derniers jours. Elle se rappela alors quelque chose.

— Dis, Boltz…

— Hm ?

— Qu'est-ce que tu voulais dire par « Tu l'as encore fait » ? Tu m'as dit ça à mon réveil dans les ruines.

Boltz, qui était assis entre elle et Maddie, cligna des yeux.

— Je pensais que c'était évident. Tu nous as encore sauvé la vie !

Cette fois, ce fut Jaime qui cligna des yeux :

— Je ne…

Boltz soupira et pivota de façon à lui faire face.

— Si tu n'avais pas assommé Venig avec cette chaise à Gandir, je ne serais plus là. Si tu ne t'étais pas jetée sur lui dans la cave, Maddie ne serait plus là non plus…

Jaime vit Maddie se raidir et fermer les yeux derrière Boltz, comme si elle souhaitait être ailleurs pour ne pas entendre leur conversation.

— Et tout à l'heure, au moment où la Major s'apprêtait à me tuer, tu as… je ne sais pas vraiment encore ce que tu as fait mais tu as créé une explosion, et ça nous a permis de nous enfuir, acheva Boltz en levant les deux mains comme pour exprimer une évidence.

— Venig ne voulait pas vraiment tuer Maddie, protesta précipitamment Jaime. S'il l'avait vraiment voulu, il aurait utilisé son don. Il se retenait !

— Le fait est que sans toi, nous ne serions plus là, dit Boltz d'un ton sans appel.

— Arrête un peu, répliqua Jaime, agacée, sans moi tu aurais une vie tranquille et tu n'aurais jamais été obligé de quitter ton village ! C'est toi qui m'es venu en aide d'abord, tu te rappelles ? Quand Lars et Aidan m'ont capturée…

— Ils comptaient t'emmener au Grand Palais, et manifestement c'est là qu'on va, non ? ricana Boltz. J'ai simplement retardé une échéance.

— Tu as empêché Venig de me faire exploser la cervelle, dans la cave…

— Et nous avons bien vu que son don ne marchait pas sur toi. Tu parles d'une intervention héroïque… aïe !

Il se massa vigoureusement l'arrière de la tête en jetant un regard farouche à Maddie.

— Pourquoi tu m'as frappé ?

Maddie le contempla un instant sans rien dire, les sourcils froncés, puis s'adressa à Jaime d'un ton exaspéré :

— Il a toujours fait ça. Toujours !

— Fait quoi ?

— Il ne se rend pas compte ? demanda Jaime.

— Non, il n'en a aucune idée.

— Aucune idée de quoi, nom d'un dragon ?

— De tes talents, Boltz, de tes propres talents ! s'exclama Maddie, excédée. Est-ce que tu veux bien me rappeler ce qui s'est passé avant l'explosion ? dit-elle en ayant l'air de se préparer à enseigner une leçon particulièrement complexe à un enfant quelque peu obtus.

— Euh…

Boltz passa une main sur sa barbe.

— La Major était sur le point d'arrêter mon cœur, mais…

— Avant ça !

— Avant ça, je me suis battu contre les soldats, et…

— Voilà ! lâcha Maddie en levant les bras d'un geste théâtral. Tu t'es battu contre *trois* soldats, trois Bénis de l'Armée, seul ! Tu n'as pas pu t'empêcher de te ruer dehors quand tu as compris ce qu'ils allaient faire à ce vieil homme ! Arrête de sans cesse te dévaloriser, ça m'a toujours mise hors de moi. C'est compris ?

— Mais je…

— *C'est compris ?*

Le regard sévère de Maddie fit se ratatiner Boltz, et il finit par lâcher un « Oui » qui ressemblait à un grognement en regardant le sol.

— Je sais que c'est difficile à concevoir pour toi… Ton frère était ce qu'il était. Mais moi, je suis extrêmement fière de toi.

Boltz releva la tête. Comme il regardait Maddie, Jaime ne pouvait voir l'expression de son visage mais sa nuque paraissait écarlate à la lueur du feu. Un instant plus tard, Maddie le prit dans ses bras et il se laissa faire sans dire un mot. Lorsqu'ils relâchèrent leur étreinte, Maddie déclara en bâillant qu'elle avait eu bien trop d'action pour une seule journée. Elle sortit l'épaisse couverture qu'ils avaient préservée de leurs jours de cavale dans la forêt, s'emmitoufla dedans, et bientôt, ses légers ronflements se mêlèrent au crépitement du feu et au martèlement lointain de la pluie sur le lac. Boltz jeta un regard en biais vers Jaime et se râcla bruyamment la gorge.

— Bon, euh… tu es toujours convaincue de vouloir retrouver ton inconnu au manteau ?

Il ne leva pas les yeux vers elle. Jaime acquiesça avec un grand sourire sans cesser de le regarder, pendant qu'il se grattait la barbe d'un geste mécanique, la nuque toujours écarlate.

— Très bien, soupira-t-il avec dépit. J'imagine que ça ne sert à rien de discuter. Et puis, qui sait, peut-être qu'on retrouvera Wildorise…

L'expression de Jaime changea légèrement. Son sourire était toujours présent, mais il était empreint d'une légère tristesse.

— Alors comme ça, tu as changé d'avis ? Tu veux la retrouver, maintenant ?

— Sincèrement, je n'en ai pas très envie, non. Mais si on la croisait par hasard dans un couloir du Grand

Palais, ça pourrait être l'occasion de la ramener avec nous, j'imagine.

Pendant quelques secondes, il n'y eut que les ronflements réguliers de Maddie, et Jaime pouvait voir les flammes danser dans les iris de Boltz.

— Il est mort, dit-elle d'une petite voix.

Elle sentit tout à coup le bras de Boltz lui entourer les épaules à la manière d'une couverture, l'attirant vers lui dans une étreinte réconfortante. Une chaleur qui n'avait rien à voir avec le feu crépitant s'installa dans son ventre.

— Oui. Mais nous avons réussi à nous enfuir, alors voyons ce qu'on peut apprendre de toi et de qui tu es.

— Tu as donc décidé de te mêler des affaires des autres, finalement ? railla Jaime.

Pour toute réponse, il grogna et pencha la tête pour appuyer sa joue contre les cheveux de Jaime. Elle resserra son manteau autour d'elle et se pressa contre Boltz. Le feu continuait de danser joyeusement dans son foyer de galets, dégageant une odeur de bois fumé qui réchauffait l'atmosphère automnale. La pluie s'était allégée au cours des dernières minutes et la surface du lac tremblotait faiblement, reflétant la lumière de la lune qui, naissant derrière les nuages épars, scintillait comme des milliers d'étoiles sur les ondulations de l'eau. Les ronflements, eux, avaient cessé.

CHAPITRE XX
Les éclaireurs

— Saleté de reptile, va-t'en de là !

Adrasté se précipita vers Azur, dont la queue hérissée trahissait sa présence dans son sac. Dès qu'elle avait le dos tourné, ce satané animal en profitait pour fureter dans ses affaires et voler de la nourriture.

— Dis, ton lézard est aussi chapardeur que toi, le rouquin ! Je ne le répèterai pas, surveille-le ou…

— Désolé, désolé ! s'exclama Filik en se penchant vers le dragon.

— Tu ne vas pas pouvoir le contrôler encore longtemps, avertit-elle. Bientôt, il se rendra compte que tu représentes un déjeuner bien plus copieux que la viande séchée dans mon sac.

Ce n'était pas tout à fait vrai. Même si durant ces derniers jours, le dragon avait grandi à vue d'œil et devait maintenant avoisiner la douzaine de kilos, il n'avait montré aucun signe d'agressivité envers Filik. Adrasté sentait néanmoins que sa propre aversion pour le reptile était réciproque. Sentant l'étrange effet qu'Azur avait sur ses pouvoirs lorsqu'il était près d'elle, Adrasté avait pris l'habitude de s'isoler. Dès lors qu'elle mettait une certaine distance entre elle et le dragon aux écailles bleues, elle se sentait mieux. Cependant, durant ses absences, Azur avait également pris l'habitude de renifler son sac à la recherche de nourriture.

— Allez, viens, s'il te plaît ! Tu vas m'obliger à sortir la chaîne, sinon !

Azur se tordait pour échapper aux mains de Filik sous le regard flegmatique d'Adrasté. Comment allait-il pouvoir le contrôler lorsqu'il aurait véritablement atteint sa taille adulte, et qu'il lui suffirait d'un seul coup de queue pour déraciner un arbre ? Filik avait jusque-là répugné à utiliser la chaîne avec laquelle il tenait le dragon en place, mais avait dû s'y résoudre lorsque Azur devenait incontrôlable. En entendant le mot « chaîne » et sans cesser de se débattre, le dragon jeta à Filik un regard courroucé, comme s'il avait très bien compris la menace. « Tu n'oserais quand même pas ? », semblait-il dire. Il se débattit de plus belle.

— Bon, je ne vais pas avoir le choix, se lamenta Filik. Est-ce que tu pourrais…

Adrasté lui tendit la chaîne. Le dragon émit alors un cri de protestation et cracha un jet de feu qui enroba sa main.

— *Azur, non !*

Lâchant un juron de toute la force de ses poumons, Adrasté retira vivement sa main en la secouant avec force. En quelques secondes, elle vit apparaître des cloques blanchâtres, purulentes, et sentit une douleur piquante lui traverser la peau, comme si des milliers d'aiguilles la transperçaient à l'endroit où les flammes l'avaient brûlée.

Elle l'avait pourtant prévenu, ce crétin ! Elle se leva, au bord de l'apoplexie, soufflant comme un bœuf sous le regard paniqué de Filik.

— Je suis vraiment désolé ! Je…

— ESPÈCE DE…

Filik avait momentanément relâché son étreinte et le dragon y vit une opportunité. Il sauta des genoux de son maître en battant frénétiquement des ailes, atterrit au sol et serpenta parmi les arbres en soulevant des feuilles mortes sur son passage.

— *Azur, reviens ici !*

Filik s'empressa de le suivre en répétant :

— Je suis désolé ! Je dois le ramener ! Je t'aiderai à te soigner, c'est promis !

— Qu'il dégage, bon débarras ! rugit Adrasté, en rage.

Elle se rassit, toujours fulminante, et examina sa blessure. Ses doigts recouverts d'une fine couche de peau rosâtre tremblaient, et elle avait toujours l'impression d'avoir mis la main dans un nid de cactus. Stupide dragon. Elle posa avec précaution sa main valide au-dessus de sa brûlure et essaya de concentrer sa magie dans sa paume. Elle la sentit se déverser sur sa main, mais sa douleur ne diminua que très peu. Les cloques s'asséchèrent sensiblement, mais ce fut tout.

— Tiens, je vois que cette sale bestiole est partie…

Adrasté s'immobilisa, puis leva lentement les yeux. Elle n'avait baissé sa garde que quelques secondes. Quelques secondes durant lesquelles elle s'était concentrée sur sa blessure. Quelques secondes durant lesquelles deux personnes, un homme et une femme, étaient apparues à quelques mètres d'elle sans qu'elle les entende arriver. Ils paraissaient jeunes, mais leurs traits étaient tirés, comme s'ils n'avaient pas mangé depuis plusieurs jours. Leur posture ne laissait néanmoins deviner aucune fragilité, aucune déficience due à une sous-alimentation : ils se tenaient droits, alertes, comme s'ils s'apprêtaient à s'élancer. Mais ce n'était pas cela qui faisait plisser les yeux d'Adrasté. Ce n'était pas cela qui avait éveillé tous ses sens et l'incitait à rester sur ses gardes.

— Je vous reconnais, dit-elle. Ces sclères noirs, ces yeux verts… depuis combien de temps nous suivez-vous ?

L'homme se tourna vers la femme, les sourcils froncés. C'étaient effectivement ses yeux verts nichés dans des sclères noires qu'Adrasté avait une fois surpris à les observer. Cependant, une autre impression étrange subsistait lorsqu'elle regardait la femme, mais elle n'arrivait pour le moment pas à mettre le doigt dessus.

— Tu ne m'avais pas dit qu'elle t'avait repérée, dit l'homme sur un ton de reproche.

— C'était l'autre soir, répondit la femme d'un geste nonchalant de la main, comme si elle chassait une mouche. Mais elle ne m'a pas vraiment vue, et je me suis cachée…

— Tu connais les ordres, siffla l'homme, visiblement agacé. On devait juste la surveiller sans se faire repérer, surtout tant que le dragon était dans les parages !

— Oui, et il n'est pas là, maintenant, tu le vois bien !

— Ce n'est pas le sujet !

— Vous avez fini ? coupa Adrasté dans un soupir.

Ils tournèrent la tête vers elle, et elle agit en un éclair. Lame dehors, elle se rua vers eux, visant leur gorge. Elle les tuerait d'un seul et même coup. Tout compte fait, elle se fichait bien de savoir qui ils étaient : ils les suivaient apparemment depuis plusieurs jours et elle n'avait pas du tout senti leur présence. Non seulement ce satané dragon brouillait sa perception, mais ce couple semblait également présenter un certain danger : ils n'étaient pas totalement humains. Mais elle ne vit pas de sang, elle n'entendit pas de cri. À la place, une main se referma sur son bras et la projeta sur un arbre. Bien qu'elle n'eût pas mal, le choc lui fit lâcher son couteau. Elle se releva en tentant de comprendre ce qui venait de se passer. Loin d'avoir été surpris par son attaque, le couple la regardait en souriant.

— Il nous avait bien dit qu'elle était rapide !

— C'est vrai, elle a presque failli nous avoir… Mais elle n'a pas l'air en forme, tu as vu sa main ?

— Oui… voilà une information qu'il sera ravi d'apprendre, ça lui facilitera la tâche.

De quoi parlaient-ils ? Adrasté jeta un regard furtif à son couteau, tombé quelques centimètres plus loin. Cinq secondes auparavant, elle aurait foncé dessus sans hésiter, mais elle se rendait compte à présent que ces deux-là étaient également très rapides. Était-ce des Bénis avec les fameuses anomalies que lui avait rapportées Djaus ? Était-ce pour cela que ce qui était censé être le blanc de leurs yeux avait cette couleur de charbon ?

— Mais… on va vraiment le laisser faire ? bougonna la femme. Puisqu'on est ici, autant la tuer nous-mêmes…

— Oui, j'en ai bien envie aussi, seulement…

— Seulement quoi ? C'est une Malaen, chéri… Tu veux vraiment laisser passer ta chance ? Après tout ce qu'ils nous ont fait ? Avec nos nouveaux pouvoirs, on peut réellement se débarrasser de cette famille de malheur une fois pour toutes et retrouver Ago…

Ago… Ce nom lui était familier. Adrasté fouilla ses souvenirs sans détourner son attention de la conversation qui se déroulait devant elle. Dans leur chamaillerie, ils semblaient presque avoir oublié sa présence, mais elle avait le net sentiment qu'ils pouvaient être imprévisibles, instables même.

— Non, il a dit qu'il le ferait lui-même. On cherchera Ago une fois au Grand Palais.

— Je connais Ago, intervint Adrasté.

Une image lui revint : l'image d'une femme ressemblant beaucoup à celle qui se tenait devant elle, mais différente en plusieurs points. Elle s'était présentée devant elle au Grand Palais, plusieurs années auparavant… Enceinte. À cette époque, son visage n'était pas aussi émacié et ses yeux étaient normaux. Était-ce vraiment la même personne qui se tenait devant elle ?

— Il est mort, reprit-elle. Une de nos expériences a mal tourné et il…

— ASSEZ !

La femme avait hurlé si fort que des oiseaux s'envolèrent des arbres environnants, affolés. Elle s'avança vers Adrasté, mais l'homme la retint par le bras.

— Arrête… Je ne suis pas sûr qu'on devrait…

— Tu l'as entendue ! s'emporta la femme. Tu as entendu ce qu'ils ont fait à Ago ! Nous n'aurions jamais dû…

— Qu'est-ce qui nous prouve qu'elle dit la vérité ?

— Oh, c'est la vérité, assura Adrasté en donnant volontairement à sa voix un ton léger et insouciant. Je n'aurais aucun intérêt à vous mentir puisque je vais vous tuer.

Tout en parlant, elle plaçait ses pieds de façon à se rapprocher imperceptiblement de son arme. À moitié ensevelie sous les feuilles, il y avait une chance qu'ils ne l'aient pas repérée. Elle voyait les yeux flamboyants de la femme fixés sur elle et la sentait sur le point d'attaquer.

En temps normal, elle pourrait probablement la tuer sans difficulté, mais ils étaient deux, et à cause de ce fichu dragon, elle ne pouvait utiliser qu'une seule main…

— Nous avons tout essayé pour dupliquer son pouvoir. Au début, nous avons simplement essayé de transplanter un organe chez un autre humain – oh, pas un organe vital, nous avions besoin de le garder en vie…

— Espèce d'immonde petite…

— Et voyant que ça ne marchait toujours pas, nous avons fini par l'amputer et avons utilisé ses membres sur d'autres Bénis, pour voir si leurs magies pourraient se mêler, mais…

À ce moment précis, l'homme porta ses mains sur sa tête comme s'il était soudain pris d'une douleur insoutenable, libérant le bras de la femme qui se jeta sur elle, ses yeux verts exorbités dans une expression de folie sauvage. Elle était incroyablement rapide ; mais maintenant qu'elle savait à quoi s'attendre, Adrasté l'esquiva sans difficulté, plongeant vers son arme. Allongée sur le sol, elle positionna son couteau contre sa poitrine à l'aide de sa main intacte et pivota sur le dos au moment où la femme fondait à nouveau sur elle. Son plan eut l'effet escompté : la femme atterrit de tout son poids sur Adrasté, mais celle-ci ne la repoussa pas. Au lieu de cela, elle enroula ses jambes autour du bassin de son assaillante, réduisant son amplitude de mouvement. Enfin, concentrant sa magie dans sa main, et avant que la femme n'ait pu faire le moindre mouvement, elle enfonça la lame d'un coup sec dans son crâne. Les yeux toujours exorbités, une expression féroce figée à jamais sur son visage émacié, la femme s'effondra et eut quelques soubresauts nerveux. Adrasté repoussa vivement le corps sans vie, essuya le sang qui avait coulé sur son propre visage et se redressa en récupérant son couteau. Après quelques dernières faibles secousses, le cadavre ne bougea plus. Cependant, des larmes coulaient de ses yeux, confirmant les soupçons d'Adrasté.

Elle reporta son attention sur le compagnon de la femme, qui, incapable de bouger, les mains figées sur son crâne, ne cessait de répéter « Tu l'as tuée ! Espèce de monstre, tu l'as tuée ! ».

— C'est moi que tu traites de monstre ? s'indigna Adrasté en le jaugeant. Vous m'avez attaquée. Vous vouliez me tuer

— Nous… nous sommes les parents d'Ago, parvint à prononcer l'homme. Nous venons du village de Gandir et…

— Je sais qui vous êtes. Je me souviens de ta femme. J'étais là, le jour où elle s'est présentée pour faire bénir Ago, encore enceinte.

L'homme leva de grands yeux vers elle.

— Mais… tu ne devais pas avoir plus de…

— J'avais cinq ans, coupa Adrasté. J'étais une enfant, oui. Mais je me souviens.

Elle le regarda grimacer de douleur. Il avait l'air de souffrir atrocement.

— Ta femme t'a-t-elle déjà raconté comment l'Ancien Vœu bénit les nouveau-nés ?

L'homme fit « non » de la tête. Adrasté eut un rictus amer.

— Évidemment… je doute qu'aucune femme n'ait jamais répété ce qui se passait au Grand Palais lors d'une bénédiction. Ce qu'elles sont obligées de faire…

L'homme ne répondit pas. Il gémit et tomba à genoux.

— Qui t'a fait ça ? demanda Adrasté d'une voix sombre.

— J'ai… j'ai été béni… il est venu nous chercher, ma femme et moi, il y a quelques jours, et nous a transmis ses pouvoirs… il a dit qu'il nous vengerait, qu'il vengerait Ago, et que l'Ancien Vœu tomberait… une attaque imminente… une armée… Argh !

Il hurlait de plus en plus fort.

— Tu as été béni une fois adulte… Je pensais ça impossible, commenta Adrasté, plus pour elle-même que pour lui. Ça explique vos yeux et votre rajeunissement, mais qui…

— FAITES QUE ÇA S'ARRÊTE !!

L'homme s'était jeté au sol et se tordait de douleur. Il ne semblait plus capable d'écouter quoi que ce soit, et Adrasté songea que s'il ne mourait pas, il finirait sûrement par perdre la tête. Quelle torture… Elle s'accroupit près de lui et l'observa silencieusement. Cette étrange bénédiction l'avait peut-être rendu plus puissant, mais manifestement son corps ne le supportait pas. Il allait mourir, c'était certain. D'une mort lente et terriblement douloureuse. Elle regarda le corps de la femme étendu à quelques mètres de là, près de l'arbre au pied duquel elles s'étaient livré bataille. Puis elle s'approcha de l'homme agonisant. Elle posa sa main gauche sur son crâne, et il cessa aussitôt de bouger. Aucun de ses propres dons ne lui permettrait de le libérer de sa bénédiction : les Malaen ne possédaient pas à eux seuls la capacité d'intervenir sur les dons déjà implantés ; elle pouvait cependant lui offrir une mort rapide. Les doigts de l'homme se décontractèrent, et ses mains atterrirent sur le sol comme deux oiseaux morts. Elle se releva et vit que, tout comme sa femme, l'homme pleurait à présent depuis le Royaume des Morts. Cela se passait toujours ainsi : au terme de leurs vies, la magie qui avait habité le corps des Bénis s'échappait sous forme de larmes, s'écoulant doucement de leurs yeux, rejoignant la nature dans un voyage silencieux.

— Allez, dit Adrasté d'une voix forte, tu peux sortir de ta cachette maintenant, le chapardeur ! Ils sont morts.

Il y eut un bruissement de feuilles et de branches, et la tête rousse de Filik émergea d'un buisson, l'air craintif et embarrassé. Il tenait fermement Azur, qui avait apparemment abandonné l'idée de s'enfuir et regardait également Adrasté d'un air qui suggérait qu'il éviterait désormais de la contrarier. Ils avaient manifestement assisté à ce qui venait de se passer.

CHAPITRE XXI
La Capitale

Le réveil fut confus. Au petit matin, une agréable odeur de viande grillée chatouilla les narines de Jaime et la tira du sommeil : elle ouvrit les yeux et aperçut Maddie, l'air complètement réveillée, faisant réchauffer les restes du canard de la veille au-dessus du feu. Elle la regarda faire sans bouger, l'esprit encore embrumé, et Maddie dut se sentir observée car elle se retourna.

— Bonjour, dit-elle avec un petit sourire. Bien dormi ?

— Euh…

Jaime ne put s'empêcher de lui trouver un air entendu qu'elle ne comprit pas immédiatement. Lorsqu'elle voulut se redresser, elle remarqua que la tête de Boltz se trouvait à quelques centimètres de la sienne. La bouche légèrement ouverte, il était toujours profondément endormi, avachi sur un rocher. Apparemment, elle avait passé la nuit contre lui. Avec l'impression d'avoir plongé dans un bain d'eau chaude, Jaime s'assit en s'éloignant de Boltz et répondit un « Oui, je crois… » presque inaudible à Maddie, dont le sourire s'élargit. Elle reporta son attention sur les restes de canard au-dessus du feu et déclara :

— C'est très bien. Je trouve ça très bien.

Jaime pencha la tête sans comprendre.

— Tu es bien pour lui, je pense.

— Euh…

— Je rectifie, vous êtes bien l'un pour l'autre.

— Je ne comprends pas…

Maddie lui lança à nouveau un petit regard entendu, avec toujours un sourire bienveillant. Jaime s'installa près d'elle en bâillant et approcha ses mains de la chaleur du feu dans un frisson. La pluie avait cessé, mais elle sentait à présent que même son manteau d'hiver ne la protégeait plus très bien du froid. Repliée contre Boltz, dont le corps avait dégagé une chaleur agréable durant la nuit, elle ne pas s'en était rendu compte avant.

— Tu sais, même s'il reste têtu et convaincu qu'il n'a rien d'extraordinaire, reprit Maddie, il est plus sûr de lui depuis qu'il te connaît. Rien à voir avec le marmot que j'ai connu.

— Tu veux dire qu'il a changé à cause de moi ?

— Pas du tout, répondit Maddie en secouant la tête. Au contraire, il est bien plus lui-même. Tu lui as permis de se retrouver. Petit-déjeuner ?

Elle lui tendit quelques morceaux de canard embrochés.

— Merci, dit Jaime en prenant un bout de viande à l'aide de ses doigts en prenant soin de ne pas se brûler. Je pensais vraiment ce que je disais hier. Je lui dois beaucoup. Sans lui, je ne serais pas là.

Maddie sourit.

— Il n'a pas l'habitude d'être indispensable. Lorsque Venig sera rentré à la maison et que vous viendrez nous voir, j'espère qu'il aura compris à quel point les gens autour de lui ont besoin de lui. Avec Boltz dans le coin, je n'ai jamais ressenti le réel besoin d'avoir un fils, acheva-t-elle. Il était là, c'était suffisant.

Jaime déglutit. Maddie était encore persuadée que tout pourrait rentrer dans l'ordre, que Venig reviendrait et qu'ils retourneraient simplement à Gandir s'occuper de leur auberge. Elle n'avait encore révélé à personne ce qui attendait véritablement Venig. Comment annoncer à une femme comme Maddie que son mari était condamné ? Peut-être avait-il déjà perdu la raison. Combien de temps lui restait-il avant de subir le même sort que ceux qui, avant lui, avaient reçu le don de Zaël ? Elle serra les lèvres.

— Maddie, je… Je ne sais pas si Venig reviendra un jour.

— Bien sûr qu'il reviendra ! répliqua Maddie en gonflant les joues. Je connais mon Venig, il comprendra très vite que ce brindezingue déséquilibré l'a mené en bateau, et il reviendra !

— Ce n'est pas ce que je voulais dire, objecta Jaime. Je ne sais pas s'il sera *en mesure* de revenir.

— Alors nous irons le chercher. Je te le dis, je vais le ramener à la maison et il va m'entendre ! Je dirai aussi à cet illuminé ce que je pense de ses pratiques !

— Maddie… Même si nous parvenions à récupérer Venig, il…

Elle se tut un instant, prit une profonde inspiration et se lança :

— En fait j'ai appris que…

— Ah, du canard ! Peu orthodoxe dès le matin mais je suis affamé !

Boltz s'était réveillé sans qu'elles s'en aperçoivent. Il ouvrit la bouche dans un bâillement ostensible et vint s'asseoir entre elles, récupérant des morceaux de viande.

— Dis donc, c'était la mienne ! s'indigna Maddie. La tienne est là !

— Celle-ci est moins garnie, répondit Boltz en levant la branche qu'il venait de choisir. Mange, tu vas avoir besoin de forces, nous avons quelques heures de route avant d'arriver à la Capitale, et nous ne ferons pas de pause.

— Pas de pause ? répéta Jaime. Pourquoi ? Quelque chose presse ?

Boltz leva un doigt vers le ciel.

— Le temps. Regarde, la pluie d'hier était simplement un avant-goût. Si on se prend ces nuages, là-bas, on en aura pour plusieurs jours avant de pouvoir nous déplacer à nouveau.

Jaime inclina la tête. Elle pouvait en effet voir de sombres nuages, encore lointains, glisser dans le ciel du nord vers le sud. À en juger par la vitesse du vent, ils seraient sur eux en quelques heures. Ils plièrent donc bagages et enfourchèrent Prune et Klark, qui étaient manifestement ravis de pouvoir à nouveau galoper à toute vitesse dans les vastes champs. Le voyage dura effectivement plusieurs heures. À mesure qu'ils approchaient de la Capitale, ils croisaient de plus en plus de fermiers, commerçants, et voyageurs. Personne ne fit attention à eux, mais Jaime prit néanmoins soin de rabattre la capuche de son manteau. Sur les panneaux de bois indiquant les directions et les noms des villages, elle vit de plus en plus souvent apparaître le symbole de l'Ancien Vœu qui ornait également son bras.

— On sent bien plus leur présence, ici, commenta Boltz d'un air sombre.

Il avait également remarqué les symboles, qu'il fusillait du regard comme s'il les soupçonnait de préparer un mauvais coup. Ils atteignirent le sommet de la colline et le cœur de Jaime fit un bond : loin, très loin, dressées à la manière de deux doigts, scintillant sous le ciel pour l'heure dégagé, elle voyait deux tours d'un blanc nacré aux enluminures dorées dominer majestueusement les plaines.

— Les tours du Grand Palais, commenta Boltz. Très belles, non ? C'est là-bas qu'habitaient les piliers de l'Ancien Vœu.

Jaime s'arrêta sur son cheval et contempla les deux tours étincelantes jusqu'à en avoir mal aux yeux. Ainsi, elle avait grandi là-bas. Vécu là-bas. Peut-être au sein même d'un de ces somptueux bâtiments. Que s'y passait-il vraiment ? Zaël lui avait rapporté les atrocités des expériences menées sur les Bénis au sein du Grand Palais, et elle le croyait. Elle en avait sûrement aussi fait partie, sauf si elle était elle-même une Malaen. Cependant, il était tellement difficile d'imaginer que des choses aussi horribles puissent se produire au sein d'une bâtisse d'apparence si glorieuse… Elle ne parvenait pas à ressentir l'appréhension qu'elle avait tant attendu à la vue, même lointaine, de la Capitale. C'était même tout le contraire. Une sensation désormais familière la parcourait : sa magie lui parlait. Elle se concentra pour démêler son message. C'était comme retrouver une vieille connaissance… Un sentiment d'habitude… Un foyer. C'était ça. Elle avait l'impression de retourner à la maison. Si elle-même ne gardait aucun souvenir de s'être jamais trouvée ici, sa magie, elle, répandait en elle la même chaleur que devaient ressentir les voyageurs qui, revenant chez eux après une longue absence, humaient l'odeur familière des draps et des plats, et retrouvaient instinctivement leurs points de repères. Jaime se remit en route, Boltz et Maddie sur ses talons. Elle les avait sentis s'arrêter près d'elle. Ils l'avaient laissée contempler les tours du Grand Palais sans dire un mot, sans la presser à partir, et elle leur en était reconnaissante. Ils n'étaient plus très loin de la Capitale. Ici, les maisons étaient le plus souvent faites de pierre, contrairement aux chaumières de paille des villages plus éloignés tels que Gandir. Le haut de la muraille de pierre blanche apparut bientôt, et ils ralentirent en rejoignant le chemin large et dégagé qui menait à la grande porte, adoptant un rythme plus apaisé qui leur éviterait de se faire remarquer.

— Par Delpheris… lâcha Boltz, les yeux ronds.

Ils venaient d'atteindre le pont-levis qui menait à l'arcade principale de la Capitale. Jaime entendit Boltz murmurer d'un air ébahi :

— La Porte des Arènes…

Boltz leur avait expliqué que c'était la plus grande entrée de la ville, mais il avait omis de leur en faire une description. Juchée au sommet de l'arcade faite de pierres blanches, sculptée dans ce qui ne pouvait être que de l'or massif, une gigantesque roue de charrette agrémentée de vitraux en son sein ornait l'entrée principale de la ville. Tout comme les tours, qu'ils voyaient désormais de près derrière la muraille, elle réfléchissait la lumière d'une façon spectaculaire.

— Eh bien, tu es surpris ? demanda Jaime. Je pensais que tu avais déjà tout lu au sujet de la Capitale.

— Le voir dans les livres et en vrai… ce n'est pas pareil, admit Boltz. Je ne m'attendais pas à ça.

Ils prirent une profonde inspiration et s'engagèrent sur le pont. Ils n'étaient pas seuls : désormais, plusieurs autres voyageurs ou marchands sillonnaient le chemin, certains à pied, d'autres à cheval ou encore en carriole.

C'était parfait. Passer par l'entrée principale leur permettrait de se mêler au flux constant et leur éviterait de se faire reconnaître.

— Et puis, ils s'attendent à ce que tu sois loin, très loin de la Capitale, avait affirmé Boltz avant leur départ du lac. Je suis convaincu qu'ils ne s'imagineraient jamais que tu aies l'idée d'aller là-bas.

Il avait raison. En chemin vers la Capitale, ils avaient vu au loin sur des routes du nord des bannières indiquant la présence de Bénis de l'Armée : visiblement, ils avaient été déployés dans tout le Royaume, à la recherche de Jaime ou de la Némésis, ils n'auraient su le dire. Mais maintenant qu'ils se trouvaient devant la porte principale de la Capitale, ils voyaient que seuls quatre gardes surveillaient l'entrée, déployés par paire de chaque côté. Munis d'épées et de lances, ils paraissaient détendus et regardaient droit devant eux. Jaime abaissa sa capuche et lâcha ses cheveux.

— Qu'est-ce que tu fais ? chuchota Boltz d'un air affolé.

— Personne ici ne cache son visage, répondit Jaime. C'est ça qui risquerait de me faire remarquer.

Ils n'étaient plus qu'à quelques mètres de l'arcade, et ils devaient désormais tordre le cou pour voir la gigantesque roue de charrette au-dessus d'eux. Plus que quelques mètres et ils seraient au sein de la ville, d'où leur parvenaient déjà les clameurs. Jaime n'en revenait pas : c'était si facile… Étaient-ils à ce point convaincus qu'elle chercherait à mettre la plus grande distance possible entre elle et la Capitale ? Elle s'arrangea pour faire avancer Prune entre deux attelages de marchandises et se rendre un peu moins visible. Boltz s'engagea à sa suite. Lorsque, encadrés par les deux carrioles surchargées, ils parvinrent à la hauteur des gardes, Jaime retint sa respiration et vit

Boltz se tendre légèrement sur Klark, le regard fixe. Prune sentit sa nervosité et secoua vigoureusement la tête, faisant voleter sa crinière. Un des gardes tourna brièvement la tête vers elle, mais ne bougea pas.

— On y est, souffla Boltz.

Ils y étaient, oui. Sous leurs yeux s'ouvrait une vaste place circulaire qui s'étendait à perte de vue. En son centre, une somptueuse statue de nacre représentant une femme enceinte nue se dressait sur plusieurs dizaines de mètres, ouvrant les bras comme pour accueillir les passants. Sur sa poitrine, le symbole doré de l'Ancien Vœu réfléchissait la lumière, semblant la renvoyer sur toute l'assemblée. À côté de cette statue, celle de Gandir faisait pâle figure. Au pied du monument se pressait une véritable horde d'hommes et de femmes en robes blanches ouvragées de savantes coutures dorées, portant des offrandes et psalmodiant des prières d'adoration, les bras levés.

— Ils ont beaucoup de prêcheurs, ici, fit remarquer Maddie. Bien plus qu'à Gandir.

— C'est normal, dit Boltz, ils travaillent tous pour le Grand Palais.

Ils les virent intercepter de temps à autre un passant ou deux d'un air éthéré, et Jaime les entendit s'exclamer :

— Nous vous saluons, bénédiction suprême ! Unissez-vous contre la menace de notre temps ! La Némésis nous a trahis, mais l'Ancien Vœu subsiste !

— Offrez vos enfants pour la survie du Royaume ! Accueillez la magie de l'Omphalos en votre sein !

Un prêcheur se jeta soudain sur une petite fille qui marchait près de sa mère et l'agrippa par le poignet.

— Avez-vous fait bénir votre enfant ?

— Nous… nous avons été refusés, répondit la mère en baissant la tête, déconfite. Mais ne serrez pas si fort, s'il vous plaît…

La petite fille s'était mise à pleurer.

— Relâchez-la, vous lui faites mal !

Mais le prêcheur secoua vigoureusement la petite par le bras, le regard fou.

— N'abandonnez pas ! La bénédiction vous sera offerte si vous enfantez ! Enfantez !

Jaime entendit Boltz pousser un juron à côté d'elle.

— Espèce de…

Un homme se précipita alors sur le prêcheur et le repoussa brutalement. Après s'être assuré que la petite allait bien, il s'exclama :

— Bande de fanatiques, laissez-nous tranquilles !

Plusieurs visages se tournèrent vers lui, l'air scandalisés.

— Ch… chéri, balbutia la femme l'air effrayée. Tais-toi, je t'en supplie…

Mais il était trop tard. En un clin d'œil, Jaime vit apparaître dans la foule deux hommes affublés d'une roue dorée en insigne sur la poitrine. Ils s'avancèrent en direction de l'homme qui avait bousculé le prêcheur.

— Des agents, souffla Maddie.

Boltz acquiesça d'un air sombre. Avant que Jaime n'ait pu comprendre ce qui se passait, les agents avaient chacun agrippé l'homme par un bras et l'avaient entraîné loin de la foule sous les supplications de sa femme.

— Qu'est-ce qu'on peut faire ? chuchota Jaime.

— Rien… dit simplement Boltz. Là tout de suite, rien… Avançons, ne restons pas là.

Il lui fut difficile d'oublier cet incident, mais Jaime se força à se concentrer sur la raison de leur venue et pressa ses genoux contre Prune pour avancer. Elle ne devait pas se laisser distraire. Tout le monde semblait avoir immédiatement oublié ce qui venait de se produire. Tout autour des prêcheurs, les marchands bordant la vaste place circulaire mêlaient leurs voix au brouhaha ambiant et appelaient les passants depuis leurs étalages pour vendre leurs légumes, leurs poissons, ou leur bétail. C'était un chahut constant, ponctué de protestations ou de jurons lorsqu'un marchand s'offensait : *« Par l'Enfer des Delpheris, à ce prix-là, je perds de l'argent ! »*, *« Mon voisin vous le fera pour bien plus cher, je serai votre meilleure affaire du marché ! »*. Un fermier agita soudain une courgette d'une taille impressionnante vers Jaime :

— Profitez-en petite dame, elles sont excellentes, cette année ! Faites vos réserves en ce jour béni par nos bienfaiteurs !

— Gouttez plutôt mes fromages, je n'en ai presque plus, faites vite ce sont mes derniers, lança un fromager au nez rouge derrière son étalage presque entièrement vide.

Elle entendit Boltz lâcher un « Oh ! Mais oui, c'est aujourd'hui ! » à travers les clameurs des marchands. Voyant son regard interrogateur, il lui dit :

— Nous sommes le premier jour d'hiver, le jour des Grandes Réserves. J'avais oublié !

— Les Grandes Réserves ?

— Le premier jour d'hiver, Omphal célèbre la fertilité de ses terres et ses animaux en organisant un marché géant dans la ville : les fermiers, vignerons, et bouviers viennent de partout pour vendre leur bétail, leurs légumes… Les gens font leurs réserves pour l'hiver, et les marchands ont assez d'argent pour passer les mois difficiles.

— C'est une bonne chose, non ? répondit Jaime, étonnée.

Ce qu'elle avait entendu jusque-là de l'Ancien Vœu ne lui aurait jamais suggéré qu'une telle célébration puisse avoir lieu sous leur joug. La secte semblait simplement chercher le meilleur moyen d'utiliser les fanatiques comme moyen de grossir leurs rangs et accroître leurs pouvoirs.

— Oh oui, une très bonne chose, ironisa Boltz avec un sourire amer. C'est aussi la seule tradition laissée par les Delpheris, leur dernier héritage. Je pense que l'Ancien Vœu a senti qu'il ne fallait pas supprimer cette célébration s'ils voulaient préserver la paix… Tout le monde l'attend beaucoup chaque année.

Ils traversèrent la place sans s'arrêter, restant à bonne distance des prêcheurs. Des odeurs diverses les enveloppaient de part et d'autre, se mêlant les unes aux autres, s'intensifiant et changeant à mesure qu'ils avançaient. Une fois au calme dans une des rues donnant sur la place, ils décidèrent de faire une brève pause devant une boulangerie dont l'odeur du pain avait donné l'eau à la bouche à Jaime : ils n'avaient rien mangé d'aussi élaboré depuis plusieurs jours. Après avoir épuisé les provisions prises à La Petite Oie, leurs derniers repas avaient consisté en quelques champignons, fruits et petits animaux qu'ils avaient pu attraper dans la forêt, et ils n'avaient mangé les plats de Laïnen que faute d'une meilleure alternative. Jaime troqua ses dernières pièces contre une miche de pain fumante nappée de miel, qu'elle dévora en quelques secondes.

— Tu ne sais vraiment pas manger lentement ! s'exclama Boltz, qui tenait un pain de seigle et n'en avait pris que quelques bouchées.

— J'avais faim, répondit Jaime en fronçant les sourcils.

Boltz ricana et mordit à nouveau dans son pain.

— Ce que je donnerais pour une bonne bière,
quand même… Je ne me rappelle plus la dernière fois que
j'ai été sobre aussi longtemps.

Maddie, qui était restée silencieuse depuis leur
arrivée dans la ville, prit une profonde inspiration et dit :

— Laissez-moi ici.

— Pardon ?

— Je ne vous servirai à rien à partir de maintenant,
reprit-elle. Au contraire, je ne ferais que vous ralentir. Je
vous attendrai ici, près de l'entrée.

Boltz la dévisagea, les sourcils froncés. Jaime savait
ce qu'il pensait : sitôt qu'ils l'auraient laissée seule, Maddie
pourrait bien tenter de retourner à Gandir, où elle savait
que son mari pourrait venir la retrouver. Maddie, qui
venait de comprendre ce qu'il avait en tête, soupira en
levant les yeux au ciel.

— Je ne bougerai pas d'ici, d'accord ? Je te le
promets !

Boltz pinça les lèvres.

— Je ne sais pas… Comment ferons-nous si nous
devons rapidement nous enfuir ? Comment te
retrouverons-nous ?

— Si vous devez vous enfuir en vitesse, alors
laissez-moi simplement à la Capitale, trancha Maddie. Je
m'en sortirai sans vous.

Les mains sur la taille, le dos droit, ses grands yeux
intraitables fixés sur Boltz, elle s'était à nouveau muée en
la femme bienveillante mais autoritaire que Jaime avait
vue pour la première fois à son réveil à Gandir. Elle ne
présentait plus trace de la vulnérabilité qui l'avait
caractérisée ces derniers jours. Boltz plissa les yeux.

— Tu me *promets* de ne pas quitter la ville ?

— Oui.

— De ne pas chercher à retrouver Venig ?

— Oui ! De toute façon, Venig n'est sûrement plus à Gandir, maintenant, il a dû voir que j'étais partie !

Boltz soupira en se grattant la joue alors que la boulangère revenait vers eux en portant un lourd plateau de pain qu'elle disposa sur ses étagères.

— Bon, dit-il à voix plus basse. Reste dans le coin. Nous revenons te chercher dès que nous avons des informations.

Et ils s'enfoncèrent dans la Capitale, laissant Maddie en grande conversation avec la boulangère. Durant de longues minutes, ils ne virent que des ruelles pavées et bordées de maisons à pans de bois ou à colombages, accolées les unes aux autres. Certaines, couvertes de tuiles en bois de châtaignier, laissaient entrevoir à travers de grandes portes des cours intérieures où se pressaient des enfants avec leurs échasses. Les structures semblaient plus hautes que dans les autres villages que Jaime avait vus. Les rues se vidaient à mesure qu'ils s'éloignaient de l'entrée principale, et ne restaient à présent que quelques enfants qui couraient et jouaient au cerceau. À plusieurs reprises, elle vit Boltz se retourner, hésiter, se repositionner sur Klark, puis regarder à nouveau en arrière.

— Eh, lança-t-elle.

Boltz la regarda comme s'il avait oublié qu'elle était là.

— Elle ne craint rien. À moins que cette boulangère ne soit en réalité une dangereuse criminelle, elle ira bien.

— Je sais bien, admit Boltz dans un soupir. En fait, je pense même qu'elle est plus en sécurité comme ça, loin de toi et moi. Au moins, elle ne sera pas mêlée à tout ça, tant que ce Zaël de malheur ne pointe pas le bout de son nez avec son armée de dégénérés.

— Tu sais, il s'est fait torturer, fit remarquer Jaime. Il en veut à…

Boltz lui jeta un regard alarmé.

— … à l'Ancien Vœu, acheva Jaime dans un chuchotement.

Elle avait pris l'habitude de parler de l'Ancien Vœu à voix haute, ayant passé plusieurs jours seule avec Boltz et Maddie. Elle avait par conséquent presque oublié qu'ils se trouvaient précisément à l'endroit où ce genre de propos pouvait être entendu, répété et sanctionné.

— Ça je peux comprendre, dit Boltz d'un ton presque indifférent. Mais à la première occasion, je lui en colle une. On n'enlève pas les gens comme ça en les affublant de pouvoirs aussi bizarres…

— C'est bien ça, le problème, objecta Jaime. Je me demande s'il les a vraiment tous enlevés…

— Tu veux dire que certains l'auraient rejoint… de leur plein gré ?

— Ce n'est pas impossible, tu as bien vu que Laïnen nous a aidés … et il en est mort. Il doit sûrement y en avoir beaucoup d'autres qui n'attendaient qu'une ouverture, une façon de se dresser contre l'Ancien Vœu.

— Oh, oui, ça, il y en a ! fit Boltz avec un petit rire. J'en ai entendu plusieurs à La Petite Oie. Mais Venig…

— Peut-être pas Venig, mais je pense que certains y ont trouvé leur compte. Zaël m'a montré ce qu'ils lui ont fait. Si j'avais été à sa place, ou que quelqu'un de proche avait subi ça…

Jaime ne finit pas sa phrase. Elle s'était souvent demandé si elle-même, à la place des habitants de Gandir, n'aurait pas souhaité rejoindre le groupe censé éliminer les coupables de ces horribles mutilations. Si l'Ancien Vœu utilisait vraiment ses Bénis comme sujets d'expériences, elle n'éprouvait que plus de colère à leur égard. Après l'assassinat de Laïnen, elle s'était surprise à vouloir également se battre, attaquer la source. Seule sa perte de mémoire l'empêchait de réellement saisir en quoi l'Ancien Vœu avait pu lui faire du mal à *elle*.

— En parlant de Venig, dit Boltz, interrompant le fil de ses pensées. Je vous ai entendues discuter ce matin, avec Maddie. Maintenant, dis-moi ce que tu nous caches.

Comment arrivait-il à deviner ce qu'elle ne disait pas ? Jaime cligna des yeux et soupira.

— Zaël m'a dit que… que toutes les personnes à qui son don était transféré finissaient par perdre la raison et mourir. Même si nous arrivons à convaincre Venig de revenir, il mourra. Il est peut-être même déjà mort.

Jaime avait parlé très vite, d'une traite, soulagée de pouvoir enfin lui confier cette information. Boltz laissa échapper un faible « Oh… », les sourcils levés, comme s'il venait de recevoir une claque.

— Je me doutais que cette bénédiction sur des adultes ne pouvait pas être sans conséquences, mais là…

— Je voulais le dire à Maddie, mais…

— Surtout pas, coupa Boltz. S'il te plaît, ne lui dis rien pour le moment. Je dois réfléchir.

Jaime hocha la tête. Boltz tira soudain sur les rênes de son cheval, et elle l'imita.

— Pourquoi on s'arrête ?

— On va arriver, dit Boltz à voix basse en montrant la muraille qui se dressait à présent devant eux. Mais avant, je voulais mettre quelques choses au clair : s'il m'arrivait quelque chose, qu'on se faisait attaquer, tu me laisses m'en charger et tu t'enfuis immédiatement d'accord ?

— Sûrement pas.

— Jaime, tu…

— Non, non et non, s'emporta Jaime. Hors de question ! Je te rappelle que c'est moi qui nous ai sauvés de ces Bénis à Brimentz, non ? Tu as besoin de mes pouvoirs !

— S'ils te mettent la main dessus, on ne sait pas ce qui…

— Eh bien tant pis, s'entêta-t-elle. N'insiste pas.

Boltz ouvrit la bouche pour répliquer, mais il sembla soudain voir quelque chose derrière Jaime et s'écria :

— Eh ! Vous là, qu'est-ce que vous regardez ?

Jaime tourna vivement la tête. Une silhouette encapuchonnée sous une robe blanche et or identique à celle des prêcheurs se tenait à l'entrée d'une ruelle si étroite qu'ils ne l'auraient jamais remarquée s'ils n'avaient pas regardé précisément dans cette direction. Se fondant dans la ville de pierre comme une statue, la silhouette était voûtée dans l'attitude de quelqu'un qui ne souhaitait pas être vu, mais lorsque Jaime croisa son regard, elle put distinguer un visage ridé sous la cape ample qu'il portait. Lorsqu'il vit Boltz et Jaime s'avancer vers lui, il recula jusqu'à disparaître dans l'ombre de la minuscule ruelle.

— Eh, attendez !

Jaime démonta et se précipita à la suite du vieil homme, ignorant les avertissements de Boltz. La ruelle était d'une étroitesse telle qu'elle dut s'y engager de côté et marcher en crabe. Lorsqu'elle arriva au bout, elle s'arrêta brusquement : la muraille du Grand Palais se dressait juste au-dessus d'elle, grande, blanche, imposante. À droite comme à gauche, elle ne pouvait en voir la fin. La rue bifurquait progressivement, formant visiblement un vaste cercle entourant la muraille. Les rues étaient entièrement vides, à l'exception du vieil homme qui s'était appuyé sur la muraille quelques mètres plus loin et la contemplait calmement. Il souriait.

— S'il vous plaît attendez, risqua Jaime, le cœur battant, je crois que... je crois que nous nous connaissons.

Le vieillard découvrit son visage et son sourire s'élargit.

— En effet. Je dois dire que c'est très aimable à vous de me rapporter mon manteau.

PARTIE III

CHAPITRE XXII
Le tunnel

Lorsque Boltz parvint à traverser le passage étroit par lequel Jaime s'était engouffrée – non sans difficulté, car ses larges épaules l'avaient obligé à se contorsionner, ce qui l'avait considérablement ralenti – il se retrouva face à une scène très étrange. Jaime, les épaules tremblantes, serrait à présent le vieil homme dans ses bras. Ce dernier lui rendait son étreinte d'un air extrêmement fatigué, mais heureux. Ses yeux d'une couleur presque transparente étaient à moitié fermés, et il avait le dos tellement courbé qu'on l'aurait dit bossu. Lorsque Jaime relâcha son étreinte, Boltz put voir que ses yeux étaient rouges et qu'elle reniflait.

— Qu'est-ce qui se passe, ici ? demanda-t-il, interdit. J'ai dû attacher Prune et Klark en vitesse mais on ne pourra pas les laisser longtemps ici.

— Boltz... C'est lui ! C'est lui qui... qui m'a laissée à La Petite Oie ! parvint à prononcer Jaime en hoquetant.

Boltz ouvrit de grands yeux et dévisagea le petit homme.

— Qui êtes-vous ?

— Je m'appelle Djaus, répondit le vieil homme. Je travaille pour le Grand Palais, mais aucune inquiétude, ajouta-t-il précipitamment lorsqu'il vit le doigt de Boltz effleurer le pommeau de son épée.

Jaime posa une main sur l'épaule chétive de Djaus.

— Djaus était mon tuteur. Lorsque j'étais encore ici, c'est lui qui s'occupait de moi. Je l'ai vu dans le souvenir de Zaël.

Les yeux de Djaus s'ouvrirent très légèrement.

— Zaël ? Vous avez rencontré Zaël ?

— Brièvement, oui… vous le connaissiez ?

— J'ai vu passer beaucoup d'enfants au Palais… Je n'irais pas jusqu'à affirmer que je le connaissais, mais je me souviens très certainement de lui… Où l'avez-vous vu ?

— Dans la forêt de Gandir… Il y formait une armée pour… (Jaime baissa la voix en jetant un regard derrière elle) Pour attaquer le Grand Palais !

Djaus ferma les yeux comme s'il luttait contre une douleur intense.

— Pauvre enfant, murmura-t-il. Je savais qu'un jour, l'un d'eux chercherait à se venger. J'ai vu ce qu'ils leur ont fait…

— Attendez un peu, intervint Boltz en fronçant les sourcils. Vous nous suiviez ? Comment avez-vous su que nous étions ici ? Comment nous avez-vous trouvés ?

Le vieil homme cligna des yeux.

— Vous trouver ? C'est plutôt vous qui m'avez trouvé, jeune homme. J'habite ici, dit-il en désignant une petite porte en bois qui leur faisait face, nichée dans une maison à colombages. Je revenais des Grandes Réserves, et je vous ai vus. Je n'en croyais pas mes yeux, et j'admets que dans ma surprise, je n'ai pas été très discret, veuillez m'en excuser.

— Vous n'habitez pas au Grand Palais ? insista Boltz.

— Je crains qu'en tant que simple tuteur et palefrenier, je ne sois pas assez important pour mériter une place au sein même de ces murs bénis, répondit Djaus à voix basse.

— Qui étais-je, Djaus ? demanda Jaime d'un ton pressant. Pourquoi m'avez-vous laissée seule dans cette auberge à Gandir ? Pourquoi avoir effacé ma mémoire ?

Boltz vit ses yeux s'agrandir et ses poings se serrer d'impatience. Elle allait enfin avoir des réponses. Djaus prit une profonde inspiration :

— Ce n'est pas moi qui ai effacé votre mémoire, mais…

Il fut interrompu par des bruits de sabot.

— Ce sont les gardes du Grand Palais, leur chuchota Djaus. S'ils vous voient, ils vous reconnaîtront, venez vite !

Avec une agilité et une vitesse étonnantes pour un homme de son âge, il longea le mur sur plusieurs mètres et s'arrêta devant un anneau rouillé suspendu au mur. Il le tira vers lui et une porte jusqu'alors invisible se détacha du mur dans un grondement, dévoilant un tunnel sombre. La porte était exactement de la même couleur que le reste de la muraille, si bien qu'elle s'y confondait. Il aurait été pratiquement impossible de la trouver sans être au courant de son existence. Djaus eut un petit sourire en voyant leurs regards médusés et leur fit signe d'avancer. Ils s'engouffrèrent par l'ouverture, le dos légèrement vouté en raison du plafond particulièrement bas du tunnel. Djaus referma la porte dérobée en tirant cette fois sur un anneau accroché à l'intérieur, et ils se retrouvèrent dans le noir complet. Boltz huma l'air froid en frissonnant.

— Suivez-moi, intima la voix de Djaus, guidez-vous aux parois du tunnel, il n'y a qu'une seule sortie, vous ne vous perdrez pas.

— Où allons-nous ? demanda Boltz en tâtant le mur froid à sa droite.

Le bruit de leurs pas résonnait autour d'eux alors qu'ils avançaient le long du tunnel.

— Vous ne me faites pas confiance, je peux le comprendre.

— Je ne vous connais pas.

Il faisait de son mieux pour chasser toute antipathie de sa voix, mais ne pouvait s'empêcher d'être méfiant. Ils ne connaissaient pas cet homme, mais lui semblait savoir très exactement qui ils étaient. De plus, une lumière s'était mise à scintiller à quelques mètres d'eux : la sortie n'était plus très loin, et il préférait s'assurer qu'ils ne fonçaient pas dans un piège.

— Moi, je le connais, intervint la voix de Jaime, son écho se répercutant contre les parois du tunnel. Djaus était bien mon tuteur, nous pouvons lui faire confiance.

— C'était l'une de mes principales occupations au sein du Grand Palais, en effet… dit la voix chevrotante de Djaus avec une note de tristesse. C'est un sincère soulagement de vous savoir en vie, mais vous ne devriez pas être ici. C'est de la folie, le Royaume entier est à votre recherche.

— Djaus… J'aimerais comprendre pourquoi tout le monde me recherche. Me suis-je enfuie pour échapper aux expériences, comme Zaël ?

Boltz pouvait commencer à distinguer les silhouettes de Djaus et Jaime devant lui. L'obscurité autour d'eux se faisait moins épaisse. Ou peut-être ses yeux s'étaient-ils habitués.

— Vous n'étiez pas une Bénie comme les autres, répondit lentement Djaus. L'Ancien Vœu n'a jamais fait d'expérience sur vous. Et vous n'avez jamais songé à vous enfuir du Grand Palais.

— Comment suis-je arrivée à Gandir alors ?

— Je vous y ai emmenée. Je devais vous éloigner du Grand Palais. J'avais connaissance des événements qui devaient se tenir ce soir-là et je savais que vous seriez en danger ici.

— J'avais donc raison ! Mais pourquoi moi, Djaus ? Qui suis-je ?

« Qui suis-je, qui suis-je, qui suis-je… ».

L'écho de sa question resta suspendu quelques instants autour d'eux. Ils atteignaient désormais la sortie du tunnel et pouvaient presque y voir comme en plein jour. Durant un moment qui leur sembla interminable, Djaus resta silencieux, comme s'il décidait s'il devait répondre.

— Votre identité est le secret le mieux gardé de ces murs. De lui dépend l'équilibre de tout le continent d'Issyal. Seul un Malaen peut vous le révéler, je n'en ai pas le pouvoir.

— Djaus, s'il vous plaît…

— Nous y sommes.

Au bout du tunnel se trouvait une grille épaisse semblable à celles qui recouvraient les bouches d'égout. Lorsqu'ils y parvinrent, Djaus posa une main dessus mais hésita, puis s'adressa à Jaime en s'inclinant :

— Je suis très heureux de vous retrouver. Je suis également navré que ce soit dans ces circonstances, mais j'espère avoir pu vous aider en vous amenant jusqu'ici. C'est la cour du Grand Palais. En longeant la muraille de ce côté, vous trouverez les écuries. De là, il y a un passage qui vous mènera en-dehors de la ville par les égouts. Empruntez-le, et partez d'ici tant que vous n'avez pas été repérée. Il n'y a rien pour vous dans ce Palais.

— Pouvez-vous au moins me révéler mon véritable prénom ?

— Ton véritable prénom ? intervint Boltz, indigné. Tu ne m'avais pas dit que « Jaime » était un prénom d'emprunt !

— Cela aussi, je ne le peux pas, déclara Djaus. Veuillez m'en excuser.

— Pourquoi tant de secrets ? dit Boltz en s'avançant vers Djaus. Si vous voulez vraiment nous aider, la meilleure chose à faire serait justement de nous répondre, non ?

— Je le souhaite ardemment, acquiesça Djaus dans un soupir. Mais je ne peux littéralement pas vous le dire. Tant qu'un Malaen sera en vie, personne d'autre qu'eux ne pourra révéler à quiconque votre identité. C'est le secret de l'Ancien Vœu, et celui de personne d'autre.

Puis il désigna la grille.

— Pourriez-vous pousser cette grille pour moi je vous prie ? Je n'en aurai malheureusement pas la force.

Boltz hésita, les sourcils froncés, puis regarda Jaime, qui hocha légèrement la tête avec l'air de penser « Ce n'est pas grave, nous trouverons une solution ». Avec un grognement, il referma les mains sur les barreaux de la grille qui cédèrent dans un grincement grave. Le tunnel débouchait sur un minuscule jardin circulaire. Au centre, une magnifique fontaine de marbre blanc semblait illuminer l'espace d'une pâle lumière blanche. Boltz cligna plusieurs fois des yeux pour s'habituer au contraste provoqué par l'intense clarté suite à leur sortie du tunnel. Djaus resta derrière eux.

— C'est ici que je vous laisse.

— Quoi ? s'exclama Jaime. Djaus… Nous étions venus ici pour vous retrouver.

Djaus s'inclina.

— J'en suis flatté. Je ne pensais pas que vous vous souviendriez de moi. Mais je ne peux vous révéler ce que vous me demandez, votre Sainteté…

— Votre Sainteté ? répéta vivement Boltz.

Djaus baissa les yeux, comme s'il avait dit quelque chose qui le surprenait lui-même. Les yeux de Jaime s'écarquillèrent.

— Votre Sainteté… C'est comme ça que vous appelez les membres de l'Ancien Vœu… Je suis donc bien une Malaen ?

— Ce n'est pas… c'est compliqué. S'il vous plaît, n'insistez pas.

Djaus paraissait sincèrement effrayé désormais. Il tordait ses doigts ridés et osseux en reculant vers la grille, légèrement incliné vers Jaime. Boltz s'avança vers lui.

— Attendez un peu…

Mais Jaime le retint par le bras.

— Laisse… tu vois bien qu'il ne peut rien dire.

Boltz la dévisagea. Les yeux de Jaime n'étaient ni tristes, ni en colère. Il voyait qu'elle ne comptait pas abandonner. Simplement, contrairement à ce qu'ils avaient pensé, ce vieil homme ne serait pas la solution.

— Nous allons essayer d'entrer au Grand Palais, dit Jaime. Je suis sûre que nous pourrons trouver des réponses à l'intérieur.

— Vous n'avez aucune chance d'y entrer sans être vus, répondit Djaus. Vous seriez directement cueillis par les gardes. Allez aux écuries et trouvez le passage vers les égouts.

— Non, nous… commença Jaime, mais Boltz lui mit une main sur l'épaule.

—Tu souhaitais retrouver la personne qui t'avait laissée à l'auberge, non ? dit-il.

Jaime fit « oui » de la tête, les yeux baissés.

— C'est chose faite. Maintenant, allons-nous-en, d'accord ? Nous reviendrons, mieux armés, mieux préparés. Nous savons ce qui nous attend.

Jaime leva les yeux vers lui et hocha finalement la tête. Il put lire sur son visage un mélange de frustration et de déception. Il comprenait qu'elle veuille aller au bout, maintenant qu'ils étaient là. Seulement, si Djaus n'avait pas pu leur donner les réponses qu'elle attendait, ils ne pouvaient risquer de s'aventurer plus profondément dans les entrailles du Grand Palais. Cependant, Boltz avait lui-même une question qui le taraudait :

— Djaus, on raconte que la Némésis aurait épargné un membre de l'Ancien Vœu. Est-ce vrai ?

— C'est juste, répondit le vieil homme d'un ton qui invitait Boltz à poursuivre.

— Qui est-ce ?

— Il s'agit du créateur de l'Ancien Vœu. Le Malaen originel.

Boltz et Jaime ouvrirent de grands yeux.

— Mais… la secte a été créée il y a plus de cent ans, souffla Boltz.

— C'est également juste. Il a bien plus de cent ans.

— Pourquoi la Némésis l'a-t-elle épargné ? demanda Jaime.

Le visage lourdement ridé de Djaus se tendit sous les traits d'une soudaine réflexion, comme s'il tentait de se remémorer un événement désagréable.

— Je dois vous avouer que je l'ignore. J'ai beau avoir connu Adrasté Malaen, elle a toujours été imprévisible. Elle l'a épargné, c'est tout ce que je sais. Ces jours-ci, l'on raconte qu'il est très malade… et pourtant, de tout ce qui s'est un jour trouvé entre ces murs, il reste la chose la plus terrifiante.

Il parut se perdre dans ses souvenirs un instant, puis releva les yeux vers Jaime.

— Vous devez partir, maintenant. Trouvez les écuries. Suivez l'odeur, longez la muraille, et vous y serez.

— Ce serait trop vous demander de nous montrer le chemin ? demanda Boltz.

— Je suis surveillé, répondit Djaus. Être vu avec moi vous exposerait bien plus que vous ne le pensez. J'étais votre tuteur, ils s'attendent à ce que je vous aide.

Puis, avant que Boltz ou Jaime ne puissent poser plus de questions, il tira la grille derrière lui, qui se referma dans un bruit métallique, et il disparut dans l'obscurité.

CHAPITRE XXIII
Dans les profondeurs

— Je pense que tu devrais remettre ta capuche, ici. Certains gardes seraient sûrement capables de te reconnaître.

Jaime hocha la tête en réponse à Boltz, ses pensées se bousculant, formées de sentiments contradictoires. Chose à laquelle elle ne s'était pas attendue : maintenant qu'elle avait retrouvé Djaus, elle était encore plus frustrée. Les semaines précédentes, lorsqu'elle s'était sentie perdue, elle s'était réconfortée en pensant que cet homme était la clé. Qu'il était là, quelque part, prêt à tout lui expliquer. Qu'il lui suffirait de le retrouver pour que tout rentre dans l'ordre. En le voyant, une vague de soulagement l'avait traversée. Elle allait enfin obtenir des réponses ! Mais Djaus avait semblé terrifié lorsqu'elle avait insisté. Il avait refusé de répondre à tellement de questions… Jaime leva la tête vers la tour dorée la plus proche en plissant les yeux.

— C'est haut, hein, commenta Boltz, la main en visière. Et j'imagine qu'il ne sert à rien d'essayer de passer par la porte d'entrée en disant qu'on vient visiter…

— Djaus était clair, ça ne sert à rien d'essayer d'entrer au Grand Palais, grommela Jaime. Trouvons les écuries et allons-nous-en.

Boltz se tut un moment puis reprit :

— Tu es sûre qu'il faut lui faire confiance ?

— C'est notre seul allié dans cette ville, alors j'ai envie de le croire, dit Jaime en haussant les épaules.

Le jardin n'avait qu'une seule sortie. Il était circulaire, lié à la cour principale par une unique allée de pierre longeant la muraille. Au loin, ils pouvaient apercevoir des gardes immobiles devant l'entrée du Grand Palais.

— On a de la chance, regarde, dit Jaime.

À l'occasion des Grandes Réserves, plusieurs marchands avaient déployé leurs étalages dans la cour du Grand Palais. C'était une version miniature de la place à l'entrée de la ville, moins désordonnée et plus contenue. Autour des étalages se pressaient des domestiques travaillant sans doute pour les familles les plus aisées de la Capitale, ce qui permit à Boltz et Jaime de se déplacer au sein de la cour sans que personne ne les remarque. Tout était de blanc et d'or. À plusieurs reprises, Jaime ralentit et voulut s'arrêter pour admirer telle arcade ou telle statue, mais Boltz pressa légèrement sa main.

— Restons en mouvement pour avoir l'air de savoir où on va, tu veux ?

Ils marchèrent ainsi pendant plusieurs minutes, déambulant d'un air affairé entre les commerçants et les domestiques, évitant de trop s'approcher des gardes. Enfin, lorsqu'ils eurent traversé la cour, ils virent un renfoncement terreux où des marques de sabots se mêlaient à des brins de paille sur le sol. Ici, les dalles étaient plus sales et l'on pouvait entendre des bruits sourds ressemblant à des coups donnés contre une porte. « Clac, clac, clac ». Ils y étaient. Dans le souvenir de Zaël, elle avait aperçu les écuries, quoique brièvement. Elle s'y était vue, petite, assise sur un tas de paille. Il n'y avait pas de doute. Au bout de l'allée de terre se trouvait en effet une écurie qui pouvait bien contenir à elle seule quatre ou cinq fois l'écurie de Boltz. Lâchant la main de Boltz, elle leva la tête vers une mezzanine à l'aspect délabré. Elle saisit une échelle posée contre le mur et grimpa précautionneusement. En haut, il faisait sombre, et elle sentit de nombreuses toiles d'araignées se prendre dans ses épaules et ses cheveux lorsqu'elle se redressa sous le toit mansardé. Autour d'elle, elle vit plusieurs figurines de paille éparpillées au sol, attachées de part et d'autre par ce que Jaime identifia comme des cheveux. Des cheveux d'un brun chocolat, lisses et fins. Beaucoup de ces figurines représentaient des oiseaux ou des chevaux. Passant ses doigts dans sa propre queue de cheval, elle jeta un regard circulaire dans la mezzanine. L'unique lit avait été retourné. Le matelas, sale et en piteux état, était exposé et éventré. Des ustensiles en bois étaient disséminés entre les figurines de paille. La pièce avait été fouillée sans ménagement. Et cette odeur familière. Cette odeur qui les entourait... Sans cesser de regarder le sol, Jaime murmura :

— Boltz... je crois que c'était ma chambre. C'est ici que j'habitais.

Boltz, qui était apparemment arrivé aux mêmes conclusions, hocha la tête. Immobile devant le matelas éventré, ses traits se tordaient en une grimace à la fois furieuse et écœurée. Il serrait un oiseau de paille dans sa main. Elle le vit se tordre légèrement sous la force de sa poigne.

— Dégoûtant… C'est donc ça, le traitement qu'ils réservent aux enfants Bénis ?

— Je ne pense pas. Djaus a dit que je n'étais pas une Bénie comme les autres, rappela Jaime. Les enfants Bénis sont tous enfermés au sein du Grand Palais, comme Zaël. Attention, tu l'abîmes !

Elle prit l'oiseau de paille des mains de Boltz.

— Mais qu'est-ce qu'ils te voulaient alors ? s'exclama-t-il. Pourquoi te faire vivre dans un endroit si sordide ?

Jaime ne répondit pas. Qu'il était étrange de se retrouver dans cette pièce qu'elle était censée connaître, sans en avoir gardé le moindre souvenir. Les odeurs ne trompaient pas, et même son amnésie n'était pas parvenue à effacer ce sentiment familier : elle était convaincue d'avoir passé du temps dans cette pièce. Beaucoup de temps. Plus qu'une hypothèse, c'était en fait une certitude. D'instinct, elle avait su où se baisser pour éviter une poutre, et où éviter de poser le pied, là où une lame de parquet était branlante. Elle observa la figurine, pensive. Le sentiment de tristesse et frustration qu'elle ressentait lui semblait emprunté. Elle savait qu'elle était supposée être triste, en colère, même, de découvrir qu'au moins une partie de sa vie avait été passée dans cet endroit grotesque. Et pourtant, elle avait presque l'impression d'avoir de la peine pour une amie, plutôt que pour elle-même. Il était en fait presque réconfortant de retrouver ces fragments de son passé, ces animaux de paille qu'elle avait certainement passé beaucoup de temps à fabriquer pour s'occuper. Il y en avait tellement, et elle y avait mis tellement de soin…

— Ce ne sont pas mes cheveux, dit-elle soudain.

— Quoi ?

— Les cheveux sur cet oiseau… Ce ne sont pas les miens, dit Jaime en examinant quelques mèches effilochées de la figurine qu'elle avait récupéré des mains de Boltz. Regarde !

Il se pencha pour l'examiner.

— Par Delpheris, souffla-t-il. Tu as raison, ceux-là sont bouclés et épais…

Il ramassa une autre figurine qui représentait un cheval et l'approcha de la première.

— Certaines ont tes cheveux, d'autres ont ces cheveux bouclés.

Ils se regardèrent avec la même expression effarée.

— Tu crois qu'on était deux à habiter ici ?

— Oh, ça non, fit Boltz avec un petit rire fébrile. Il n'y avait qu'une seule personne ici. Regarde par terre : une seule gamelle, une seule cuillère, un seul gobelet… À mon avis, tu avais souvent de la visite.

Il s'interrompit un instant, examinant le sol.

— Encore des cheveux bouclés, marmonna-t-il en brandissant un petit cheval. Là, ce sont les tiens… Ici aussi, les tiens… Ah, une autre avec des cheveux bouclés. Vous aimiez beaucoup les oiseaux !

Plusieurs mèches de cheveux avaient été utilisées pour attacher et faire tenir les brins de paille entre eux et fabriquer des ailes ouvertes, donnant l'impression d'un oiseau en plein vol. Elle en prit un et le glissa dans la poche de son manteau.

— Allons-y, dit-elle. Nous ne trouverons rien d'autre ici, nous avons déjà perdu beaucoup de temps. Il faut trouver l'entrée vers les égouts.

Ils redescendirent l'échelle sous le regard curieux des chevaux, qui les observaient comme s'ils comprenaient ce qui se passait. Jaime s'avança vers le cheval le plus proche et lui caressa l'encolure. Il se laissa faire en penchant son énorme tête. Il la reconnaissait. Ils la reconnaissaient tous.

— Il pourrait quand même faire un effort, le vieillard, remarqua Boltz, le nez retroussé. Elle ne sent vraiment pas bon, cette écurie…

— Ça sent les égouts, dit lentement Jaime. On doit se rapprocher.

En effet, derrière le dernier box à cheval, une énorme caisse en bois cachait à moitié une petite grille qui lui arrivait presque au genou.

— Alors là, pas de doute, grimaça Boltz. Ça vient bien d'ici.

Jaime s'apprêta à tirer sur la grille, mais hésita. Elle jeta un regard circulaire, et Boltz parut deviner ce qui la tracassait.

— Je te l'ai dit, on reviendra, assura-t-il. Mieux préparés, cette fois.

— C'est que je… je pensais qu'on y était, tu comprends ? Que j'allais enfin trouver toutes les réponses et…

— Et mettre fin à mon calvaire ? fit Boltz avec un sourire en coin.

Pour toute réponse, Jaime le serra dans ses bras. Rien de ce qu'elle aurait dit n'aurait pu mieux exprimer la reconnaissance qu'elle ressentait à son égard. Lui qui avait laissé son propre passé derrière lui pour l'aider à retrouver le sien, défié des agents de la secte pour lui venir en aide, et risqué sa vie pour lui éviter d'être capturée. Bientôt, grâce à lui, elle trouverait ses réponses. C'était, du moins, ce qu'elle espérait. Boltz faisait preuve d'une telle abnégation que Jaime se sentait souvent coupable de l'avoir déraciné de façon si brutale. Il devait avoir hâte de retrouver sa propre écurie, ses propres chevaux, son village, ses habitudes. Tout cela lui manquait, elle le savait. Elle le sentit l'enlacer à son tour.

— Qu'est-ce que vous faites encore ici ?

Boltz et Jaime sursautèrent. Djaus venait d'arriver et les regardait avec une expression terrifiée, le souffle court, la respiration sifflante. Il se traîna vers eux de sa démarche chaloupée avec toute la vitesse que lui permettait son corps frêle et referma ses longs doigts osseux sur les épaules de Jaime.

— Quelqu'un… quelqu'un vous a vue entrer dans la Capitale… Vous devez vous dépêcher !

Les mots de Djaus résonnèrent dans l'esprit de Jaime sans qu'elle ne parvienne d'abord en saisir le sens. Ce fut Boltz qui réagit le premier.

— Ils savent que nous sommes ici ? Comment ?

Il s'avança vers Djaus d'un air menaçant.

— Vous ne les auriez pas un peu mis sur la voie, dites ?

— Non, souffla Jaime, sentant une vague de froid l'envahir. Ce n'est pas lui, Boltz. Un garde m'a vue à l'entrée de la Capitale… J'étais nerveuse et Prune l'a senti, ça a attiré son attention… Je pensais qu'il n'avait pas relevé, mais…

Boltz lâcha un juron et prit une profonde inspiration. Ils entendirent au loin des bruits de pas rapides se rapprocher de l'écurie dans un tintement de ferraille.

— Vite, par-là !

Ils se ruèrent vers la grille, que Boltz arracha d'un coup sec, et Jaime se contorsionna pour passer par l'étroite ouverture. Ici, l'odeur était presque insupportable, l'air humide et fétide. Boltz s'engagea à sa suite avec beaucoup de difficultés.

— C'est parti !

— Boltz, attends !

Jaime se tourna vers Djaus. Elle répugnait à partir sans lui. Il leur était venu en aide et il allait en payer le prix.

— Il a raison, vous devez partir ! somma Djaus en replaçant la grille. N'allez pas à droite, ou vous tomberez sur les cachots. À gauche, vous trouverez une sortie qui vous mènera en dehors de la ville.

— Quand pourrai-je…

Mais sa voix s'étrangla. Elle aurait voulu demander « Quand pourrai-je vous revoir ? » mais la question elle-même était trop douloureuse, tant l'issue lui paraissait incertaine. Le vieillard sembla comprendre et eut un sourire fatigué en replaçant la grille.

— C'est sans importance, Votre Sainteté. Rappelez-vous simplement ceci : Je ne suis pas celui qui vous aidera. Restez en vie. Je vous en prie.

Mais alors qu'il poussait la lourde caisse de bois pour camoufler la grille, une vingtaine de gardes vêtus de lourdes armures d'un fer blanc frappé du sigil circulaire de l'Ancien Vœu sur la poitrine entrèrent en trombe dans l'écurie. Il se redressa brusquement et Boltz tira Jaime en arrière d'un mouvement sec. À présent figés dans le tunnel nauséabond des égouts, ils ne pouvaient plus voir ce qui se passait dans l'écurie mais entendirent un des gardes déclarer :

— Palefrenier, nous avons reçu des informations indiquant que la gardienne aurait été vue à la Capitale. Où est-elle ?

La gardienne ? Parlaient-ils de Jaime ? Djaus ne répondit pas. Manifestement, les gardes n'avaient pas remarqué la grille. La grosse caisse ne la dissimulait qu'à moitié mais c'était suffisant. Jaime sentait son cœur battre la chamade. Une horrible impression de déjà-vu lui broyait l'estomac.

— Eh bien, palefrenier, as-tu perdu ta langue ?

Boltz la regardait avec un air d'appréhension grandissante, l'air de penser « Attention… ». Allait-elle encore perdre le contrôle de ses pouvoirs ?

— Je ne peux pas vous aider, je suis navré, murmura la voix de Djaus. Je ne sais rien à ce sujet.

Jaime se rendit compte que tout son corps tremblait violemment. De rage ou de peur, elle ne savait dire. Cela ne pouvait pas se reproduire… Comment les gardes savaient-ils que Djaus leur était venu en aide ?

— Saisissez-vous de lui, ordonna une voix autoritaire.

Jaime fut prise d'une nausée qui n'avait rien à voir avec l'odeur pestilentielle des égouts, mais Boltz lui saisit le visage entre les mains en formant silencieusement les mots « Calme-toi ». Elle plongea son regard dans ses yeux de bleu et d'or mais ne put s'empêcher d'entendre avec horreur les coups répétés et les cris de douleur du vieil homme. Elle sentait les mains de Boltz se crisper sur ses joues. Ses yeux trahissaient une colère profonde, mais tous deux restèrent là, immobiles, muets, impuissants.

— Ça suffit. Voyons voir s'il est prêt à parler. Palefrenier. Où se cache la gardienne ? Nous savons que tu l'as aidée.

Pour toute réponse, Djaus laissa échapper un faible gémissement et parvint à articuler :

— Je ne… peux rien… je ne…

Il y eut un long silence, puis :

— Je vois…

Les coups reprirent de plus belle, et Djaus lâcha un dernier cri de douleur. Jaime tenta de se dégager, les yeux exorbités, mais Boltz resserra son étreinte, une expression de douleur sur son propre visage. Elle savait qu'il serait inutile qu'elle intervienne. Elle le savait pertinemment. Ils étaient bien trop nombreux. Elle luttait également pour ne pas perdre conscience, pour contrôler sa colère. Le sentiment de révolte qui l'habitait ressemblait en tout point à celui qui l'avait envahie la veille à la Chaloupe Ivre, et cela avait suffi à libérer une quantité phénoménale de ses pouvoirs. Elle devait garder le contrôle : si elle le perdait ici et se faisait repérer...

— Assez. Emmenez-le.

Il y eut un nouveau tintement de ferraille, et Jaime murmura « Laisse-moi » à Boltz. Il hésita, la regarda longuement dans les yeux puis relâcha son emprise. Lentement, précautionneusement, elle risqua un regard par la grille : plusieurs paires de jambes s'éloignaient, traînant derrière elles le corps ensanglanté de Djaus qui respirait avec difficulté, le visage meurtri, méconnaissable. Elle sursauta lorsqu'une nouvelle paire de jambes apparut à quelques centimètres de son nez : un des gardes était resté en arrière. Il n'avait manifestement pas vu l'ouverture devant laquelle il se tenait, mais inspectait l'écurie en ouvrant les stalles des chevaux et en déplaçant les tas de paille, espérant sûrement débusquer Jaime.

— Allons-y, maintenant ! chuchota Boltz d'un ton pressant.

Jaime acquiesça, poings et lèvres serrés. Ils s'éloignèrent à pas feutrés dans le tunnel où s'écoulaient par moment des filets d'eau, prenant soin de rester au sec. De temps à autre, une goutte d'eau glacée tombait sur la tête de Jaime, la faisant sursauter.

— Ils vont le tuer, dit enfin Jaime après de longues minutes, lorsqu'elle fut certaine que personne ne pouvait les entendre. C'est ma faute...

— Je suis désolé, répondit Boltz, d'un air tout aussi abattu. Il nous a prévenus, et j'aurais aimé le sortir de là... mais ç'aurait été inutile. Nous ne sortirions pas vivants d'une confrontation au sein même du Grand Palais. Nous serions cuits. Tu l'as entendu, non ? Il t'a demandé de rester vivante et c'est ce que tu as fait.

Jaime hocha la tête sans pour autant se sentir réconfortée. Ils arrivèrent devant une bifurcation où le chemin se divisait en deux parties. Et elle s'engagea machinalement à gauche, comme l'avait indiqué Djaus, mais elle vit du coin de l'œil que Boltz ne la suivait plus.

— Qu'est-ce qu'il y a ?

— Djaus a bien dit qu'à gauche, c'était la sortie, c'est ça ? Et à droite, les cachots ?

— Il me semble bien, oui.

Boltz eut un bref moment d'hésitation. Il regardait le tunnel de droite, les sourcils froncés.

— Je me demande si… par Delpheris, si j'ai raison, ce serait de la folie.

— Quoi ?

— Il suffirait qu'on parvienne à… mais si on se faisait prendre…

— *Quoi ?*

Elle n'obtint pas de réponse. Boltz avait un comportement très étrange. Il s'était remis à se gratter la joue en regardant à droite, puis à gauche, faisant les cent pas, ricanant nerveusement. Il paraissait en proie à un dilemme interne particulièrement ardu. Il amorça un mouvement pour se remettre en route mais poussa un grognement, s'arrêta et mit les mains sur ses hanches. Jaime l'observait, désarmée. Elle aurait très certainement trouvé le spectacle désopilant si les circonstances avaient été différentes. Boltz prit une profonde inspiration, gonflant ostensiblement sa poitrine, et tourna la tête vers Jaime comme s'il venait de se rappeler sa présence. Il y eut un moment de silence ponctué uniquement de quelques « plic, plic » provoqués par l'eau qui s'égouttait depuis les tuyaux jusque dans le canal central à leurs pieds, semblable à une minuscule rivière. Puis Boltz pointa le tunnel de droite du doigt sans détourner son regard de Jaime.

— Aux yeux de l'Ancien Vœu, les Profanes sont des traîtres. Mais des traîtres utiles, non ?

Elle hocha la tête. Où voulait-il en venir ?

— Ils ont été rappelés, poursuivit Boltz, ce qui signifie que d'une façon ou d'une autre, ils devaient servir l'Ancien Vœu. Alors si tu veux mon avis, même si on ne sait pas réellement ce qu'il advient d'eux, l'Ancien Vœu a probablement voulu les garder à portée… Dans les cachots, par exemple. Tu ne crois pas ?

Jaime comprit alors ce que Boltz avait en tête, ce qui lui fit étouffer une exclamation.

— Boltz… On ne peut pas ! C'est trop risqué !

— N'est-ce pas ? répondit Boltz avec un rire presque incontrôlable.

— Si les Profanes sont effectivement emprisonnés dans les cachots, ils doivent être extrêmement bien gardés ! souffla Jaime dans un ton où perçait un mélange d'appréhension et d'effarement. Je n'ose même pas imaginer le niveau de sécurité ! Nous n'avons aucune chance de les libérer.

— Je suis entièrement d'accord avec toi, mais… tu ne veux pas au moins essayer ? railla Boltz sans parvenir à totalement effacer sa propre peur de sa voix. Je pense que personne n'aura l'idée de venir nous chercher dans ces égouts puants, alors…

Il se plaça devant Jaime et son ton se fit plus sérieux.

— Je n'irai pas si tu ne le veux pas. Notre priorité, comme disait Djaus, c'est de te garder en vie. Si tu souhaites partir d'ici, je te suivrai. Simplement…

— Je comprends, le rassura Jaime. Je comprends très bien. Allons-y. Essayons de voir si nous pouvons trouver les Profanes.

Ils s'engagèrent dans le tunnel de droite, plus sombre et humide que l'autre. Seuls leurs pas résonnaient contre la pierre, amplifiés par le sol mouillé. Jaime sentit à nouveau une goutte atterrir sur le sommet de son crâne. Elle frissonna, mais ce n'était pas à cause du froid.

— Tiens, l'eau est plus chaude, ici.

— On doit être vraiment proches du but alors… Le Grand Palais est constamment chauffé.

Jaime ne répondit pas, mais fronça les sourcils. Il lui paraissait étrange que le Grand Palais chauffe également ses cachots. Elle sentit un nouveau frisson la parcourir. Pourtant, aucune goutte ne lui était tombée dessus cette fois. L'odeur putride des égouts s'était dissipée, mais une autre odeur autrement désagréable s'était installée.

— Tu entends ce bourdonnement ?

— Quel bourdonnement ? demanda Boltz en continuant de marcher en regardant autour de lui.

Jaime se gratta vivement l'oreille, mais le bruit ne disparut pas ; il s'intensifia même.

— Boltz… Je crois que ma magie essaie de me dire quelque chose. On dirait un avertissement.

Ils se trouvaient dans une obscurité quasi-totale à présent. Les bruits d'eau se réverbéraient autour d'eux et le tunnel était devenu beaucoup plus étroit. La puanteur leur collait à la peau, comme un râle d'animal. Ils avançaient plus lentement, tendant l'oreille, trébuchant de temps à autre sur le sol inégal. En se concentrant, Jaime parvenait à ignorer le bourdonnement, mais son corps entier tremblait et frissonnait, et une boule se développait dans son ventre. Le tunnel était désormais si étroit qu'ils devaient marcher l'un derrière l'autre. Un petit carré de lumière commençait à apparaître au bout de ce qui semblait être une impasse, et Jaime sentit les muscles de son corps se tendre.

— Je crois qu'on y est presque, murmura-t-elle.

— J'en ai bien l'impression…

Ils se rapprochèrent du fond de l'impasse et se serrèrent pour regarder à deux par l'évasure à peine plus grande qu'une chatière, et Jaime crût alors qu'elle allait s'évanouir. Tout près de son nez, encore plus près que ne s'étaient trouvées les jambes du garde un moment plus tôt, gisait au sol une griffe de la taille de son bras. Quatre autres griffes, toutes provenant d'une patte recouverte d'écailles, accompagnaient la première. Celles-ci disparaissaient un peu plus haut derrière une aile repliée, qui se soulevait et s'abaissait légèrement, à un rythme régulier. Près de l'énorme patte griffue, une mâchoire arborée d'écailles d'un bleu profond et de cornes jaunâtres émettait un grondement grave semblable à une vibration. À chaque expiration, un vent brûlant portant toute la puanteur des entrailles de la gigantesque masse sombre se répandait dans l'air. Luttant contre une frénétique envie de courir loin, très loin, aussi vite qu'elle le pourrait, Jaime tourna lentement la tête vers Boltz et rencontra son visage figé. Aucun d'eux n'osa respirer. Rien n'aurait pu les préparer à cela, et pourtant, à quelques centimètres d'eux, plongé dans un profond sommeil dans les abîmes du Grand Palais, était étendu un gigantesque dragon.

CHAPITRE XXIV

Le complot

— Ne m'approche pas ou je te tue.

— J'essaie de t'aider !

— Il faut te le dire en Ildari pour que tu comprennes ? Je ne veux pas de ton aide !

— Qu'est-ce que tu racontes ? Les Ildari parlent la même langue que… aïe !

Adrasté s'empara d'une seconde pierre, prête à l'envoyer à la suite de celle qui venait de rebondir sur la tempe de Filik. Celui-ci se massa le crâne en lui jetant un regard de reproche. Il déposa par terre un tas de plantes qu'il venait de cueillir dans la forêt.

— Pourquoi tu ne veux pas m'écouter ? ronchonna-t-il.

— Si je ne t'écoutais pas, il y a longtemps que j'aurais réduit ta bestiole en charpie, gronda Adrasté d'un ton menaçant avec un regard venimeux en direction du dragon attaché à un arbre près d'eux.

— Tu vois bien qu'il est désolé et qu'il s'en veut !

Adrasté avait l'impression d'avoir entendu cette phrase mille fois maintenant. Aussi étrange que cela paraisse, elle avait en effet noté un changement dans le comportement du dragon. Auparavant turbulent, curieux de ses affaires et remuant, Azur avait apparemment abandonné toute idée de la contrarier et n'avait plus tenté de fouiller son sac, ce qui était heureux car il avait désormais la taille d'un gros chien. De petites piques commençaient à hérisser les contours de sa mâchoire et remontaient jusqu'à ses tempes, et ses ailes avaient quasiment doublé d'envergure. Déployées, elles étaient chacune presque aussi grandes qu'un corps adulte. Il n'avait pas non plus tenté de l'approcher, préférant rester à bonne distance en la regardant avec ce qu'elle interprétait comme une certaine animosité. Les fois où, involontairement, elle se retrouvait près de lui, il lui rappelait sa présence par un grondement sourd. Le message était clair : il ne l'aimait pas. Cependant, il comprenait suffisamment de choses pour savoir qu'Adrasté était la chasseuse : autrement dit, c'était elle qui ramenait ses repas. Azur était vorace et pouvait désormais dévorer jusqu'à un demi-cerf par jour. Adrasté avait ainsi le sentiment que le dragon et elle avaient tacitement convenu de tenir leur relation au strict minimum. Il ne la brûlerait pas vive tant qu'elle lui fournirait des quantités satisfaisantes de viande, et elle ne le tuerait pas tant qu'il garderait ses distances.

— Il a vu ce que tu as fait à ces deux monstres, il ne te cherchera plus de noises, je te le promets ! Maintenant, laisse-moi te soigner !

Filik se sentait coupable, elle le savait. Depuis qu'il était revenu et avait pu assister à son combat, dissimulé derrière un épais buisson, il ne cessait de s'excuser de la difficulté que sa blessure avait pu lui causer.

— Laisse-moi te soigner, allez ! J'ai eu des brûlures à n'en plus compter, c'est une des premières leçons à Ilderad ! répéta-t-il avec obstination en secouant ses grandes boucles. Regarde, j'ai tout ce qu'il faut !

— Non merci, rétorqua Adrasté. Je vais me retrouver avec des pustules ou une infection. Je me soignerai seule ça sera très bien.

— Oui, c'est vrai que ton pouvoir a l'air de très bien fonctionner ! lança Filik sans se démonter.

Adrasté ravala la réplique qu'elle brûlait de lui lancer. Elle ne lui connaissait pas ce ton sarcastique et ne voulait pas l'admettre, mais l'état de sa brûlure ne s'était pas amélioré. Ses pouvoirs lui avaient permis de reconstituer la peau rendue molle, rose et humide par la brûlure, mais rien n'y faisait : au bout de quelques heures, sa main finissait par redevenir suintante et douloureuse. La blessure ne se propageait pas, cependant. Elle refusait simplement de se résorber.

— Et toi alors, qui vantes les mérites des éleveurs de dragons. J'ai cru comprendre que c'était justement une vocation que tu souhaitais éviter, non ?

— Je n'aime pas être au contact des dragons, ni les chevaucher, c'est vrai. Mais j'ai appris à les soigner, à soigner leurs brûlures, bref tout ce qu'il y a à savoir.

— Si c'est vrai, pourquoi il ne t'écoute pas, celui-là ?

Filik haussa les épaules et jeta un regard songeur à Azur, qui suivait leur conversation d'un air intéressé.

— C'est ce que je ne comprends pas. Son instinct devrait l'y contraindre, mais… il est différent ! Ça arrive parfois à certains dragons. Généralement, ils sont trop dangereux quand c'est comme ça, alors on les tue tant qu'ils sont jeunes. Non, pas toi, Azur, ajouta-t-il en s'adressant au dragon qui venait de lâcher un grondement de protestation indignée. Personne ne te tuera, c'est pour ça que je t'ai ramené ici. Mais tu dois m'écouter, tu es encore trop vulnérable pour qu'on te laisse partir tout seul !

Il s'accroupit face au dragon et voulut le caresser entre les cornes mais le reptile secoua la tête, faisant briller ses écailles, et souffla par le nez. Il finit par se lover en ramenant son aile sur lui, tournant le dos à Filik. Ce dernier soupira d'un air triste.

— Bon, qu'est-ce que tu attends ?

— Euh… pardon ?

— Tu me montres comment marchent tes plantes magiques ? grogna Adrasté en s'asseyant.

Elle vit cependant le visage de Filik s'illuminer de joie et ajouta aussitôt :

— Mais attention hein ! Si je vois la moindre trace d'infection, si ça empire ou si je vois que tu ne sais pas ce que tu fais…

— Oui, oui, je sais : tu me tues.

Adrasté hocha la tête sans rien dire. Quelques minutes plus tard, Filik avait récupéré le petit tas de plantes ramassées dans la forêt et achevé de mélanger ce qui ressemblait désormais à une pâte lourde, lisse et verdâtre. Il se pencha au-dessus d'Adrasté et hésita.

— Euh… il faudrait que tu… que tu me donnes ta main.

Il rougit violemment, même si c'était difficile à distinguer sous ses taches de rousseur et la masse de cheveux qui lui couvrait le visage. Adrasté exposa sa paume. Filik trempa deux doigts dans la pâte et entreprit d'en déposer une couche sur la brûlure.

— Tu es sûr de ton coup, le chapardeur ?

— Complètement, affirma-t-il.

L'instant d'après, Adrasté eut la sensation que le tiraillement de sa peau disparaissait petit à petit. La plante répandait une sorte de fraîcheur dans sa main. Elle sentit ses dents se desserrer et s'en voulut presque de son acerbe comportement envers Filik ces derniers jours. Elle sentit un sourire se frayer malgré elle un chemin sur ses lèvres.

— Je te l'accorde, le rouquin. Ça a l'air de marcher, ton mélange magique.

— Ce n'est pas vraiment magique, répondit Filik avec un rire nerveux, en fait je pense que ton pouvoir est tout simplement inefficace, mais un remède naturel marche sans problème, comme sur n'importe quelle brûlure.

Dans un mouvement du pouce circulaire et minutieux, il faisait pénétrer la pâte avec une délicatesse dont elle ne l'aurait pas cru capable. Il refusait toujours de lever la tête vers elle.

— Je dois te dire quelque chose… Mais avant…

Il se râcla la gorge.

— J'ai entendu ce que te disaient… les monstres qui t'ont attaquée. Tu as vraiment tué leur fils ?

Il retint sa respiration, les lèvres serrées. Adrasté, elle, leva la tête vers les nuages, qui semblaient les suivre. Ils n'avaient cessé de changer d'endroit depuis l'attaque, préférant se déplacer la nuit pour ne pas se faire remarquer avec Azur. Puisqu'ils étaient manifestement suivis, elle préférait éviter toute nouvelle confrontation tant qu'elle n'aurait pas récupéré l'usage de sa main.

— Non, dit-elle enfin. Mais je me souviens de lui. Il était très jeune, mais il avait un don très utile : il pouvait aspirer l'eau de tout ce qu'il touchait, même l'eau dans l'atmosphère, la vapeur… Il pouvait donc survivre des années sans boire la moindre goutte d'eau. C'était incroyable. Mais je ne l'ai ni tué, ni torturé. Ce n'était pas mon rôle.

— Alors pourquoi avoir dit ça à ses parents ?! s'exclama Filik, incrédule. Tu leur as aussi menti quand tu leur disais être une Malaen ? Ils se sont trompés ?

— Non, ça c'est vrai. Je suis Adrasté Malaen, tu peux arrêter de m'appeler Némésis, dit Adrasté en ignorant ses yeux ronds. Et tu les as entendus. Que je l'aie tué ou pas, ça ne changeait rien, ils voulaient ma peau. Je voulais simplement les mettre en colère. Un adversaire en colère est un adversaire moins réfléchi, plus vulnérable.

— Tu as dit que ce n'était pas ton rôle, de tuer et torturer les gens, reprit Filik qui avait l'air de se demander s'il devait ou non être soulagé. Mais alors… quel était ton rôle ? Pourquoi tu es partie ?

Adrasté secoua la tête.

— Aucune importance. Simplement, j'ai décidé d'en finir avec tout ça.

— C'est pour ça que tu voulais traverser la frontière, murmura Filik. Je comprends mieux. Alors tu… tu fais vraiment partie de l'Ancien Vœu…

Adrasté s'amusa un instant à déchiffrer son expression qui semblait osciller entre l'admiration, la crainte révérencielle et l'incrédulité. Il ne savait pas pour le massacre, cependant…

— Qu'est-ce que tu voulais me dire alors ?

— Eh bien… Si tu es effectivement une Malaen de l'Ancien Vœu… alors je dois te prévenir. L'homme a parlé un moment d'une attaque imminente sur le Grand Palais. Tu te souviens ?

Adrasté fit « oui » de la tête. Filik ouvrit la bouche et la referma, manifestement en proie à un de ses habituels – et très irritants – dilemmes durant lesquels il n'arrivait pas à décider si oui ou non il devait parler.

— *Et donc ?*

— Et euh… Ne m'en veux pas, hein… Je t'avais dit que j'étais venu ici pour explorer Omphal mais…

— Est-ce que tu vas enfin me dire ce que tu fais réellement ici ? lança Adrasté. Tu pensais que j'allais vraiment gober ton histoire de voyage avec ton animal de compagnie ?

— Oh mais cette partie est vraie, s'empressa de préciser Filik, ils allaient vraiment tuer Azur ! Seulement… avant de partir, j'ai entendu quelque chose…

Il prit une profonde inspiration.

— Je t'ai déjà dit que mes parents sont importants. Ils sont dans les hauts rangs décisionnaires d'Ilderad, comme tous les éleveurs de dragon, et parfois, le Conseil se tient dans notre château… Ce soir-là, ils étaient avec un homme que je ne connaissais pas. Ils lui parlaient comme à un vieil ami et j'ai surpris leur conversation… Ils parlaient de faire tomber Omphal… De détruire l'Ancien Vœu et prendre le pouvoir de la pierre sacrée. Ils prévoyaient une attaque de la Capitale… Et je pense que le monstre parlait de ça.

Il marqua une pause, et voyant qu'Adrasté ne disait rien, il reprit :

— Je… La raison pour laquelle je suis venu ici… C'était pour ça. Ilderad prépare une guerre. Je pensais aller jusqu'à la Capitale mais je me suis vite rendu compte que tout seul, c'était trop risqué, surtout avec un bébé dragon…

— C'est sûr que tu n'as pas très bien calculé ton coup, répliqua Adrasté en levant les yeux au ciel.

— J'ai toujours admiré les pouvoirs des Bénis et les histoires qu'on en raconte, alors je voulais… Je voulais aider à éviter une guerre, marmonna Filik avec la voix de plus en plus basse, le teint rouge. Écoute… si Ilderad attaque, vous n'avez aucune chance. On dit que l'Omphalos est perdue, que l'Ancien Vœu ne l'a pas réellement. Sans elle, si Ilderad attaque, vous perdrez.

Adrasté s'adossa à son arbre, les sourcils froncés. Ce que Filik venait de lui dire était une chose ; ce qu'elle en déduisait en était une autre.

— Ces deux monstres ne venaient pas d'Ilderad, finit-elle par dire après un long moment de réflexion, mais de Gandir. Je pense qu'ils ne savaient rien des intentions d'Ilderad.

— Quoi ? Mais alors, qui ?

— Quelqu'un d'autre. Quelqu'un qui cherche à me tuer, moi, et cette personne a manifestement constitué sa petite armée de larbins Bénis pour ensuite s'en prendre à la Capitale et à tous ses fanatiques.

Filik ouvrit de grands yeux et Adrasté laissa échapper un rire jaune.

— Je crois que d'ici peu de temps, la Capitale se retrouvera assaillie par une armée de Bénis dénaturés et l'armée d'Ilderad.

Les yeux de Filik s'écarquillèrent encore un peu plus.

— Deux armées… en même temps ?

— Oui, et je ne pense pas qu'il s'agisse d'un hasard. Il se passe des choses qui nous avaient échappé jusque-là.

Adrasté se mit soudain debout, faisant sursauter Filik. La Capitale… Elle ne souhaitait pas y retourner. Les fanatiques, les gardes, les prêcheurs… Ils pouvaient tous mourir calcinés sous le feu des dragons, elle s'en moquait bien. Cependant…

— Il faut qu'on aille à Gandir, déclara-t-elle.

— Gandir ? répéta Filik en clignant des yeux. Mais… je pensais que… la Capitale…

— Nous allons à Gandir, un point c'est tout.

Elle aurait voulu aller vers le sud du pays. Trouver la mer et peut-être partir pour toujours. Mais elle devait faire quelque chose avant. La mer devrait attendre.

CHAPITRE XXV
Les cachots

Non. Non, non, non. Ce n'était pas possible. Ce qu'il voyait ne pouvait pas être réel. Ce ne pouvait *pas* être réel. En vérité, il commençait à comprendre ce qui se passait. Il devait être chez lui, dans sa ferme, endormi, pris en otage par son sommeil dans un long cauchemar dont il allait bientôt être libéré. Ce ne pouvait être que cela. Un de ces longs cauchemars, si longs qu'ils donnaient la sensation de se dérouler durant toute une vie... Puis l'on se réveillait. Et l'on se sentait bien ridicule d'avoir été si effrayé. C'était très exactement ce qui se passait à présent. Non ? C'était pourtant la seule explication logique. Boltz cligna des yeux. Si Jaime n'avait pas murmuré « Un dragon... » près de lui, il aurait vraiment cru qu'il rêvait, que ce qu'il croyait voir n'était en fait qu'une hallucination et que les vapeurs puantes des entrailles de la Capitale avaient fini par lui faire perdre la raison. Mais cette puanteur, qui trouvait très certainement son origine dans le souffle nauséabond de ce dragon, lui donna un haut-le-cœur : non, il ne rêvait pas. La lueur des écailles nacrées, chacune de la taille d'une main d'adulte, était bien réelle ; l'était également le râle sourd et vibrant créé par la respiration du gigantesque animal. Il dormait dans une étrange pièce circulaire aux murs de pierre si hauts qu'il leur était impossible d'en voir le plafond, même en tordant le cou. En penchant la tête, Boltz aperçut à l'opposé de là un unique couloir par lequel un humain pourrait aisément passer ; impossible, cependant, d'y insérer même une seule patte de dragon.

— Alors, dit Jaime d'une voix si basse que Boltz devait lire sur ses lèvres pour comprendre, qu'est-ce que tu veux faire ?

Boltz examina le monstre devant eux. Comment diable l'Ancien Vœu avait-il réussi à récupérer un dragon ? Un *dragon*... Des cornes pointues hérissaient les endroits les plus improbables de son corps, et sa mâchoire légèrement entrouverte laissait voir des crocs grisâtres. Il dégageait une telle chaleur qu'il réchauffait tout le périmètre. S'ils se réveillait et décidait de les carboniser, ils n'auraient nulle part où se cacher pour l'éviter...

— Faisons demi-tour, reprit Jaime. On reviendra les sauver, on sait ce qui les garde, maintenant !

— Non, attends, chuchota Boltz. J'aimerais quand même essayer.

— Un *dragon*, vraiment, Boltz ? s'emporta Jaime en faisant de grands gestes des bras tout en s'efforçant de ne pas élever la voix. Sauver Djaus de ces gardes était trop dangereux, mais un *dragon*, tu y vas sans hésiter ? *Vraiment* ?

— Un dragon *endormi*, rectifia Boltz sans oser croiser le regard de Jaime. Et non, pas sans hésiter... Mais tu as raison, c'est dangereux alors tu n'as qu'à...

La suite de sa phrase mourut dans sa gorge face au regard d'avertissement que lui lança Jaime. Il s'apprêtait à dire « Tu n'as qu'à partir sans moi », mais il savait qu'il n'y avait aucune chance pour qu'elle accepte de rester derrière. De plus, il devait admettre que ses dons l'avaient tiré de quelques mauvais pas : elle pourrait lui être utile. Cependant, il tenait à être clair.

— Écoute, c'est moi qui ai voulu venir ici. Tu as encore le choix. Je te rejoindrai à la sortie de la ville avec les Profanes, si je réussis à les libérer, et ensuite…

— Ensuite, rien du tout ! chuchota Jaime en élevant légèrement la voix pour interrompre Boltz, qui lui intima de baisser le volume d'un geste paniqué. Je viens, c'est tout. Tu as vu qu'il y avait un couloir, là-bas ?

— Oui. Je pense que c'est là que les Profanes sont détenus, ce doit être les cachots. Et je pense que pour sortir, ils doivent être obligés de passer par là-bas, donc si l'un d'entre eux tentait une évasion, un petit coup de flammèche dans le couloir et hop… Réduits en cendre !

— Un système de sécurité infaillible, commenta Jaime d'un air sombre.

Boltz eut un sourire douloureux. Son cœur battait la chamade et il devait empêcher tout son corps de trembler comme une feuille. Mais il ne ferait pas marche arrière. S'ils parvenaient à contourner le dragon, ils pourraient accéder au couloir qui menait sûrement vers les Profanes. En admettant qu'ils aient raison…

— Bon… suis-moi. Et ne fais pas de bruit ! Il respire assez fort mais restons prudents.

— Euh… tu veux dire… *là-dedans ?!* souffla Jaime en désignant la petite ouverture. Maintenant ?

— Oui, immédiatement, répondit Boltz. En ce moment, il dort, alors il faut en profiter !

Il vit un brin d'hésitation subsister dans les yeux de Jaime, mais son expression changea après quelques secondes et elle hocha vivement la tête, les lèvres serrées. Il reporta son attention sur le dragon : ce dernier dormait toujours, soulevant son énorme ventre au rythme de ses profondes respirations. Ignorant sa joue qui le démangeait furieusement, Boltz se hissa alors par le trou dans le mur de pierre, passant sa tête, ses épaules, et enfin ses jambes. Il se remit debout et jeta un coup d'œil derrière lui : la bête était toujours endormie. En se retournant pour aider Jaime, il vit que celle-ci avait déjà aisément passé son corps, plus menu que celui de Boltz, par l'ouverture. Durant un court moment, ils contemplèrent la créature sans bouger. S'il tendait son bras, Boltz pouvait toucher les écailles bleutées. Il était persuadé que son cœur battait tellement fort qu'il finirait par les trahir. Du côté de la tête du dragon, un large passage permettait de rejoindre l'autre côté de la pièce et d'accéder au couloir. Hors de question, cependant, de s'y risquer : l'espace plus étroit qui se trouvait derrière la queue était certes plus délicat à emprunter, mais au moins, ils ne risqueraient pas de passer trop près de ses oreilles et de révéler leur présence. S'il se réveillait, ils auraient au moins le temps de se cacher. Boltz rasa le mur, Jaime derrière lui. Encore quelques mètres… La queue du dragon s'enroulait autour de son corps à quelques centimètres d'eux, et ils durent se tenir dos contre le mur et rentrer le ventre pour éviter d'effleurer le reptile. Un grondement s'éleva soudain : le dragon remua lourdement et fit basculer sa tête. Boltz sentit la sueur couler le long de sa nuque, mais l'énorme reptile ne se réveilla pas. Sa queue hérissée glissa à la manière d'un serpent et Jaime dut faire un léger saut pour en éviter le bout. Boltz vit qu'elle luttait de toutes ses forces pour ne pas hurler. Ils n'étaient plus qu'à quelques pas de l'entrée du couloir. Lui-même sentait à peine ses jambes, et le fait qu'il ait encore la force de se déplacer tenait du miracle. Ils parvinrent enfin à atteindre le couloir et s'y engouffrèrent silencieusement. Ils étaient enfin hors du champ de vision du dragon. Jaime ouvrit la bouche mais Boltz porta un doigt devant ses lèvres : il souhaitait vérifier que personne ne se trouvait à proximité avant de trahir leur présence, même à voix basse. Mais le couloir était désert. Des supports de lanternes vissés aux murs indiquaient qu'il était parfois éclairé, mais aujourd'hui tout était éteint et ils n'y voyaient pas à plus d'un mètre. Ils firent plusieurs pas supplémentaires pour s'éloigner du dragon, et lorsqu'ils furent suffisamment loin, Boltz tomba à genoux et sentit son visage se fendre d'un rire nerveux.

— Jaime… Jaime ! On a… on vient de… on vient de passer devant un… un dragon ! Un *dragon*, tu te rends compte ?

Jaime, qui s'était effondrée contre le mur à côté de lui, le visage blême, la tête entre les mains, marmonnait dans un flot continu, en proie à une étrange panique contenue. Ses lèvres ne cessaient de former les mots « un dragon » et ses yeux semblaient regarder Boltz sans le voir, ce qui accentua son hilarité. Il lui donna un petit coup sur l'épaule.

— Par Delpheris, tu te rends compte ! On l'a fait ! Et… oh…

Son sourire s'effaça quelque peu.

— La tête de Maddie quand on va lui raconter ça… Oh là là… Elle ne va pas aimer… Pas aimer du tout…

Jaime parut récupérer la parole à ce moment précis et eut à son tour un rire moqueur.

— C'est vraiment ça qui t'effraie le plus, là, tout de suite ? pouffa-t-elle. La réaction de Maddie ?

— Elle peut être très effrayante, tu sais ! protesta Boltz en riant également à moitié.

— J'imagine bien, concéda Jaime, les épaules encore tremblantes.

Ils restèrent là quelques secondes, secoués de soubresauts, réalisant peu à peu ce qu'ils venaient d'accomplir. Boltz songea également que, loin d'être sortis d'affaire, ils allaient probablement devoir faire le chemin en sens inverse s'ils ne trouvaient pas d'autre issue.

— Je suis fou d'avoir voulu faire ça, murmura-t-il soudain. Complètement fou.

Jaime ricana en hochant la tête, ce qui scandalisa Boltz.

— Tu peux rire, mais tu es là aussi ! Tu es folle de m'avoir suivie. Tu aurais pu rester.

Jaime leva la tête vers lui.

— C'est vrai, j'aurais pu, dit-elle avec un sourire en plongeant son regard pétillant dans le sien.

Il ne saurait jamais qui s'était penché en premier. Peut-être avaient-ils agi en même temps. Ou peut-être avait-il fallu une milliseconde à l'un pour comprendre ce que l'autre s'apprêtait à faire. Ce que Boltz savait, c'est qu'il ne voulait plus attendre avant de l'embrasser : les lèvres de Jaime souriaient encore au moment où elles avaient rencontré les siennes. Qu'il était étrange de se sentir ainsi coupé de tout au moment où il se retrouvait face au plus grand danger qu'il n'ait jamais eu à affronter. Il n'aurait su dire si c'était à cause de l'euphorie, de l'adrénaline ou du contact des lèvres de Jaime, mais pendant quelques instants, sa peur disparut complètement. Il savait que le dragon se trouvait encore à quelques mètres d'eux, qu'il aurait suffi qu'il se réveille et qu'il regarde par le couloir pour qu'ils soient fichus. Mais était-ce si grave ?

Après un instant – ou quelques minutes ? – il crût entendre quelque chose. Un bruit discret. Des chuchotements ? Il recula, rompant leur étreinte et croisant brièvement le regard de Jaime, qui sourit à nouveau en se râclant la gorge. Il lui rendit son sourire, regarda par-dessus son épaule et cligna des yeux. Trois personnes les regardaient d'un air interdit, regroupées derrière des barreaux de fer. Une cellule… Le couloir était si sombre qu'il ne les avait pas remarquées auparavant, mais il voyait désormais plusieurs cellules alignées le long du mur : dans chacune d'entre elles, des groupes de personnes à l'aspect cadavérique les observaient d'un air tantôt curieux, tantôt amusé. Certains d'entre eux, assis ou allongés en position fœtale, ne paraissaient pas avoir remarqué leur présence, ou du moins n'y accordaient aucune importance. Tous, cependant, portaient au bras la même marque que Jaime. Cette dernière, qui venait également de les remarquer, s'empourpra violemment.

— Euh… murmura Jaime à voix basse, son front toujours à quelques centimètres de celui de Boltz. Je crois que… que nous avons trouvé les Profanes !

— Je crois que c'est plutôt eux qui nous ont trouvés, rectifia Boltz avec un petit rire en se tournant vers les prisonniers.

— Boltz ? fit une voix.

Il se figea. Derrière la cellule la plus proche, un des prisonniers le regardait d'un air incrédule.

— Nous nous connaissons ? demanda Boltz en s'avançant de quelques pas.

— Tu viens de Gandir, non ?

Boltz acquiesça. L'homme était grand, d'une maigreur extrême, et ses cheveux ondulés étaient si longs et négligés qu'ils lui tombaient sur les épaules. Il ne se rappelait pas l'avoir jamais vu. Il regarda autour de lui d'un air gêné. Plusieurs Profanes se tenaient désormais aux barreaux de leurs cellules pour assister à l'échange.

— Tu ne me reconnais pas… Rien d'étonnant, marmonna le Profane en baissant les yeux. Nous étions petits, et bien entendu je suis méconnaissable.

Boltz plissa les yeux dans la pénombre.

— Je suis désolé, mais je ne vois pas…

— Nous jouions souvent ensemble à Gandir, avec ton grand frère. Puis j'ai été rappelé…

— Assil ? balbutia Boltz en ouvrant de grands yeux.

Ce n'était pas possible. Et pourtant, en entendant son nom, Assil sourit. Boltz se pressa contre les barreaux et agrippa ses épaules, mais desserra presque aussitôt son emprise : sa peau grisâtre s'étirait en fine couche sur ses os saillants, et il paraissait extrêmement fragile.

— Assil ! C'est vraiment toi ? Que t'ont-ils fait ?

— Ce qu'ils font à tous ceux qui tentent de leur échapper, répondit Assil avec un léger mouvement de tête qui avait l'air de signifier « C'est évident, non ? ». Ils nous enferment et nous maintiennent en vie le temps de nous trouver une utilité. Mais *toi* qu'est-ce que tu fais ici ?

— On va vous libérer ! déclara Boltz.

Indifférent aux réactions de surprise d'Assil et des autres Profanes, Boltz se mit frénétiquement à regarder autour de lui en quête d'une façon de forcer les cellules.

— Je vous expliquerai, mais on doit trouver une façon de sortir d'ici… Vous avez bien des pouvoirs, non ? Pourquoi vous ne vous libérez pas ?

Il ne voyait aucun garde pour les surveiller.

— On ne peut pas utiliser nos pouvoirs, maugréa Assil. Ils sont annihilés par ce dragon, là-bas. On se garde bien de nous enseigner ça à Omphal !

Boltz cligna des yeux. Voilà bien une chose qu'il ne savait pas. Ce dragon était non seulement une arme pour garder les visiteurs à l'extérieur, mais également pour séquestrer les Profanes à l'intérieur en les privant de leurs pouvoirs.

— Comment ont-ils réussi à récupérer un dragon ? Je pensais que seuls les Ildari en avaient le contrôle !

— Je n'en sais pas plus que toi, répondit Assil. Simplement, la proximité de ce dragon nous empêche de ressentir nos pouvoirs. Impossible de les utiliser.

— Je le sens aussi, intervint Jaime. J'entends un bourdonnement constant, comme si quelque chose perturbait ma magie…

— Zut… C'est malin, lâcha Boltz. Si tu ne peux pas utiliser tes pouvoirs, on est dans de beaux draps !

— Je n'ai jamais dit que je ne pouvais pas les utiliser, protesta Jaime, simplement, j'ai l'impression de devoir plus me concentrer.

— C'est intéressant, quel don as-tu ? demanda Assil.

Jaime ouvrit la bouche, mais Boltz intervint :

— C'est compliqué, nous t'expliquerons une fois sortis d'ici. Dites-moi, tous ! L'un de vous a-t-il déjà vu Jaime ici présente ? Elle a la même marque que vous sur le bras.

Plusieurs Profanes se tordirent le cou pour apercevoir Jaime, puis hochèrent la tête en signe de négation. Boltz soupira. Il avait espéré pouvoir en apprendre plus au sujet de Jaime grâce aux Profanes, mais il s'était trompé. Il ne restait plus qu'à sortir de ces cachots nauséabonds le plus vite possible.

— Jaime, risqua Boltz, est-ce que tu penses pouvoir utiliser ta magie pour forcer les cellules ? Sans réveiller le dragon, si possible.

— Attendez, dit un autre Profane, vous voulez nous libérer ? Et ensuite ? Si nous remontons par les cachots, ce sont les gardes du Grand Palais qui nous attendront, ils sont constamment postés devant.

— Nous sommes venus ici en passant par les égouts, expliqua Boltz. Nous savons qu'il y a une sortie vers l'extérieur de la ville. Nous passerons devant le dragon et...

— Tu rigoles, j'espère ? s'exclama Assil tandis que d'autres Profanes étouffaient des exclamations incrédules.

— Jaime et moi venons de le faire, dit Boltz en essayant de garder un ton calme et rassurant. Je ne dis pas que ce sera facile mais... mais...

Boltz les dévisagea un à un, incrédule, réalisant ce qui lui avait échappé jusque-là.

— Attendez, vous... Vous voulez vraiment rester ici ?! Dans ces cellules, à la merci de l'Ancien Vœu ? Plutôt que d'essayer de partir ?

Il y eut un silence, puis le même Profane qui avait protesté prit la parole :

— On raconte qu'ils sont tous morts... Peut-être que nous ne risquons plus rien ici... Alors que si on s'échappe et qu'ils nous attrapent... Ou pire, si le dragon se réveille...

Il eut un frisson et secoua la tête.

— Non. Ça sera sans moi. J'aime mieux rester ici plutôt que de mourir torturé ou brûlé vif.

Des murmures d'approbation s'élevèrent progressivement de toutes les cellules. Boltz regarda autour de lui, interloqué. Certains Profanes le regardaient toujours avec curiosité, d'autres secouaient la tête comme s'ils le pensaient fou. Il en vit un ou deux lâcher les barreaux et retourner s'asseoir dans l'obscurité, l'air dépité.

— Wildorise ! s'exclama-t-il soudain. Où est Wildorise ? Quelqu'un a-t-il déjà vu Wildorise ?

— Je connais Wildorise, dit Assil d'un air étonné. Mais elle n'est pas ici, elle est au Grand Palais.

— Ah bon ? demanda Jaime. Alors elle est vivante ?

— Elle l'était la dernière fois que je l'ai vue… Lorsque j'ai été rappelé, j'ai passé quelques années au Grand Palais avant de tenter de m'enfuir, et elle était là aussi, comme moi. Pourquoi la cherches-tu ?

— J'ai une mauvaise nouvelle pour elle, dit Boltz. Son père est mort. Assassiné par les Bénis de l'Armée.

Boltz se tourna vers le Profane qui avait manifesté son envie de rester.

— Vous préférez rester ici ? Très bien. Seulement, il ne s'agit pas que de vous. Vos familles paieront aussi un jour, si vous laissez faire. Le père de Wildorise la pensait morte et vos familles doivent se demander où vous êtes. Les Malaen ne sont pas tous morts, et tant que ça ne sera pas le cas, ils ne vous laisseront jamais tranquilles. Ni vous, ni vos familles !

Boltz s'arrêta un instant pour reprendre sa respiration et se tourna vers Jaime, qui le regardait sans rien dire. Une fois de plus, tout comme à la Chaloupe Ivre, il n'avait pas pu s'en empêcher : il avait dit tout ce qu'il avait sur le cœur. Et il le regrettait instantanément. Ce fut Assil qui rompit le silence.

— En admettant que tu essaies de nous sortir de là, comment comptes-tu t'y prendre ?

Boltz hésita, mais Jaime s'avança.

— Je vais essayer… Je vais déverrouiller les cellules.

— Essaie de ne pas tout démolir cette fois, d'accord ? avança précipitamment Boltz.

Jaime hocha la tête en silence et posa la main sur la serrure. Quelques secondes s'écoulèrent, puis il y eut un

« bang » semblable à la chute d'un objet lourd, et la porte sortit de ses gonds. Boltz la rattrapa avant qu'elle ne s'écrase au sol.

— Très bien ! dit-il d'un ton satisfait. J'imaginais quelque chose de moins radical, mais… Eh, attends-moi !

Bang ! Bang ! Bang ! L'une après l'autre, les portes de fer tombèrent en arrière à mesure que Jaime remontait le long du couloir. Boltz répétait le même geste dans son sillage, rattrapant les barreaux avant qu'ils ne heurtent le sol. Les Profanes semblaient toujours craintifs à l'idée de s'enfuir, mais certains se glissèrent néanmoins hors de leurs cellules d'un air interdit. Boltz jetait régulièrement un regard anxieux vers l'antre du dragon. Ils faisaient tout de même un sacré boucan.

— Ne t'en fais pas, le rassura Assil, qui avait noté son inquiétude. Il a un sommeil très profond et parfois, certains nouveaux prisonniers crient beaucoup, donc il s'est habitué à ce qu'il y ait du bruit provenant d'ici. C'est de sa vue et de son odorat qu'il faut se méfier.

— Et de sa mâchoire, j'imagine, marmonna Boltz avec un rire sombre auquel se joignit Assil.

— C'est quand même étonnant que tu arrives toujours à utiliser tes pouvoirs en étant si proche du dragon, commenta Assil avec un grand sourire à l'attention de Jaime.

— Oh, ce n'est pas si simple, je t'assure, répondit-elle.

Boltz remarqua à ce moment-là qu'elle transpirait à grosses gouttes.

— Attends, dit-il en retenant sa main. Prends une pause. Il vaut mieux que tu gardes le contrôle.

Mais Jaime secoua la tête sans lui accorder un regard, concentrée sur la dernière serrure.

— Juste un moment ! Tu vas trop vite.

— Je te dis que ça ira ! s'exclama-t-elle, obstinée, tournant cette fois les yeux vers lui. Tu l'as dit toi-même, on doit les libérer et filer d'ici avant que le dragon ne se réveille, non ?

Boltz ouvrit la bouche, puis la referma aussitôt. Il avait effectivement très envie de déguerpir le plus vite possible. Il recula, se joignant à la vingtaine de Profanes désormais rassemblés dans le couloir. Bang ! Une nouvelle détonation retentit, mais celle-ci résonnait différemment. Elle retentit en écho tout autour d'eux pendant plusieurs secondes. Un grondement sourd monta alors des profondeurs et grossit jusqu'à faire trembler le sol. Boltz reçut une pierre sur la tête et la regarda s'écraser au sol en s'effritant.

— Ça va s'effondrer ! s'écria-t-il soudain. *Courez !*

Pris de panique, les Profanes se précipitèrent vers les escaliers menant au Grand Palais mais un énorme roc atterrit à quelques centimètres de ceux qui menaient la course, manquant de les tuer sur le coup.

— Pas par là-bas, hurla à nouveau Boltz, ici !

Il faisait de grands gestes des bras vers l'antre du dragon. Ils n'auraient pas le choix, c'était bien la seule issue possible. Jaime regardait tour à tour ses mains et le trou d'une taille considérable qu'elle avait fait dans la pierre à l'endroit où la porte était auparavant vissée.

— Je ne comprends pas ! Je suis désolée, je…

— Tu as dû mettre trop de puissance dans ton dernier jet ! Aucune importance, tu les as tous libérés, allons-y !

Même les Profanes auparavant réticents à s'enfuir détalaient maintenant du mieux qu'ils pouvaient vers le bout du couloir. Tous faibles et mal nourris, songea Boltz. Mais ils étaient également tous jeunes et réussiraient avec un peu de chance à rassembler leurs dernières forces pour arriver au bout du couloir. Certains se soutenaient, d'autres boîtaient ou s'essoufflaient rapidement. Alors que Jaime et lui en épaulaient quelques-uns pour les aider à avancer, un rugissement fit alors trembler le sol, et Boltz sentit son cœur bondir dans sa poitrine. Le dragon. Réveillé par la pluie de pierre incessante qui s'écrasait autour d'eux, il semblait s'être redressé sur ses pattes arrières et piétinait furieusement le sol. Boltz sortit instinctivement une épée de son sac, tout en sachant qu'elle ne lui servirait probablement pas plus qu'un cure-dent face à l'énorme bête si celle-ci décidait de cracher du feu. Mais au moins, il attirerait son attention, et les autres auraient peut-être une chance de s'en tirer indemnes s'ils arrivaient à atteindre l'ouverture vers les égouts.

— Boltz ! Guide-les vers la sortie !

— Quoi ?

Boltz tourna la tête. C'était Jaime qui avait parlé. Elle montra ses poings fermés.

— Je vais le distraire, dit-elle d'une voix forte pour couvrir le tumulte des éboulements et les rugissements du dragon. Je viens de démolir des cachots, je peux sûrement tenir quelques secondes face à un dragon, non ?

— Pas question ! Montre-leur le chemin, et moi je…

— Non, c'est toi qu'ils écoutent, Boltz ! C'est toi qui les as convaincus de venir avec nous, pas moi !

— Ce n'est pas…

— Ils te suivront ! Tu as une chance de…

— Chut, on y est !

Ils étaient arrivés devant le dragon, qui se dressait désormais de toute sa hauteur. La pièce était certes vaste et haute, mais elle ne l'était pas assez pour contenir les ailes déployées du reptile, qui devait se contenter de les garder repliées et ne pouvait que pivoter sur lui-même. Il ne semblait pas les avoir remarqués et fouettait furieusement les murs de sa queue cornue.

— Allez-y, longez le mur jusqu'à l'ouverture, là-bas, indiqua Boltz à Assil.

Celui-ci hocha la tête et avança, terrifié, les yeux rivés sur l'énorme dragon, tout comme les autres Profanes qui s'engagèrent à sa suite. Boltz serra le poing sur son épée en examinant les pattes griffues. Une seule griffe faisait presque la longueur de son arme et paraissait infiniment plus acérée. Aucune importance, pensa-t-il en secouant la tête. Le dragon continuait de gesticuler : il était d'une humeur atroce et les tremblements du sol faisaient dangereusement vaciller Boltz et Jaime, qui fermaient la marche des Profanes en tentant d'éviter les pierres qui tombaient du plafond. Le dragon se laissa alors brusquement tomber sur ses pattes avant, provoquant une secousse plus violente que les précédentes. Boltz parvint à se rattraper mais vit Jaime trébucher en poussant un grand cri. Horrifié, il la vit s'étaler de tout son long juste en face du museau de reptile. Elle se releva précipitamment, mais c'était trop tard : il l'avait vue et reculait déjà la tête pour l'examiner de ses yeux oranges. Boltz se figea, interdit. Du coin de l'œil, il vit que certains Profanes commençaient à se faufiler par les égouts. Très bien. En revanche, Jaime semblait avoir perdu toute faculté de se mouvoir. Pétrifiée, elle regardait le dragon, penchée en avant, la bouche légèrement entrouverte, les bras écartés devant elle comme pour parer à une chute. Le dragon huma l'air en l'examinant pendant ce qui parut durer une heure. Enfin, lentement, lourdement, il souleva sa tête criblée de cornes et ouvrit sa gueule béante, découvrant ses crocs. Boltz vit une forme rougeoyante tournoyer au fond de sa gorge : il s'apprêtait à cracher du feu. Et Jaime qui ne bougeait pas... Pourquoi ne bougeait-elle pas ?! Alors il bondit. Il courut, repoussant le sol de toute la force de ses jambes pour arriver auprès d'elle le plus vite possible. Il avait tout laissé derrière lui, tout lâché au sol : son épée, son sac, sa peur, sa conscience. Il ne restait plus que lui. Il s'entendit rugir :

— ARRÊTE ! NON !

Il se jeta sur Jaime, l'agrippa et l'éjecta de toutes ses forces contre le mur. Il se tenait désormais à l'endroit exact où elle avait été un instant auparavant, et il pouvait sentir sur sa peau le souffle brûlant de la bête captive.

CHAPITRE XXVI
Poisson, égouts et fromage

Jaime se releva, tremblante, désorientée, le corps endolori. Que venait-il de se passer ? Elle avait perdu l'équilibre, et tout à coup, le dragon avait été au-dessus d'elle. À ce moment précis, tout instinct de survie avait quitté son corps : elle avait été incapable de réagir, elle n'avait plus senti sa magie, et le bourdonnement dans ses oreilles était devenu assourdissant. Puis elle s'était sentie projetée et avait douloureusement heurté le mur de pierre. Immédiatement, elle était revenue à elle. Elle cligna des yeux et tourna la tête : à sa gauche, Assil et les autres Profanes avaient tous réussi à se glisser dans les égouts et gesticulaient à présent silencieusement pour lui signifier de les rejoindre. À sa droite… Que voyait-elle à sa droite ? Elle cligna à nouveau des yeux. Boltz, si pâle qu'il en paraissait presque translucide, se tenait debout, immobile, et affichait une expression à mi-chemin entre l'envie de vomir et l'incrédulité. L'énorme masse du dragon qui lui faisait face était toujours penchée en avant dans une position d'attaque, comme lorsqu'il avait été sur le point de réduire Jaime en cendres. Cependant, rien ne venait… Il avait refermé sa gueule et humait à nouveau l'air autour de Boltz comme s'il cherchait quelque chose. Jaime n'osa pas crier son nom, même si elle en brûlait d'envie. Boltz semblait à son tour incapable de faire un geste. Ce que la bête fit alors fut inexplicable : elle pencha le museau vers lui, toucha son torse avec une étrange délicatesse, et recula en plongeant ses pupilles fendues dans les yeux bleus de Boltz. Ce dernier, ruisselant, la bouche ouverte, paraissait abasourdi. Il tourna lentement la tête vers Jaime et leva très légèrement les bras en signe d'impuissance. Puis il risqua un pas dans sa direction sans quitter le dragon des yeux. Celui-ci le suivit également du regard, sa lourde tête pivotant dans la direction de Boltz. Il lâcha un souffle de mécontentement lorsqu'il vit à nouveau Jaime, mais Boltz s'écria « Non ! » en levant les bras. Le dragon lâcha un grondement sourd et recula de l'autre côté de la pièce. Après plusieurs minutes, il finit par se lover dans une position similaire à celle dans laquelle ils l'avaient trouvé endormi et n'eut plus l'air de songer à les attaquer. Son regard curieux suivit néanmoins Boltz alors qu'il parvenait à la hauteur de Jaime, lui prenait la main, et avançait vers la sortie. Lorsqu'ils se glissèrent à leur tour par l'ouverture, le dragon releva la tête en émettant un nouveau grondement contrarié.

    — Je reviendrai ! assura Boltz d'une voix dont il tentait de chasser toute trace de panique. Je ne te laisserai pas enfermé ici !

    Le dragon cligna des yeux comme pour signifier qu'il comptait sur lui, puis recouvrit sa tête de son aile à la manière d'une couverture. Boltz se tourna vers Jaime et éclata soudain d'un rire aigu. Elle se rendit compte qu'elle avait la bouche grande ouverte et que tous les Profanes derrière elle dévisageaient Boltz avec des regards admiratifs.

— Que… qu'est-ce que c'était ? balbutia-t-elle. Comment… Le dragon, il… pourquoi il ne t'a pas tué ?

Boltz faisait tout son possible pour garder son sérieux, mais une certaine nervosité ainsi que les balbutiements de Jaime rendaient la tâche difficile. Enfin, il prit une grande inspiration et dit :

— Je ne comprends absolument rien à ce qui vient de se passer. Il était prêt à me carboniser, tout comme il allait carboniser Jaime une seconde avant.

— Tu penses que le dragon comprend le langage humain ? demanda Assil.

— Sais pas, répondit Boltz avec un hochement de tête. N'empêche…

Il se tourna vers le dragon avec une expression étrange.

— Il est vraiment à l'étroit, là-dedans… Je crois qu'il s'ennuie.

— Boltz, intervint Assil, l'éboulement des cachots a dû réveiller tout le Grand Palais, nous devrions filer.

— Tu as raison, oui. Suivez-moi !

Boltz jeta un dernier regard au reptile endormi, puis passa devant Jaime pour s'enfoncer dans le tunnel par lequel ils étaient venus, son sac accroché à son dos. Les Profanes lui emboîtèrent le pas et ils avancèrent en procession silencieuse. Jaime fermait la marche avec Assil, qui, malgré son extrême maigreur et son manque apparent de sommeil, affichait un sourire gai, l'air de ne pas croire à ce qui lui arrivait.

— Tu as grandi à Gandir, c'est ça ? demanda Jaime après quelques minutes.

— Grandi… c'est vite dit ! J'ai été rappelé étant enfant, alors…

— Désolée… Ça fait combien de temps, maintenant ?

Assil hésita et leva la tête en réfléchissant.

— C'est difficile à dire… J'ai un peu perdu la notion du temps. Peut-être dix ou quinze ans ?

Jaime mit une main devant sa bouche avant d'avoir pu s'en empêcher mais Assil lui adressa un sourire rassurant.

— Ne t'en fais pas, la plupart d'entre nous n'a connu que ça. Alors nous l'avons accepté. Mais vous êtes venus nous sauver !

— C'est Boltz qui voulait à tout prix essayer, expliqua Jaime dans un souci de vérité. Moi, je…je pensais que ce serait risqué.

— Je vois que vous formez une bonne équipe, lança Assil avec un clin d'œil. Il m'est souvent arrivé de penser à lui depuis que je suis parti, en me demandant ce qu'il devenait. Manifestement, il était entre de bonnes mains.

Jaime baissa les yeux et sentit ses joues s'enflammer. Elle n'entendait presque plus de bourdonnement, ce qui lui permettait de mieux réfléchir et réaliser tout ce qui venait de se passer. La fuite, le dragon, son baiser avec Boltz…

— Désolée, marmonna-t-elle. Nous ne savions pas que vous étiez là, tout autour… à nous regarder.

— Tu t'excuses beaucoup pour pas grand-chose, nota Assil avec un petit rire en rejetant ses cheveux ondulés en arrière. Vous ne pouviez pas savoir, et nous étions nous-mêmes assez stupéfaits. D'habitude, les gardes font beaucoup de bruit et nous les entendons arriver du haut de l'escalier, alors nous avons mis un peu de temps à réagir.

— On ne s'est pas rencontrés il y a si longtemps, en fait, expliqua Jaime. Mais il s'est passé beaucoup de choses. C'est lui qui m'a évité de finir… eh bien, ici, avec vous.

Face au regard interrogateur d'Assil, elle lui raconta tout, comme elle l'avait fait avec Zaël. Loin de l'influence du dragon et de sa cellule, l'ami d'enfance de Boltz se révéla être d'un naturel enjoué et taquin, et réagissait avec véhémence et engouement à son récit.

— Eh bien, tu en as vécu, des choses, Jimmy !

— C'est Jaime, corrigea-t-elle en détachant chaque syllabe. Djé-i-mie.

Assil réfléchit un moment, puis eut un sourire malicieux.

— Je préfère Jimmy. En tout cas je suis désolé que tu n'aies pas trouvé tes réponses.

Jaime eut un pincement au cœur en pensant à Djaus. Mais ils n'étaient pas venus pour rien. Jaime regarda le symbole de la roue briller sur le bras de tous les Profanes devant elle. Bien que Djaus lui ait appris qu'elle n'en était pas réellement une, elle ne pouvait s'empêcher de se sentir une certaine appartenance à ce groupe qui avançait lentement et silencieusement. Elle remonta la manche de son gros manteau et passa un doigt sur son propre bras, là où la marque colorait sa peau.

— Boltz aurait pu me dénoncer quand il a vu ma marque, mais il ne l'a pas fait, dit-elle. Il savait ce que c'était, d'être livré à l'Ancien Vœu, à cause de son frère…

— Son frère ?

— Oui… Il a été rappelé au sein des Bénis de l'Armée. Il est mort…

Assil cligna des yeux, l'air légèrement confus.

— Mort ? Mais…

— Chut, attention ! avertit la voix de Boltz depuis l'avant de leur procession. Nous y sommes !

D'instinct, ils se baissèrent tous, bien que ce soit inutile. Jaime tendit le cou pour apercevoir Boltz, qui se tenait encore debout. Ils étaient arrivés devant une grille qui ressemblait en tous points à celle qui condamnait l'accès aux écuries du Grand Palais mais paraissait plus grande. Un courant d'eau s'en écoulait, couvrant partiellement les clameurs et les hennissements de chevaux provenant de l'extérieur.

— Surveillez toutes les sorties !

— Nous avons placé des hommes aux entrées Nord et Sud, Major. La Porte des Arènes est étroitement surveillée.

— Parfait, dit une voix de femme. Surveillez également tout le périmètre externe de la ville. Même s'ils réussissaient à échapper à notre vigilance au sein de la Capitale, nous pourrons les épingler en-dehors.

Jaime tressaillit : elle reconnaissait cette voix. C'était celle de la Major qui avait assassiné Laïnen. Elle était donc ici…

— Le Capitaine et moi devons faire notre rapport au Général, mais nous serons de retour dans une heure. Gardez l'œil ouvert.

— À vos ordres, Major.

Ils entendirent des bruits de sabot, et Boltz se risqua à regarder brièvement par la grille. Jaime l'entendit jurer.

— Il y a des gardes partout… Impossible de sortir sans nous faire repérer. On va devoir attendre…

Les Profanes échangèrent des regards apeurés. Jaime entendit l'un d'eux chuchoter « Je savais que nous n'aurions pas dû nous enfuir ! ».

— Et après ? Finir enterrés sous les décombres ? répliqua Boltz, piqué au vif, en lui jetant un regard mauvais.

Ils sursautèrent tous lorsqu'une voix au-dehors s'écria :

— Eh vous ! Les fugitifs ! Ils sont là-bas ! Vite !

Ils entendirent un chambranle confus et précipité et se préparèrent à voir des gardes fondre sur la grille, mais rien ne se produisit.

— Que s'est-il passé ? s'écria un garde. Tu les as vus ?

— Oui ! Ils viennent de traverser la place Sud. Je n'ai vu personne posté là-bas, vous devriez envoyer vos hommes !

— Et tu n'as rien fait ?

— Vous m'avez vue ? Que vouliez-vous que je fasse ? Je suis ici pour vendre mon fromage, pas pour courir après des criminels !

Boltz et Jaime échangèrent un regard étonné. Ils reconnaissaient cette voix. Le garde lâcha un juron et ordonna que tout le monde se dirige vers la place Sud. Le galop des chevaux fit trembler le tunnel et ils restèrent là, figés, jusqu'à ce leur grondement s'estompe complètement. Boltz regarda à nouveau au-dehors et ricana doucement.

— C'est bon, souffla-t-il aux Profanes.

Il poussa la grille, qui céda dans un grincement et tomba dans une gerbe d'éclaboussures. Jaime fut la dernière à sortir et lorsqu'elle se redressa, elle vit ce qui avait incité les gardes à quitter leur emplacement.

— Maddie ?!

Elle ouvrit de grands yeux. Maddie, juchée sur une grande carriole couverte tirée par Klark et Prune, arborait un sourire triomphant.

— Et dire que vous vouliez vous débarrasser de moi ! Montez vite !

— Comment tu…

— *Montez* ! On discutera sur la route. Mais… qui sont ces gens ?!

— On doit les prendre avec nous, dit Boltz. Je t'expliquerai aussi.

— Vous allez être très serrés, avertit Maddie. Dépêchez-vous !

L'un après l'autre, les Profanes s'engouffrèrent dans la carriole. *C'est parfait*, songea Jaime. Grâce à la toile qui la recouvrait, personne ne pourrait les voir. Tout comme Djaus leur avait indiqué, le tunnel les avait menés à l'extérieur de la ville. La Porte des Arènes arborée de la grande roue de charrette se dressait à plusieurs centaines de mètres, mais ils se trouvaient déjà à la lisière d'une forêt dans laquelle ils pouvaient rapidement disparaître. Elle vit les yeux de Maddie s'attarder sur le bras d'Assil lorsque celui-ci se hissa à son tour. Ses joues prirent une teinte rosée et elle agrippa le bras de Boltz en chuchotant précipitamment :

— Boltz… Ce sont des *Profanes ?*

— Vraiment, on en est encore là ? lui lança Boltz d'un air exaspéré.

Maddie ouvrit la bouche dans un cri scandalisé totalement silencieux.

— Oui, on a libéré les Profanes du Grand Palais, et il faut les conduire en sécurité. Est-ce que tu penses pouvoir faire ça ?

Maddie ouvrit et ferma la bouche comme un poisson hors de l'eau, et Jaime vit une veine palpiter sur son front rougissant. Enfin, elle regarda le ciel et s'exclama :

— Non mais *vraiment* !

L'intérieur de la carriole était très étroit et il y avait une forte odeur de fromage, mais la vingtaine de Profanes émaciés parvint à se serrer suffisamment pour permettre à tous de s'installer. Jaime et Boltz s'assirent tout à l'avant, séparés de Maddie par une toile qui leur permettrait de communiquer aisément durant le trajet. Ils sentirent une secousse lorsque la carriole se mit en mouvement, et Boltz pesta en manquant de tomber.

— Arrête un peu de te plaindre ! Heureusement que le vieux m'a dit où je pouvais vous retrouver, sinon vous auriez été fichus !

— Tu as vu Djaus ? dit immédiatement Jaime.

— Je ne connais pas son nom, répondit Maddie, mais c'était un vieillard que j'ai d'abord pris pour un prêcheur. Il m'a approchée peu après qu'on se soit séparés en me disant de vous retrouver ici, et j'ai réussi à… à emprunter cette charrette à un fromager un peu saoul qui fêtait la vente de toute sa cargaison de cette année.

Jaime entendit Boltz marmonner :

— Du poisson, des égouts et maintenant du fromage… On n'aurait pas pu avoir la charrette d'un fleuriste ?

— Comment a-t-il su que tu étais avec nous ? demanda Jaime. Il ne nous a pas vus ensemble, pourtant…

— Je ne sais pas. Vous pourrez lui demander si nous le revoyons. Qui était-il ?

Jaime et Boltz échangèrent un regard sombre. Revoir Djaus… Rien n'était moins sûr. Ils relatèrent leur périple dans la cour du Grand Palais à Maddie, qui émit un « oh » triste.

— Il avait l'air gentil, j'espère qu'il n'a pas trop souffert, le pauvre homme…

Ni Boltz ni Jaime ne répondirent.

— Au fait, on peut se balader dans le pays tant que vous voudrez, mais vous voulez bien me dire où vous comptez emmener tous ces Profanes sans vous faire prendre ?

— Je ne vois qu'un seul endroit, dit Jaime, qui avait réfléchi à la question dans le tunnel.

Boltz lui lança un regard interrogateur.

— Un endroit où il y aura assez de lits pour tout le monde et où nous savons que nous pouvons les cacher au moins quelques temps sans nous faire expulser par les propriétaires…

Boltz fronça les sourcils un instant, puis lâcha « Oh mais oui ! » au moment exact où Maddie s'exclamait :

— Tu n'es pas sérieuse ?!

— Désolée Maddie, je ne vois pas d'autre solution, affirma Jaime. Même si c'est risqué, c'est la seule option que nous ayons.

« Et puis, il y a à manger » pensa-t-elle en sentant son estomac gronder. Boltz acquiesça avec un grand sourire.

— Je suis d'accord, c'est parfait ! Maddie ?

— Je pensais que c'était le dernier endroit où vous vouliez aller !

— Oui, mais comment veux-tu cacher autant de monde ? Il nous faut un endroit où on est sûrs de ne pas nous faire dénoncer. Que dis-tu ?

Boltz ricana d'un air malicieux et Jaime serra les poings, espérant que Maddie accepterait. Enfin, sa voix s'éleva à travers la toile :

— Très bien… Très bien ! Dans ce cas, direction Gandir ! Mais vraiment, vous ne manquez pas d'air, tous les deux !

Ils l'entendirent rouspéter dans un flot constant durant les minutes qui suivirent, répétant les mots « auberge familiale » et « va nous attirer des ennuis ».

CHAPITRE XXVII
De bleu et d'or

Le vent soufflait fort, à cette hauteur. Le soleil de l'après-midi commençait à décliner, emportant avec lui la chaleur de la journée. Bientôt, il serait remplacé par de lourds nuages gris chargés de pluie. Ceux-ci s'avançaient vers la Capitale d'un air menaçant, suspendus dans le ciel orangé. Debout sur le balcon le plus haut de la Tour Nord, le Général regardait en bas : plusieurs bataillons s'étaient désormais rassemblés aux différentes sorties de la ville, mais il ne pouvait les distinguer à cette distance. Aussi petits que des insectes à ses yeux, ils ne constituaient d'ici que des masses mouvantes se fondant les unes avec les autres et changeant de forme. Aucun son ne lui parvenait, mais en bas, le boucan devait être constant : ainsi, la gardienne avait décidé de venir ici-même, à la Capitale. Il devait l'avouer : il ne l'aurait pas crue capable d'une telle audace. Que cherchait-elle ?

Pourquoi venir à l'endroit-même où elle se savait recherchée ?

— Général… Le Capitaine Miller et la Major Inya sont ici.

Il fit volte-face.

— Je ne les ai pas convoqués, dit-il à l'officier qui se tenait devant lui. Que veulent-ils ?

— C'est pour un rapport, Général. Ils… ils ont préféré attendre en-dehors de la chambre.

Le Général passa à côté de l'officier sans un mot et repoussa la porte vitrée, pénétrant dans la chambre où l'enfant dormait profondément. Il ne faisait presque plus que dormir, depuis quelques temps. Lors de ses moments éveillés, il s'égosillait, appelait la Némésis et tuait sauvagement quiconque s'approchait trop près de lui. Il ne s'en était plus pris à aucun Béni captif du Grand Palais. Le Général avait donné l'ordre de ne pas les lui amener s'il en demandait. Lors de ses moments de lucidité, l'enfant le faisait convoquer et lui posait toujours la même question : où était Adrasté ? La réponse du Général était également toujours la même : ils étaient à sa recherche et l'informeraient dès qu'ils l'auraient retrouvée. L'enfant pleurait, hurlait, entrait dans une rage aveugle, exigeait qu'on la lui ramène immédiatement, se mordait jusqu'au sang et se mutilait, puis finissait par s'effondrer d'épuisement. Mais ce sommeil n'avait rien de naturel. Il était trop soudain, trop long, et trop profond. Il fallait vite qu'ils retrouvent les fugitives, et le Général commençait à s'impatienter.

— Général. Nous sommes au rapport.

Le Capitaine Miller et la Major Inya l'attendaient dans le couloir, à la sortie de la chambre.

— Que se passe-t-il à l'extérieur ? Avez-vous capturé la gardienne ?

— Non, Général…

— Il y a des rumeurs, vous savez, dit le Général d'une voix grave, inexpressive, mais où grondait une menace imminente. Les villages savent que la gardienne nous file constamment entre les doigts. Ils la pensent Profane, ce qui fait de sa fuite un échec d'autant plus cuisant pour le régime…

— Nous avons ordonné la surveillance de tout le périmètre autour de la ville, expliqua le Capitaine. Elle a très peu de chances de s'en sortir.

— Justement, parlons-en. Comment a-t-elle réussi à s'en sortir jusqu'à présent ?

La Major Inya hésita, mais le Capitaine s'avança.

— Nous l'avons croisée dans un village au nord… Il semblerait qu'elle ait des alliés. Nous avons également entendu parler de rébellions au village de Gandir.

— Gandir ? répéta le Général en haussant légèrement les sourcils.

— Oui. Mais pas seulement. À plusieurs endroits, une alliance rebelle se forme et s'exprime de plus en plus ouvertement contre l'Ancien Vœu… Un nom revient souvent…

Le Capitaine s'interrompit.

— Eh bien ? Quel est ce nom ?

Mais ce fut la Major Inya qui reprit la parole :

— L'allié de la fugitive, Général. Il est très bon à l'épée… tout comme vous. Nous l'avons rencontré. Il s'appelle Boltz et vient de Gandir.

Le Général sentit les muscles de sa mâchoire tressaillir imperceptiblement. Boltz… Vraiment ?

— Vous dites que c'est le nom de Boltz qui revient souvent dans la bouche des rebelles ?

— C'est exact. Il a l'air d'être une sorte de porte-drapeau pour certains opposants…

— Je vois…

Il y eut un long silence durant lequel ni le Capitaine ni la Major n'osèrent croiser son regard.

— Rassemblez le bataillon d'élite, dit-il enfin. Si les armées ne sont pas parvenues à mettre la main sur les fugitifs, il est temps que je m'en occupe.

— Mais…

— Nous partirons bientôt. Vous avez dit que les rébellions avaient commencé au village de Gandir, c'est bien cela ?

— Oui, Général.

— Eh bien… Il n'y a pas de place pour un village rebelle au sein de ce Royaume.

La Major Inya eut un rictus satisfait et s'avança.

— Général, concernant Boltz… Ne craignez-vous pas qu'il…

— Ce sera tout.

— Mais…

— Qu'y-a-t-il, Major ?

La Major s'apprêta à poursuivre, mais parut se raviser en croisant le regard du Général. Il tourna les talons et entra dans la chambre, fermant la porte derrière lui sans un regard en arrière. Il traversa la pièce, indifférent aux serviteurs immobiles postés le long des murs. S'approchant de la vitre donnant sur le balcon, il vit son propre reflet s'avancer vers lui. Ainsi, la gardienne était avec Boltz. Boltz… D'après la Major, il savait très bien manier l'épée. Rien d'étonnant à cela. Cela devenait très intéressant, et le Général songea qu'il serait fort satisfaisant de remettre les pieds dans le village où il avait grandi. Son reflet lui renvoya un rictus sombre et satisfait qui se propagea jusque dans ses grands yeux bleus parsemés de pigments dorés.

CHAPITRE XXVIII

Là où tout a commencé

Ils mirent plusieurs heures à atteindre Gandir. Le chemin était long, mais fort heureusement le Royaume avait rassemblé une grande partie de ses forces dans la Capitale et personne ne se préoccupait de leur carriole, qui passait inaperçue. Jaime se demanda à plusieurs reprises si les gardes étaient parvenus à accéder aux cachots : l'éboulement avait dû détruire l'accès aux escaliers et elle songea qu'avec un peu de chance, les Profanes seraient d'abord présumés morts sous les décombres et les recherches ne seraient pas lancées avant un long moment. Lorsqu'ils arrivèrent devant le panneau de bois indiquant l'entrée du village, la nuit était déjà très avancée et leur convoi était tombé dans un silence de plusieurs heures. Finalement, l'espace étroit qu'ils devaient se partager à plusieurs dans la carriole révélait l'avantage de les tenir au chaud et les protéger du froid perçant.

— Que personne ne fasse de bruit, chuchota Maddie. Nous arrivons.

Boltz étouffa un bâillement et Jaime, qui somnolait légèrement contre lui, se redressa en s'étirant. Les rues du village devaient être vides à cette heure-ci. Comment Maddie justifierait-elle son absence des jours passés si quelqu'un la voyait ? Enfin, ils sentirent leur attelage s'arrêter mais n'osèrent pas faire un geste.

— Ne bougez pas, j'arrive.

Quelques minutes s'écoulèrent sans autre bruit que les grincements de quelques contrevents. Puis le visage de Maddie apparut à l'arrière de la carriole.

— C'est bon, suivez-moi !

Secouant ses jambes et ses épaules raides, Jaime suivit le groupe en s'engouffrant à l'intérieur de l'auberge par la porte arrière. Qu'il était déconcertant de se retrouver ici après tant de détours. Rien n'avait changé depuis leur départ : des morceaux de verre, de bois et de chaises cassées jonchaient le sol là où Boltz s'était battu contre Venig. Sans les bougies ou la lumière du jour pour l'éclairer, l'auberge renvoyait une atmosphère presque hostile, et les fenêtres recouvertes d'une fine couche de poussière lui donnaient un aspect vétuste et délabré. Maddie laissa échapper un soupir dont Jaime savait qu'il voulait dire « Ça va faire un sacré ménage, tout ça ! » et leur fit silencieusement signe de la suivre à l'étage.

— Voilà, euh… Vous pouvez vous répartir dans les chambres, dit-elle d'un air un peu perdu. C'est poussiéreux, et je n'ai pas eu le temps de chauffer mais…

Jaime s'avança vers elle et l'enlaça sans dire un mot.

— Excusez-moi, dit timidement Assil en se détachant du groupe de Profanes. Euh… en fait nous… nous nous demandions si…

Son estomac émit à ce moment précis un gargouillement sonore, et il laissa échapper un petit rire honteux.

— Oh mais bien sûr, vous devez être affamés ! s'exclama Maddie. Évidemment, hors de question de vous laisser dormir le ventre vide ! Tenez, voici des bougies pour vos chambres. Je vous prépare des bouillotes, et d'ici un moment vous pourrez descendre manger. D'ailleurs, nous n'avons pas vraiment eu le temps de faire les présentations : je suis Maddison, mais vous pouvez m'appeler Maddie !

En un clin d'œil, elle était redevenue la fière tenancière que Jaime avait rencontrée lors de sa première visite. Très vite, elle se mit à s'affairer en se parlant à elle-même, descendant dans la cave et remontant les bras chargés de sacs et de caisses pour la cuisine, et Jaime entendit Boltz pouffer de rire. Tandis qu'il la rejoignait pour la préparation du dîner, Jaime remit de l'ordre dans la pièce principale, redressant les tables renversées et se débarrassant des chaises cassées. Ils mangèrent en silence avec les Profanes, et après un long moment de torpeur, Assil leva sa chope.

— À Boltz, dit-il en prenant soin de ne pas trop élever la voix.

— À Boltz, répondirent tous les Profanes à l'unisson.

Jaime leva également sa chope avec un grand sourire et Boltz se frotta la joue, ses grands yeux bleus arrondis dans une expression de franche surprise.

— Je ne saurais dire à quel point nous te sommes reconnaissants, poursuivit Assil. Nous n'aurions jamais cru cela possible, mais tu nous as libérés.

Certains Profanes hochèrent vigoureusement la tête. La plupart d'entre eux étaient trop fatigués pour parler, mais celui qui avait auparavant déclaré préférer rester dans sa cellule lança :

— Je dois l'admettre, je ne t'en pensais pas capable.

— Oh, j'ai eu de l'aide, dit Boltz. Un serviteur du Grand Palais nous a aidés et Jaime a réussi à ouvrir les cellules grâce à son pouvoir…

— Jimmy était incroyable aussi, assura Assil, mais toi Boltz, tu nous as sauvés du dragon !

— C'est Djé-i-mi !

— Sauvé du… Quoi ? demanda Maddie en jetant un regard interloqué à Boltz, qui fit un geste de la main qui voulait dire « Nous en parlerons plus tard ».

Dès le lendemain, Maddie alla très tôt chez le tailleur chercher des vêtements propres permettant aux Profanes de cacher leurs tatouages et de s'habiller un peu plus chaudement. Ils purent tous se nettoyer et Jaime ne reconnut presque pas Assil lorsqu'elle le revit en sortant de sa chambre, alors qu'il remontait l'escalier qui menait vers la pièce principale. Il avait encore le teint pâle, mais ses paupières étaient moins lourdes et moins sombres, ses cheveux étaient rattachés en arrière dans une sorte de catogan et sa nouvelle tunique à manches longues faisait oublier son extrême maigreur. Il paraissait un peu plus âgé qu'elle, mais moins que lorsqu'ils l'avaient sorti de sa cellule.

— Un nouvel homme, dit-elle d'un ton théâtral.

Assil fit mine de s'incliner, affichant un sourire en coin.

— Maddie prend vraiment soin de nous, ajouta-t-il.

— Elle fait ça souvent, oui. Tu arrives à utiliser ton don maintenant que tu as un peu récupéré tes forces ?

— Oui ! dit-il avec un grand sourire. J'ai pu soigner ceux d'entre nous qui étaient malades, je me sens beaucoup mieux.

— Tu as un don de guérison ? demanda Jaime, impressionnée.

— Tout à fait. Très pratique, lorsque je peux l'utiliser. Et toi, tu peux… faire exploser des choses ? risqua-t-il en haussant les épaules.

— On ne sait pas vraiment, soupira Jaime, une fois, j'ai soigné le genou de Boltz. Une autre fois, j'ai brûlé la main d'un agent. Et dans mes moments les plus glorieux, je provoque des éboulements.

Ils éclatèrent de rire.

— Ce n'est pas banal ! dit Assil. Généralement un don est très spécifique, mais le tien me paraît changeant, comme s'il pouvait prendre plusieurs formes. Tu as peut-être plusieurs dons ?

Jaime haussa les épaules d'un air résigné.

— Nous étions justement au Grand Palais pour le découvrir, mais impossible d'y entrer. Sais-tu quels dons ont les autres ?

— Quelques-uns, oui, affirma Assil. Faria peut respirer sous l'eau. C'est un don assez courant… Oroïr, qui n'était pas très disposé à vous suivre au début, peut extraire son esprit de son corps et se balader comme un fantôme invisible, c'est très utile pour l'espionnage !

— Impressionnant, murmura Jaime.

— Si tu le souhaites, je pourrai t'aider à contrôler le don de guérison. Je me demande si tu es capable de maîtriser plusieurs types de dons à la fois…

— Jusqu'ici, j'ai un peu agi instinctivement, admit Jaime. Ma magie a l'air de savoir ce qu'elle fait…

— Sauf lorsqu'elle est détraquée par la présence d'un dragon et qu'elle manque de tous nous enterrer vivants ? glissa Assil avec malice.

Jaime eut un petit sourire d'excuse, mais Assil n'avait montré aucun signe de contrariété. Il s'appuya contre le rebord de l'escalier et regarda autour de lui. Pendant leur sommeil, Maddie avait dû travailler d'arrache-pied, car tout était désormais propre et soigneusement rangé. La moquette pourpre du couloir ne présentait plus aucune trace de poussière et des bougies brûlaient à nouveau sur les commodes posées le long du mur.

— Je me rappelle cette auberge, dit Assil, nous jouions toujours devant, sur la Grand Place.

— Pourquoi tu ne sors pas retrouver ta famille ? demanda Jaime. Tu viens de Gandir, non ?

Il jeta un regard en bas de l'escalier.

— Il y a deux lascars à la porte, et Maddie m'a dit qu'il valait mieux ne pas trop sortir tant qu'ils seraient dans le coin. Je crois qu'ils sont en train de lui poser des questions.

Le regard de Jaime s'assombrit.

— Un grand colosse et un petit blond ?

— Tu les connais ?

Elle hocha la tête.

— Ce sont des agents, ils m'ont pourchassée durant mes premiers jours ici… Attends-moi là, et fais en sorte que personne ne descende, tu veux bien ?

— Euh, très bien mais tu vas où ?

Jaime ne répondit rien mais mit un doigt sur son oreille et retourna dans sa chambre, qui donnait juste au-dessus de l'entrée de l'auberge. Elle entrouvrit la fenêtre le plus silencieusement possible.

— … quand même un petit moment, maintenant !

— J'étais en visite chez ma famille, par les temps qui courent je n'étais pas rassurée, ici.

— Et vous êtes donc partie du jour au lendemain ? fit la voix goguenarde de Lars. Ça n'a pas dû être très bon pour le commerce, ça… Et votre mari alors ?

— Tenez, parlons de mon commerce ! rétorqua Maddie. Vous êtes bien censés assurer la sécurité de notre village, non ? C'est pour cela que vous êtes ici.

— Nous sommes ici pour nous assurer que les préceptes de l'Ancien Vœu soient respectés.

Cette fois, Jaime reconnut la voix neutre et profonde d'Aidan.

— Des mots, des mots ! s'insurgea Maddie d'un ton impatient. Vous êtes ici, vous faites vos rondes, mais savez-vous qu'en mon absence, quelqu'un a saccagé mon auberge ?

Jaime pouffa silencieusement de rire, impressionnée par l'incroyable capacité de Maddie à toujours retourner la situation. Ni Lars ni Aidan ne répondirent.

— Je suis revenue tôt ce matin, et là, j'ai pu voir que tout était vandalisé ! Un bon bout de temps qu'il va me falloir, pour réparer tout ça ! Et vous, vous n'avez rien vu ?

Toujours aucune réponse de la part des deux agents. Ils savent déjà, songea Jaime. Avant leur fuite, Maddie avait été mise sous surveillance, et Lars et Aidan étaient constamment postés devant son auberge. Ils avaient dû fouiller les lieux en remarquant son absence et savaient sûrement déjà que tout avait été mis sens dessus dessous.

— Pourquoi l'Ancien Vœu vous paie-t-il au juste ? Pour chercher une Profane qui n'a plus été vue ici depuis deux semaines ? Car si ce n'est plus elle que vous cherchez, je ne vous vois rien faire d'autre, vous pourriez aussi bien vous en aller !

— Attention… avertit Aidan, mais Lars ricana.

— Laisse, dit-il d'un ton affecté. Ce que pensent les villageois de Gandir n'a aucune importance.

Jaime fronça les sourcils. Était-ce de l'amusement qu'elle entendait poindre dans sa voix ?

— C'est drôle que vous ayez dit ça, bonne dame, reprit Lars. Nous partons justement aujourd'hui. Nous avons été affectés ailleurs.

— Ravie de l'apprendre, répliqua Maddie. Eh bien, c'est tout ? J'ai du travail, comme vous vous en doutez.

— Ne vous donnez pas trop de peine, lança Lars dans un rire inexplicable tandis qu'ils s'éloignaient.

Jaime entendit Maddie claquer la porte, referma elle-même délicatement la fenêtre et descendit les marches des escaliers quatre à quatre, suivie par Assil.

— Ah, tu es réveillée ! dit Maddie en la voyant arriver. Tu ne devineras jamais qui vient de partir.

— J'ai tout entendu, dit Jaime. Assil m'a prévenue qu'ils étaient là.

— De qui parle-t-on ? dit Boltz, qui descendait également les escaliers d'un pas lourd.

— Lars et Aidan viennent de passer, dit Jaime. Ils ont interrogé Maddie.

— Tout va bien, ils ont cru à mon histoire de visite familiale, s'empressa de dire Maddie en voyant le regard inquiet de Boltz, et la bonne nouvelle c'est qu'ils ne reviendront pas ! Ils ont été affectés ailleurs.

— Affectés ailleurs ? répéta Boltz.

Jaime et lui échangèrent un regard.

— Oui, dit Jaime, je pense aussi que c'est louche.

— Pourquoi la Capitale retirerait-elle ses agents d'un village aussi gros que Gandir ? marmonna Boltz.

— C'est une bonne chose ! déclara Maddie, la mine ravie. Nous ne les aurons plus dans les pattes, et vous pourrez vous promener librement.

Son visage s'assombrit cependant légèrement.

— J'ai aussi entendu des choses, ce matin… On dit que la Némésis a été repérée aux abords du village il y a deux jours… Oh, vous savez ce que c'est, ajouta-t-elle d'un ton un peu trop détaché, entre rumeurs et affabulations, qui peut dire si c'est vrai. Mais des corps ont été retrouvés dans le pays… Des habitants de Gandir qui avaient disparu.

Jaime s'avança et mit une main sur l'épaule de Maddie.

— Je suis sûre que ce n'était pas lui. Il va bien.

Maddie fit de son mieux pour afficher un sourire assuré mais Jaime vit qu'il lui en coûtait.

— De toute façon, je n'ai pas changé d'avis, gronda Boltz. Comme je l'ai déjà dit : qu'elle vienne, cette démone, je suis prêt.

— C'est moi qu'elle cherche, souffla Jaime. Elle a dû apprendre que c'était ici que j'avais été repérée pour la première fois.

— Elle ne t'aura pas, dit Boltz d'un ton sans appel. Mais Maddie a raison, ce ne sont sûrement que des rumeurs. Restons ici le temps que le désordre causé à la Capitale se tasse.

Jaime se tourna vers Assil.

— Tu veux bien m'apprendre à contrôler le don de guérison tout à l'heure ?

Il accepta avec enthousiasme.

— Peut-être que demain, je pourrai voir ma famille, dit-il. Puisque les agents s'en vont.

— Il y a des agents, ici ? lança Oroïr, qui venait de descendre en compagnie de Faria.

D'autres Profanes étaient descendus pendant leurs conversations et certains mangeaient au coin du feu pendant que d'autres discutaient ou les écoutaient attentivement.

— C'est l'occasion de leur faire la peau, non ?
reprit-il après s'être assis à une table à côté d'eux.

Boltz fronça les sourcils.

— Nous ne sommes pas ici pour nous battre. Et
ton don n'est pas très utile en combat rapproché, alors…

— Il faudra bien se confronter à eux à un moment,
non ? coupa Oroïr. Si nous voulons supprimer l'Ancien
Vœu une bonne fois pour toutes, nous allons devoir nous
débarrasser de tous ceux qui travaillent pour eux. Il est
hors de question que je retourne dans ces cachots !

— Personne ne retournera dans les cachots, assura
Boltz. Pour le moment, nous sommes en sécurité ici, donc
restons tranquilles et faisons profil bas. Reprenez des
forces.

Oroïr leva la tête dans une attitude qui indiquait très
clairement son désaccord.

— Écoute, je te suis très reconnaissant de nous
avoir libérés… mais tu n'es pas un Béni. Tu n'es pas non
plus un Profane. Je ne m'attends pas à ce que tu
comprennes, mais on ne va pas rester les bras croisés. On
compte bien s'assurer que toutes les personnes soutenant
de près ou de loin cette maudite secte le regrettent
amèrement.

Jaime sentit un malaise la parcourir. Elle s'y était
attendue. Encore ce désir de vengeance, qu'elle-même
pouvait parfois ressentir. Zaël portait le même sceau. Il
n'était pas étonnant que les Profanes le ressentent, eux
aussi.

— Oroïr, intervint Assil d'un ton amical un peu
forcé, n'oublie pas que Boltz a caché Jimmy, il est de notre
côté. Il veut nous aider.

— Je n'en doute pas ! répondit Oroïr en hochant la
tête. Seulement, il ne sait pas ce que c'est que d'être

exploité, torturé et humilié par l'Ancien Vœu. Nous voulons les faire payer, et ça il ne peut pas le comprendre.

Tous les Profanes présents dans la pièce suivaient à présent leur échange d'un air interdit.

— Je comprends ta frustration, dit lentement Jaime, qui tâchait de ne montrer aucun signe d'animosité. Mais tu ne sais pas de quoi tu parles. Le frère de Boltz est…

Mais des clameurs provenant de l'extérieur couvrirent le reste de sa phrase, et elle tourna brusquement la tête. Boltz se précipita vers la fenêtre et Maddie ouvrit la porte de l'auberge.

— Que personne ne sorte, je vais voir ce qui se passe.

Mais dès qu'elle fut dehors, Jaime entendit un homme hurler « Ils sont ici ! Dans la forêt ! Ils vont tous nous tuer ! »

Maddie referma immédiatement la porte, le teint livide.

— Les Bénis de l'Armée… murmura Jaime d'une voix faible.

— Quoi ? Comment ont-ils fait pour retrouver notre trace ? s'exclama Maddie d'une voix où perçait la panique.

— Aucune importance, dit Oroïr en bondissant de sa chaise avec un sourire triomphant. Allons nous battre !

— Attendez, dit Boltz en levant les mains. La forêt se trouve à l'opposé de la Capitale. Si c'était l'Armée des Bénis, ils viendraient du Sud, non ?

— C'est vrai, réalisa Jaime. Mais alors qui…

Elle s'interrompit en voyant le regard de Boltz, qui eut un mouvement furtif vers Maddie et sembla aussitôt regretter sa remarque.

— En fait, dit-il précipitamment, il est possible que ce soient bien les Bénis de…

Mais c'était trop tard.

— C'est ça, bien essayé ! répliqua Maddie. Je viens avec vous !

— C'est trop dangereux !

— Je m'en fiche ! Je viens, un point c'est tout ! Tu devras m'attacher si tu ne veux pas que je vienne !

Elle gesticulait comme une furie et Jaime songea qu'il serait en effet impossible de la laisser en arrière.

— Je peux vous être utile, reprit-elle, le souffle court et le teint rose. Je viens.

— Très bien, très bien, répéta Boltz avec colère. Les Profanes, vous restez là !

Mais Oroïr et d'autres Profanes s'étaient déjà mis debout avec une vigueur impressionnante compte tenu de leur état. Assil hésita :

— Je n'ai pas tout compris, quelqu'un peut-il m'expliquer ? Si ce ne sont pas les Bénis de l'Armée qui se trouvent à Gandir, alors qui est-ce ?

Boltz hésita un instant et finit par dire.

— Quelqu'un qui veut faire payer l'Ancien Vœu et ses fanatiques.

CHAPITRE XXIX

Fais la torche

— Vraiment, tu les as *perdues* ?

— Je ne sais pas ce qui a pu se passer, je te jure !

Adrasté leva les yeux au ciel et se mordit la lèvre pour se retenir de lancer une remarque désagréable. Filik avait proposé de soigner sa brûlure, elle n'allait tout de même pas lui reprocher d'avoir perdu la réserve de plantes qu'il avait rassemblées pour préparer la pâte. Elle mastiqua sa cuisse de cerf en lui jetant un regard en biais. Azur, qui avait dévoré sa part en un clin d'œil, lorgnait à présent celle d'Adrasté avec envie.

— Tu es sûr de les avoir prises avant qu'on ne s'en aille ? demanda-t-elle avec un effort considérable pour gommer toute trace d'exaspération de sa voix.

— Certain, oui ! affirma Filik, qui fouillait autour de lui en se contorsionnant. Enfin... Il me semble. J'en suis presque sûr. Je crois...

— Jolie conviction, commenta Adrasté.

— Ce n'est pas si grave, je peux toujours aller en chercher. Ça a l'air de bien fonctionner, non ?

— On dirait bien, oui.

Adrasté examina sa main, qui commençait à guérir mais restait incapable de concentrer sa magie. Une croûte avait commencé à se former et la peau se fripait autour, mais c'était déjà bien mieux qu'avant.

— Très bien, dans ce cas on va continuer d'appliquer la pâte. Nous restons ici pour la nuit ?

Adrasté hocha la tête en reposant son reste de cerf. Elle n'avait plus très faim.

— Alors je reviens. Je vais refaire une réserve de plantes, je devrais en avoir pour une petite heure.

— Tiens, emmène ta bête, surtout ! lança Adrasté.

Elle jeta ce qui restait de son repas au dragon, qui fondit dessus et dévora la pièce en un clin d'œil. L'arbre auquel il était attaché émit un craquement sonore lorsqu'il tira sur sa chaîne. Bientôt, il n'aurait aucun souci à les déraciner, songea Adrasté. Il fallait vite qu'ils trouvent un moyen de le faire obéir. Filik attendit qu'il ait terminé et tira doucement sur la chaîne pour signifier au dragon de l'accompagner. Adrasté les regarda s'éloigner à travers les buissons et s'allongea au sol. Ils étaient à moins d'une heure de marche de Gandir, mais elle préférait éviter de se balader au vu et au su des habitants du village et avait déjà failli se faire repérer. Elle n'avait aucune envie de débarquer dans un village aussi peuplé, mais c'était la seule piste dont elle disposait.

— Je la laisserai à Gandir, lui avait dit Djaus. Par pitié, restez loin d'elle.

Adrasté eut un rictus amer.

— Désolée, marmonna-t-elle en faisant tourner une feuille morte entre ses mains. J'espère que tu me pardonneras, Djaus.

Elle se redressa soudain.

— Le dragon est assez loin maintenant, tu sais ? J'arrive à te sentir.

Il n'y eut d'abord aucun bruit. Puis lentement, dans un flottement si léger qu'une oreille humaine moins aiguisée ne l'aurait pas détecté, un homme apparut entre les arbres. Adrasté plissa les yeux. Il était grand, massif, il avait un visage aux traits durs et à la mâchoire carrée. Mais ce qui la frappa le plus, c'était son regard : Adrasté avait beau être certaine de ne jamais l'avoir vu, il fusait de ses yeux une telle haine, un tel dégoût à son encontre qu'elle en fut un instant perturbée.

— Tu as décidé de venir toi-même, cette fois, dit-elle avec une indifférence affichée. Tu as vu qu'il ne servait à rien de m'envoyer tes laquais.

Toujours aucune réponse. L'homme restait immobile et la regardait.

— D'accord, tu ne souhaites pas discuter. Je te tue tout de suite alors ? Je pensais que tu voulais au moins essayer...

C'est à ce moment-là qu'elle les détecta également. Ils étaient là, tout autour, à l'ombre des arbres et derrière les buissons.

— Filik n'avait pas vraiment perdu ses plantes, n'est-ce pas ? dit-elle en se levant. Il te fallait une raison pour éloigner le dragon de moi.

— Fais un geste vers moi et mon armée t'arrachera les membres un par un, Némésis, avertit l'homme.

— J'en ai tué deux littéralement d'une seule main. Tu crois vraiment que ta petite armée m'empêchera de faire quoi que ce soit ?

— Je le crois oui, affirma-t-il d'un ton égal. Ceux-là sont entraînés, organisés, et surtout... je suis ici.

— Tu es ici, oui, répéta Adrasté en lui faisant face. Mais je ne sais toujours pas qui tu es, alors excuse-moi mais j'ai du mal à être impressionnée.

— Je m'appelle Zaël. J'étais un enfant Béni, rappelé au Grand Palais.

— Très bien, Zaël, répondit Adrasté. Enchantée. Et Adieu.

Son nez fut à un centimètre de celui de Zaël avant même qu'il ait pu cligner des yeux. Elle avait agi tellement vite qu'aucune expression de surprise n'avait eu le temps de se frayer un chemin sur son visage. Adrasté ricana intérieurement et se prépara à plonger son couteau dans les entrailles de Zaël, mais une douleur aveuglante traversa alors ses intestins, lui arrachant un hurlement strident qui résonna dans la forêt et fit brusquement s'envoler des oiseaux. Elle s'écroula à genoux sur les feuilles mortes, désorientée. Une main l'agrippa par les cheveux et elle réagit instinctivement, retournant son couteau pour frapper, mais quelque chose lui donna un coup violent sur la tête et elle lâcha un deuxième cri de douleur et de rage. Son couteau lui échappa lorsqu'elle tomba au sol. Que se passait-il ? Son ventre lui donnait l'impression d'être rempli de serpents, et son cerveau semblait en feu. Elle était incapable de réfléchir, ne voyait plus rien, n'entendait plus rien, ne savait plus où elle se trouvait. Que lui avait fait cet homme ? Rugissant comme une furie, elle se sentit à nouveau violemment soulevée par les cheveux et tenta de se débattre, mais quelqu'un lui accola la lame de son propre couteau sous le cou.

— Ne la tue pas encore, Venig.

Zaël réapparut dans son champ de vision, flou, déformé. Il parla lentement, détachant chaque mot.

— Je savais qu'il valait mieux te laisser faire. Ne pas te foncer dessus. Attendre que ton arrogance t'amène à moi. Je suis bien plus rapide que les deux qui t'ont attaquée il y a quelques jours. Le don de mes Bénis n'est qu'une pâle copie du mien.

Que disait-il ? Il prétendait avoir béni des humains… Pour qui se prenait-il ? Adrasté respira profondément, mais la douleur ne passait pas. Elle se vomit brusquement dessus, toussant et suffoquant sans que l'homme qui la maintenait ne desserre son étreinte.

— Co… comment ? parvint-elle à articuler.

— Un don de transfert. Je peux transférer mes émotions, mes…

— Je sais ce qu'est un don de transfert, cracha Adrasté, je te demande comment *eux* ont pu en hériter eux-mêmes.

— À cause de vous, dit simplement Zaël. À cause des Malaen.

Lentement, il enleva son long manteau qu'il laissa tomber par terre et défit les lacets de sa tunique, dévoilant son torse. Adrasté dut alors réprimer une envie de vomir. C'était donc cela… Elle plissa les yeux de dégoût. Le torse de Zaël était entièrement recouvert de cicatrices difformes, si proches qu'elles s'entrelaçaient dans un schéma repoussant et grotesque, recouvrant tout le haut de son corps. Des cicatrices… Non, pas vraiment, en fait. Ce n'étaient pas des cicatrices ordinaires. Sous chacune d'entre elles, à l'endroit précis où étaient censés se trouver ses organes vitaux, elle distingua une couleur noircie et un renfoncement, comme si la peau se rétractait et pourrissait. À certains endroits, une sorte de moisissure rongeait la peau et la recouvrait d'une fine couche verdâtre. Une putréfaction…

— En réalité, je suis mort, dit Zaël. Ce n'est que ma magie qui me maintient en vie. Ils pensaient qu'en transplantant mes organes chez d'autres Bénis, ils arriveraient à leur implanter mes pouvoirs. Ils cherchaient à dupliquer le don de transfert. D'habitude, le don de transfert ne se limite qu'aux sensations, aux souvenirs… Des choses délébiles. Cependant, j'ai travaillé… Et j'ai réussi à transférer mon don, même une partie de ma conscience. Mais cela avait un prix… Et lorsque l'Ancien Vœu s'en est rendu compte…

Adrasté n'eut pas besoin d'entendre la suite. Elle savait pertinemment ce qui arrivait aux Bénis qui se révélaient inutiles ou dangereux. Celui-ci avait visiblement réussi à échapper à son sort. Elle fut prise d'un haut-le-cœur qui n'avait rien à voir avec les propos de Zaël, mais l'homme qui la maintenait immobile l'obligea à rester debout. Plusieurs autres personnes étaient sorties des arbres et la toisaient avec animosité. Tous possédaient les mêmes yeux que le couple qui l'avait attaquée. Elle regarda autour d'elle, les yeux toujours plissés sous la douleur de son crâne. Ils étaient plusieurs dizaines. Peut-être même plus de cent. Gagner du temps était sa seule chance.

— Et en quoi tes malheurs me concernent-ils ? Tu sais sûrement que je n'étais pas exactement en termes cordiaux avec ma famille…

— Tu es une Malaen, coupa Zaël. Cela suffit. Votre secte usurpatrice n'a cessé de nourrir le fanatisme du peuple pour ses propres intérêts.

— Oui, eh bien c'est terminé, tout ça, non ? répliqua Adrasté, qui luttait pour ne pas vomir à nouveau. Les Malaen sont morts.

— Non. Pas tous…

Adrasté serra la mâchoire. Zaël s'approcha jusqu'à se trouver à quelques centimètres d'elle.

— Pourquoi l'avoir épargné ?

Silence.

— Pourquoi avoir épargné l'Enfant ? répéta Zaël.

Adrasté ne dit rien.

— Très bien… De toute façon, nous nous rendons au Grand Palais, alors la raison importe peu. Il mourra aussi. Adieu, Némésis.

Adrasté ferma les yeux tandis que Zaël approchait sa main de son front. Tant pis. Ce serait sa fin.

— ZAËL, ATTENDS !

Cette voix… Alors qu'Adrasté se préparait au contact des doigts de Zaël sur sa peau, elle reconnut cette voix. Et c'était tout ce qui comptait. Elle rouvrit les yeux et vit une fille aux cheveux bruns courir vers Zaël, hors d'haleine, et s'arrêter net en la voyant, l'air surprise. C'était bien elle. Zaël parut hésiter un instant. Son expression avait changé.

— Jaime, dit-il, je ne pensais pas te revoir ici.

Jaime… C'était ainsi qu'elle se faisait appeler, alors ? Très bien. Incapable de faire le moindre geste, les yeux écarquillés, Adrasté regarda Zaël s'avancer vers la dénommée Jaime. Allait-il la tuer, elle aussi ? Elle tenta de se débattre, mais toute force l'avait quittée. La douleur continuait de courir en elle, lui tordant les boyaux, lui faisant même se demander si tout cela n'était pas qu'une hallucination.

— Que se passe-t-il, ici ? dit Jaime en jetant un regard méfiant à l'assemblée autour de Zaël.

Son regard s'attarda sur Adrasté.

— Toi… Je te reconnais. Je t'ai vue en rêve.

Adrasté cligna des yeux. Elle se rendait vaguement compte de ce qui se passait, mais des lumières dansaient devant ses yeux. Elle ne devait pas perdre connaissance, pas maintenant. Seulement, la douleur était insupportable. Ses entrailles étaient en feu. Sa tête menaçait d'exploser.

Une voix d'homme qui n'était pas celle de Zaël s'éleva alors :

— Par Delpheris… Jaime… C'est elle… C'est la Némésis.

L'homme, qui présentait d'impressionnants yeux bleus, s'avança près de Jaime et regarda Adrasté avec une expression proche de la fascination, puis inclina légèrement la tête en s'adressant à l'homme qui tenait son cou en étau :

— Venig, ravi de te revoir.

— Zaël… pourquoi es-tu ici ? demanda Jaime. Je pensais que tu n'en avais pas après Gandir.

— C'est juste, je n'ai pas l'intention d'attaquer Gandir, répondit Zaël. Notre armée se dirige vers la Capitale. Seulement, avant, je vais tuer la Némésis.

Jaime ouvrit la bouche et eut un imperceptible mouvement de recul, l'air désorientée. Adrasté, les dents serrées, ferma les yeux. Qu'elle devait avoir l'air pathétique, ainsi captive, désarmée, incapable de se défendre.

— S'il te plaît, Zaël. Ne fais pas ça.

— Elle doit mourir. C'est une Malaen. Toi, mieux que quiconque, devrait comprendre cela.

— S'il te plaît, tu ne sais pas tout ! Je t'en supplie, tu dois me faire confiance.

Zaël et Jaime s'observèrent, immobiles durant plusieurs secondes.

— Pourquoi devrais-je t'écouter ? dit-il enfin.

— Nous sommes du même côté, toi et moi. J'ai aussi été captive du Grand Palais. Je sais que tu veux te venger… Mais ce n'est pas *elle*, ta vraie cible. Je… je pense qu'elle pourrait même nous aider.

— Nous aider ? répéta Zaël en serrant le poing. C'est une Malaen. Elle ne peut pas nous aider. Elle ne peut qu'apporter plus de malheurs.

Il jeta un regard écœuré en direction d'Adrasté et gronda :

— Tuer tous les Malaen est la seule solution.

— Je l'ai vue en rêve, dit Jaime d'une voix un peu plus forte. Tu sais que la magie dit des choses, parfois. La mienne a essayé de me mener vers elle.

Zaël resta silencieux pendant un long moment, les yeux baissés. Adrasté luttait pour ne pas s'évanouir, tant la douleur était forte. Pourquoi Jaime tenait-elle tête à cet illuminé ? Il n'était plus humain, il ne vivait que pour sa vengeance. Mais Zaël ne répondait pas.

— VENIG ! s'écria soudain une voix aiguë.

Une petite femme replète aux joues rebondies apparut soudain entre Jaime et l'homme aux yeux bleus, s'extirpant des buissons et des ronces. Elle pointa Zaël du doigt.

— Venig, qu'est-ce que tu fais ici ? Regarde-toi ! s'écria-t-elle d'une voix stridente. Pourquoi t'obstines-tu à suivre ce fou ? Reviens à la maison !

Zaël ne broncha pas, mais Jaime et l'homme à côté d'elle échangèrent un regard scandalisé.

— Maddie, reviens ici !

— Non, Boltz, ne me touche pas ! Il est temps que mon mari et moi ayons une vraie conversation !

La femme passa devant Zaël sans lui accorder la moindre attention et se posta devant Adrasté, jetant un regard furieux par-dessus son épaule. Mais au moment où elle rouvrait la bouche, Adrasté se sentit tomber au sol. Plus rien ne la retenait. Elle s'écroula et se laissa choir au sol sans tenter de se relever, hébétée, nauséeuse. Venig se tenait à présent la tête entre les mains en hurlant de douleur. Ce fut comme un signal. Elle vit d'autres Bénis aux yeux d'encre se précipiter sur elle, leurs visages livides de rage. Ils seraient sur elle en un rien de temps.

— AZUR, FAIS LA TORCHE !

En une seconde, ce fut le chaos. Des cris de panique s'élevèrent partout dans la forêt autour d'elle. Elle sentit un courant d'air lui fouetter le visage, comme un battement d'aile, et un jet de flamme passa à quelques centimètres de sa joue, atteignant de plein fouet le visage de Venig. Ses beuglements de douleur mêlèrent aux vociférations terrorisées de la petite femme replète, tandis que les Bénis de Zaël hurlaient et se dispersaient, désorientés, affolés. Étendue entre les ronces, Adrasté sentait les jets de flammes filer tout autour d'elle. Quelqu'un la souleva maladroitement par la taille et la traîna contre un arbre. Elle tenta d'abord de se dégager mais s'immobilisa en reconnaissant la voix de Jaime :

— S'il te plaît, ne bouge pas. Assil, est-ce que tu peux la soigner ?

— Mais c'est une Malaen…

— Assil… S'il te plaît !

— Je… d'accord. Je peux essayer, tant que ce dragon ne s'approche pas de moi.

Adrasté vit Jaime s'éloigner et sentit une main se poser sur son ventre. Aussitôt, la douleur parut diminuer.

— Où as-tu encore mal ?

Adrasté mit une main sur sa tête.

— Azur, arrête !

Les jets de flamme s'interrompirent. Les buissons autour d'eux avaient été carbonisés, et plusieurs corps noircis gisaient, sans vie. Zaël n'avait pas bougé. Il se tenait debout exactement au même endroit qu'auparavant, comme si ce qui venait de se passer n'avait été qu'une brève interruption. Plus loin, Azur serpentait frénétiquement entre les corps, et Adrasté vit une touffe de cheveux roux se précipiter vers elle. Filik s'agenouilla auprès d'elle, l'air épouvanté.

— Que lui avez-vous fait ? lança-t-il vers le dénommé Assil.

— Moi, rien ! se défendit celui-ci. J'essaie de la soigner. C'est ce grand homme qui a l'air de vouloir sa peau.

Adrasté vit le regard inquiet et les boucles flamboyantes de Filik flotter au-dessus d'elle.

— Ça va aller, d'accord ? Tiens bon !

Puis elle perdit connaissance.

CHAPITRE XXX
Le feu d'Azur

Une odeur répugnante de chair brûlée régnait à présent dans la forêt. Jaime se couvrit le nez et courut vers Boltz en évitant un jet de flammes. En deux jours, elle se retrouvait face à deux dragons, bien que celui-ci ait davantage la taille d'un veau. Comment était-ce possible ? Lorsqu'ils furent à l'abri derrière un rocher, ils virent, debout près d'un arbre, le jeune garçon roux qui avait crié un ordre au dragon. Il paraissait désorienté et regardait frénétiquement dans toutes les directions, comme s'il cherchait quelque chose.

— Eh, le gamin ! Dis à ton dragon d'arrêter de carboniser toute la forêt ! s'écria Boltz. Sinon, on va tous y passer !

Le jeune garçon sursauta en remarquant leur présence, acquiesça d'un air confus et lança :

— Azur, arrête !

Le dragon toussota, s'ébroua, et jeta à son maître un regard qui parut signifier « Et maintenant, on fait quoi ? ».

— Adrasté ! s'exclama alors le jeune rouquin.

Alors qu'il se précipitait vers la Némésis et Assil, Jaime le vit enjamber plusieurs dizaines de corps sans vie, tous affublés des mêmes yeux noirs que Venig.

— Zaël, murmura-t-elle d'une voix tremblante. Je te le redemande. Oublie ta vengeance, il faut trouver une autre manière d'arrêter cette secte.

— Ce n'est plus la secte, le problème, dit Zaël, que le soudain chaos n'avait manifestement pas ébranlé.

Il se tenait au milieu des corps et des arbres calcinés, impassible.

— Ce sont les fanatiques. Les personnes qui gouvernent réellement au Grand Palais, pendant que la secte se cache derrière les murs. Le pouvoir de l'Omphalos est perdu, ils l'ont dénaturé.

— Il n'est pas perdu ! s'exclama Jaime. L'Omphalos est toujours là, quelque part, je l'ai vue en rêve et je vais la retrouver…

— Comment ? demanda Zaël. Tu dis que ta magie te parle, mais comment peux-tu savoir ce qu'elle te dit ?

— Je ne sais pas, admit Jaime. Mais l'Omphalos m'appelle et je vais lui répondre. Mais je vais avoir besoin d'aide… de *son* aide, ajouta-t-elle en pointant la Némésis du doigt. Et de la tienne. S'il te plaît, Zaël, viens avec nous. La moitié de tes Bénis sont morts…

Zaël secoua la tête en signe de refus.

— Je ne viendrai pas. Tu poursuis une chimère…

Il jeta un long regard à la Némésis, désormais inconsciente, et même si son expression demeurait impassible, Jaime vit une lueur sanguinaire passer dans ses pupilles sombres. Enfin, il dit :

— Nous sommes liés, Jaime, et je te fais confiance. Pour cela, je ne tuerai pas la Némésis aujourd'hui. Mais nous nous reverrons. Et lorsque ce jour viendra, j'espère que nous nous battrons du même côté.

Il s'apprêta à faire volte-face mais Jaime sentit quelqu'un bouger près d'elle et Oroïr s'avança. Zaël lui jeta un regard curieux.

— Je… je souhaiterais venir.

— Oroïr, non ! lança Assil d'un air effaré.

— Oroïr… Nous en avons parlé, dit Jaime. Il y a d'autres moyens de te venger !

Oroïr ne répondit pas, et attendit en observant Zaël. Celui-ci inclina légèrement la tête.

— Tous ceux qui souhaitent se joindre à moi sont les bienvenus.

Oroïr fit un bref signe de la tête vers Jaime en évitant son regard et marcha lentement vers Zaël. Faria ainsi qu'une douzaine d'autres Profanes lui emboîtèrent silencieusement le pas. Assil, qui continuait de prodiguer des soins à Adrasté, les suivit du regard avec une expression accablée. Lorsqu'il fut au niveau de Zaël, Oroïr se retourna et s'adressa à Boltz :

— Je le pensais vraiment, lorsque je te disais que nous étions reconnaissants. Nous n'oublierons jamais que tu nous as libérés.

Il inclina la tête vers Boltz, qui inclina la sienne en retour. Zaël, lui, posait toujours ses yeux d'ébène sur Jaime.

— Tu es sûre de ne pas vouloir venir ?

— Certaine.

— Eh bien dans ce cas, nos chemins se séparent… Au revoir.

Elle regarda Zaël disparaître derrière les arbres, accompagné de ses derniers Bénis en vie et des Profanes qui avaient décidé de se joindre à lui. Il ne restait plus que cinq Profanes, Boltz, le jeune homme roux, Adrasté et Jaime. Elle entendit soudain quelqu'un étouffer un sanglot et regarda vivement en direction du bruit. Maddie pleurait silencieusement sur le corps inerte de Venig.

— S'il te plaît… S'il te plaît !

— Oh non, murmura Jaime.

Une boule dans la gorge, elle se précipita vers Maddie et mit une main sur sa bouche en découvrant le corps de Venig. Son visage et son cou entièrement brûlés n'étaient plus constitués que de lambeaux de peau rougeâtres et suintants. Il était méconnaissable. Boltz se précipita vers eux et prit son pouls.

— Il respire encore ! dit-il. Il est faible, mais… Jaime ! Assil !

Boltz leur jeta un regard suppliant, tandis que Maddie s'effondrait sur la poitrine de Venig en appelant son nom.

—Je… je peux essayer, mais… Je suis désolée Maddie, j'aurais dû te le dire, dit Jaime en faisant de son mieux pour réfréner les tremblements de sa voix. Le pouvoir de Zaël le tuera quoi que je fasse. Je ne peux rien pour lui.

— C'est faux, dit une voix derrière elle.

Le rouquin s'avançait vers eux d'un air hésitant.

— Azur a brûlé la main d'Adrasté et depuis, sa magie n'en sort plus. Eh, reviens ici !

Il se précipita pour tirer sur la chaîne d'Azur, qui venait de grimper sur les genoux d'un Boltz déconcerté et s'apprêtait à s'y lover d'un air satisfait. Assil renchérit :

— C'est vrai, nous ne pouvions pas non plus utiliser nos dons avec le dragon. Une brûlure doit être radicale !

Le rouquin dévisagea tour à tour Jaime et Assil, les bras repliés, l'air intimidé.

— Il a terriblement mal et c'est ça qui va finir par arrêter son cœur… Vous… vous êtes des Bénis, si j'ai bien compris ? Si vous… Si vous pouviez guérir ses blessures internes et diminuer la douleur, je… enfin je sais comment soigner des brûlures de dragon et j'ai tous les ingrédients donc je pourrai aider, acheva-t-il avec un haussement d'épaules, la tête baissée. Au fait, je m'appelle Filik.

— Est-ce que tu crois que la magie du dragon a complètement supprimé le don implanté par Zaël ? demanda précipitamment Jaime.

— En tout cas, c'est ce qui s'est passé pour Adrasté. Le feu d'Azur a « condamné » sa main et la magie ne peut plus en sortir.

Jaime sentit son cœur battre plus vite. Ils allaient pouvoir sauver Venig. Même s'il respirait difficilement, elle parvint finalement à soulager quelque peu la douleur provoquée par la brûlure ; elle dut néanmoins renouveler les soins toutes les minutes. Ils transportèrent précautionneusement Venig et Adrasté jusqu'à l'auberge et Filik prépara un mélange étrange à base de plantes qu'il appliqua sur toutes les parties brûlées. Maddie, pâle comme un linge, le regarda faire plusieurs minutes avant que Boltz ne l'entraîne dehors et ne lui demande de préparer à manger pour tout le monde.

— Tu penses à ton estomac dans un moment pareil ? demanda Jaime avec une certaine indignation lorsque Maddie eut disparu dans la cuisine en reniflant bruyamment.

— Tu peux parler, toi. Et puis c'est la meilleure manière de l'occuper, dit Boltz d'un air grave. Venig est sûrement hors de danger, il ne sert à rien qu'elle se ronge les sangs, tu ne crois pas ?

Surprise, Jaime approuva néanmoins d'un signe de tête.

— Il va s'en sortir ? demanda-t-elle.

— Son esprit, oui… Son corps… Filik a dit qu'il serait défiguré à vie. Mais au moins, il est en vie.

— Oui…

— Tiens, il est encore là…

La tête d'Azur portée par son long cou recouvert d'écailles venait d'apparaître par la porte entrebâillée. D'un air hésitant, il s'avança dans la pièce et toucha prudemment la main de Boltz du bout de son museau pointu.

— Qu'est-ce qu'il me veut, à la fin ? s'exclama Boltz en levant les bras.

Depuis leur départ de la forêt, le dragon n'avait cessé de chercher à attirer l'attention de Boltz, rampant autour de lui, donnant des petits coups de museau sur ses jambes et le fixant du regard comme s'il attendait quelque chose. Sur le chemin, Filik leur avait raconté de quelle manière il avait sauvé Azur d'une mort certaine, puis s'était fait voler tous ses biens par des brigands avant de les récupérer grâce à Adrasté.

— Eh bien ! s'était exclamé Boltz en haussant les sourcils. Si on m'avait dit un jour que je finirais par rencontrer un Ruadh !

Cependant, Filik lui-même restait perplexe face à l'étrange affection que le dragon semblait témoigner à Boltz, et n'avait pu leur donner aucune explication.

— Il a peut-être faim, dit Jaime. Tu peux lui donner à manger ?

Elle referma doucement la porte de la chambre derrière elle, puis demanda à Boltz de l'attendre en bas. Il parut comprendre ce qu'elle avait derrière la tête et hésita, mais elle secoua la tête en s'approchant de lui.

— Je dois être seule. Je pense que je ne risque rien.

Boltz fronça les sourcils, l'enlaça et descendit à contre-cœur les marches de l'escalier de bois, suivi par Azur qui trottinait joyeusement sur ses talons. Jaime s'arrêta devant la porte de ce qui avait été sa chambre, le jour où elle s'était réveillée sans sa mémoire. Elle toqua, puis entra. Adrasté était réveillée. Adossée contre le mur, les jambes repliées sur son lit, elle regardait vers la fenêtre d'un air sombre, ses cheveux bouclés formant un long rideau autour d'elle et cachant une grande partie de son visage. Lorsqu'elle vit Jaime, une suite d'expressions très étranges défilèrent furtivement dans son regard. Jaime crut voir le début d'un sourire qui laissa aussitôt place à une expression de tristesse, puis de colère.

— Tu vas mieux ? Je peux entrer ?

Adrasté hocha la tête.

— Est-ce que… est-ce que je peux te poser quelques questions ? risqua Jaime en fermant la porte et en s'appuyant contre le mur.

Elle ne semblait pas commode…

— Pourquoi m'as-tu sauvée ? dit soudain Adrasté d'un ton abrupt.

Jaime cligna des yeux.

— Je ne comprends pas…

— Pourquoi être intervenue ? Tu t'es mise en danger.

— Je ne voulais pas qu'il te tue.

— Oui, mais pourquoi ?

— Parce que je t'ai reconnue en te voyant. Je t'ai vue plusieurs fois en rêve, lâcha Jaime d'une voix un peu plus forte que ce qu'elle aurait voulu, comme pour se donner une forme de courage. Je pense qu'on a un lien, toi et moi. Même si je ne comprends pas bien. Alors je devais savoir.

Adrasté ne dit rien mais eut l'air plus calme et ses sourcils se détendirent en une expression un peu plus douce. Jaime prit une inspiration et s'assit sur le lit, près d'Adrasté.

— Je me suis réveillée dans cette chambre il y a quelques semaines, sur ce même lit. J'étais seule, je ne savais ni qui j'étais, ni ce que je faisais ici. Je ne me souviens toujours de rien, mais je souhaite comprendre pourquoi tu m'apparais en rêve.

Adrasté plongea ses yeux noirs dans les siens, le visage impassible.

— Je sais, dit-elle.

— Comment ?

— Je sais que tu n'as plus de mémoire. Tes rêves étaient aussi les miens. Ce n'étaient pas… ce n'étaient pas de simples…

Mais sa voix s'étrangla et il se produisit alors une chose très étrange. La lèvre inférieure d'Adrasté se mit à trembler et elle éclata en sanglots. Elle se pencha brusquement en avant et Jaime voulut reculer, mais Adrasté passa ses bras autour de son cou et la ramena contre elle. Prise dans son étreinte, Jaime sentit la chaleur de son corps puissant l'envelopper et resta immobile, médusée. La Némésis était là, contre elle, et pleurait, pleurait, pleurait… Après de longues minutes, elle recula enfin et la tint à bout de bras, un grand sourire illuminant son visage. Elle la regardait comme si elle n'en revenait pas, comme si leur présence dans cette pièce relevait du miracle. Même ainsi, Jaime se sentit incroyablement intimidée par sa présence et n'osa pas faire le moindre geste. Elle se contenta de regarder les yeux pleins de larmes de la Némésis tandis que ses lèvres s'ouvraient pour dire :

— Je sais que tu ne te souviens plus de rien. C'est moi qui ai effacé ta mémoire.

À SUIVRE…

Si vous avez aimé, n'hésitez pas à rejoindre Evy Reeves sur ses réseaux sociaux, à vous abonner à sa newsletter et à laisser votre avis sur Amazon. Les avis aident énormément !

Site web : *evyreeves.com*

Facebook : *facebook.com/evyreevesofficiel*

Instagram : *@evyreeves_autrice*

Tiktok : *Evy Reeves – Autrice*

Mail : *contact@evyreeves.com*

À PROPOS DE L'AUTRICE

Evy Reeves est née au Maroc en février 1993. À vingt ans, elle déménage à Reims (France) pour ses études, à l'issue desquelles elle obtient un Master en Marketing. Après quelques années de voyages et de déménagements entre l'Europe et les États-Unis, elle s'installe définitivement à Paris en 2019. Aujourd'hui, elle partage son temps entre écriture, musique et illustration. Profondément marquée et influencée par les grandes sagas fantasy et fantastiques de notre temps, Evy Reeves relate les aventures épiques de femmes aux pouvoirs indomptables dans un monde de mystères, de complots et de magie.